dtv

NICOLA MOSTYN

TOTAL VERSCHOSSEN –

immer Ärger mit dem Liebesgott

Roman

Deutsch von
Christine Blum

dtv

MIX
Papier aus verantwortungsvollen Quellen
FSC® C019821

Deutsche Erstausgabe 2019
dtv Verlagsgesellschaft mbH & Co. KG, München

Titel der englischen Originalausgabe:
›The Gods of Love‹ (Piatkus, London –
ein Imprint der Little, Brown Book Group)

Umschlaggestaltung: Nele Schütz Design, München
Satz: C.H.Beck.Media.Solutions, Nördlingen
Gesetzt aus der Minion Pro 10/12,6˙
Druck und Bindung: Druckerei C.H.Beck, Nördlingen
Gedruckt auf säurefreiem, chlorfrei gebleichtem Papier
Printed in Germany · ISBN 978-3-423-21792-7

Für Nick

1

Also, als Scheidungsanwältin hat man es ja nicht unbedingt mit den besten Seiten der menschlichen Natur zu tun. Egal wie positiv man denkt – nachdem man die hundertste Ehefrau getroffen hat, deren Mann mit seiner fünfundzwanzigjährigen Kollegin in die Kiste steigt, treibt einen nicht nur der Wankelmut des Menschen zur Verzweiflung, sondern vor allem seine Fantasielosigkeit.

Deshalb sitzt meine neueste Klientin Oona Simpson kaum fünf Minuten in meiner Kanzlei, da weiß ich schon, dass sich ihr Mann hinter ihrem Rücken noch weit mehr geleistet hat als die paar Vergehen gegen die eheliche Treue, die sie mir in Tränen aufgelöst auflistet. (Was man als Scheidungsanwältin auch haben sollte: viele Schachteln Taschentücher auf Vorrat.)

Während ich mit ihr durchgehe, was sie mir erzählt hat – dreißig Jahre Ehe, zwei wunderbare Kinder, die eigene Karriere aufgegeben, um ihn in seiner zu unterstützen und so weiter und so fort –, sehe ich, wie sie schon wieder überzufließen droht, also schnappe ich mir schnell eine Handvoll Papiertücher mit Aloe Vera und halte sie ihr hin.

»Es tut mir wahnsinnig leid«, sagt Oona. »Wirklich. So bin ich normalerweise nicht. Es ist nur – so ein Schock. So ein furchtbarer Schock. Ich hätte nie, nie gedacht, dass *mir* das einmal passieren würde.« Sie wischt mit den Zeigefingern unter ihren Wimpern entlang, um die Mascarafluten einzudämmen (zu spät) und schaut mich aus großen blauen Augen an. Oona ist fünfundfünfzig, sieht aber dank einer großen Portion Botox der Spitzenklasse, einem Vermögen an sanierten Zähnen und einer Frisur, die wahrscheinlich teurer war als mein Sofa, für ihr Alter phänomenal aus. Und was hat sie davon? Rein gar nichts. Weil ihr Gatte, übergewichtig, mit Mundgeruch behaftet und zufällig einer der Obermuftis des größten Architekturbüros der Stadt, mit irgendeinem ehrgeizigen jungen Ding den typischen Deal gemacht hat: dein taufrischer, straffer Körper gegen meine Macht und meine Kontakte.

Das alte, alte Lied.

Das sage ich natürlich nicht laut. Ich nicke mitfühlend, biete ihr frische Taschentücher an und verleihe ihr noch einen Punkt in meinem privaten Scheidungsphrasen-Bingo. »Ich hätte nie gedacht, dass mir das passieren würde« steht ganz oben auf meiner Liste. Genau wie »Wie konnte er/sie mir das antun?«, »Was für ein Ehevertrag?« und »Dafür soll er/sie bluten!« Der letzte Satz ist mir mit Abstand am liebsten; dafür kriegen sie Bonuspunkte.

Aber so weit ist Oona noch nicht. Momentan ist sie noch geschockt von der Hinterhältigkeit ihres Mannes, und ihr graut vor dem Alleinsein. Sie muss die Erkenntnis, was er getan hat, erst sacken lassen. Dann wird die Wut kommen. Und mit Wut kann ich Wunder wirken. Wehe, wenn sie losgelassen, sag ich nur!

»Lassen Sie sich Zeit«, sage ich. (Natürlich sage ich das – ich rechne schließlich nach Stunden ab.) »Überlegen Sie in Ruhe; Sie möchten ja, dass alles zivilisiert und ordentlich abläuft und wir das tun, was für Sie und die Kinder am Ende das Beste ist.«

Voller Dankbarkeit lächelt sie mich an. Ich mustere sie gründlich. Mit ihrer Fitnessstudiofigur, den sanften Pastelltönen ihrer Kleidung, der zarten Haut und dem dezenten Make-up sieht sie fragil und gewichtslos aus, wie ein menschliches Baiser. Gut möglich, dass manche sie für schwach halten. Aber ich kenne Frauen wie Oona – ich habe täglich mit ihnen zu tun. Sie ist zu mir gekommen, weil sie gehört hat, dass ich die Beste bin. Ich bin die jüngste Familienanwältin mit eigener Kanzlei in der Stadt, und ich hole bei den Verfahren deutlich mehr für meine Klienten heraus als alle meine Konkurrenten. Tja, was soll ich sagen? Ich bin halt gut.

Wir machen Schluss – es hat keinen Sinn, sie schon beim ersten Termin zu überfordern. Ich bitte sie, mit Penny, meiner Assistentin, einen zweiten Termin auszumachen (kann gut sein, dass Oona bis dahin ihrem Mann schon wieder verziehen hat; diesen Tanz können Paare jahrelang aufführen, bevor endgültig eine Grenze erreicht ist). Dann schließt sie die Tür hinter sich, tapfer lächelnd und bereit für ein paar Stunden Anti-Schock-Shopping-Therapie und einen Gin mit Diät-Tonic. Auch die Ehefrauen haben ihre Klischees.

Sobald sie weg ist, setze ich mich an den Laptop und schaue in meine Mails. Zuerst wird der übliche Spam eliminiert: 50% Rabatt auf Schönheits-OPs, ein Monat kostenloser Zugang zu einem Sex-Datingportal, eine Mail mit dem Betreff: *Warum bist du immer noch Single?* (die könnte auch von meiner Mutter stammen, wenn sie eine

Ahnung hätte, wie man einen Computer bedient). Ich lösche noch ein paar Mails; dabei fällt mir immer wieder eine Werbung ins Auge, die stumm in der Sidebar abläuft. Neugierig ziehe ich den Mauszeiger auf das Kästchen und klicke es an.

Ein, zwei Sekunden lang bleibt der Bildschirm schwarz. Dann durchbohrt ein goldener Lichtstrahl die Dunkelheit, begleitet von Chorgesang, als käme gleich eine göttliche Erscheinung. Darüber eine raunende Frauenstimme: »Wird dir das Eine bestimmt sein?«, und langsam tritt aus dem goldenen Glanz ein erkennbarer Gegenstand hervor. Ein Smartphone. Ein goldenes Smartphone.

»Das NeoONE«, haucht die Frauenstimme. »Nur EINES wurde erschaffen. Nur EIN MENSCH wird auserwählt.« Dann wird der Bildschirm wieder schwarz bis auf eine Reihe goldener Zahlen:

14/02 @19:00

Ich muss laut lachen. Natürlich, das ist NeoStar – wer sonst? Das Symbol dieses Unternehmens, der nach oben zeigende Pfeil, ist heutzutage so bekannt und mächtig wie das Hollywood-Zeichen – und es ist überall: auf dem Laptop, mit dem ich diese Werbung anschaue, dem Telefon auf meinem Schreibtisch, meinem Tablet zu Hause, in meiner Standard-Suchmaschine und auf den Navis in den Taxis, die ich nehme. NeoStar ist der größte und einflussreichste Tech-Konzern der westlichen Welt. Und – bei dem Gedanken beginnen mir Schmetterlinge der Vorfreude im Bauch zu flattern – ich, Frida McKenzie, habe dort morgen einen Termin in der Chefetage.

Ich lehne mich zurück und schaue mir zum dritten Mal an, wie, begleitet von der verführerischen Frauenstimme, das goldene Handy aus dem Dunkel aufsteigt, als wäre es die Erfüllung jedes menschlichen Wunsches. Ich schüttle den Kopf. Was für eine genialer Coup, die neue Generation des NeoPhone mit einer limitierten Edition von genau einem Exemplar zu bewerben. Das Ding wird in aller Munde sein. Wieder kommt die Werbung zum Ende, und Datum und Uhrzeit werden eingeblendet: Valentinstag, sieben Uhr abends. Perfekt. Diese Leute arbeiten auf einem völlig neuen Level. Eine unaufhaltsame Macht.

Und sie wollen wahrhaftig *mich*.

Oder sagen wir: vielleicht. Falls ich ihnen zeigen kann, wie gut ich bin.

Ich schaue auf die Uhr und schließe den Browser. Zeit, Schluss zu machen. Morgen muss ich ausgeschlafen und in Bestform sein.

Der Rechner fährt gerade herunter, da entsteht vor der Tür Unruhe.

»Entschuldigen Sie! Sie können da nicht einfach ohne Termin reingehen!« Penny klingt entgeistert. Anders als ich besitzt sie diese typische Oberschicht-Gelassenheit und wird grundsätzlich nicht aufgeregt, wütend oder irgendwas, was einem Gefühl auch nur nahekommt. Daher ist meine Wachsamkeit geweckt. In meinem Job muss man auf alles gefasst sein. Über das letzte Jahr habe ich so einige wutentbrannte Ehepartner erlebt. Von einigen wurde ich bedroht. Von anderen bekam ich unanständige Anträge. Manchmal beides beim selben Termin. Daher erwarte ich das, was da gleich durch die Tür kommen wird, mit dem Handy in der einen und einer Dose Pfefferspray (das wegen des Anstiegs gewalttätigen Stalkings vor Kurzem legalisiert wurde) in der anderen Hand.

Wie schon erwähnt, ich habe keine so wahnsinnig hohe Meinung von der menschlichen Natur.

Die Tür öffnet sich, und herein kommt ein Mann, gefolgt von Penny, an deren momentan zartrosa angehauchtem Elfenbeinteint ich erkenne, dass sie fuchsteufelswild ist.

»Frida McKenzie«, sagt der Mann. Nicht als Frage, eher wie einen Gruß – als wäre er ein lange verschollener Freund oder so, nur dass ich den Typen noch nie im Leben gesehen habe.

»Sie können hier nicht einfach ohne Termin hereinspazieren«, gebe ich ruhig zurück. Ich mustere ihn und überlege dabei, ob er zu meiner Liste potenzieller Problemkandidaten gehören könnte. Er ist mittelgroß, hat dunkelbraunes Haar, grüne Augen und einen sexy Dreitagebart. Mein Gesichtsgedächtnis ist gut, daher weiß ich, dass ich ihm noch nie begegnet bin; aber hey, ich bin Anwältin, das heißt, auch mir Unbekannte glauben vielleicht, sie hätten ein Hühnchen mit mir zu rupfen.

»Es dauert nur fünf Minuten«, sagt er. »Es ist wichtig.« Er sieht mich eindringlich an. Der intensive Blick dieser grünen Augen bringt mich etwas durcheinander. Ich werfe einen Blick auf Penny. Sie legt kaum merklich den Kopf schräg: *Soll ich die Security rufen?* Ich schüttle meinen ebenso leicht. Unnötigen Aufruhr vermeide ich gern. Schlecht fürs Geschäft.

»Ich verstehe, dass Ihr Anliegen Ihnen wichtig erscheinen mag«, sage ich, »aber ich bin im Begriff, das Büro zu verlassen. Wenn Sie mich sprechen wollen, lassen Sie sich von Penny einen Termin geben.«

»Ja«, sagt er. »Ja, würde ich normalerweise, aber ich fürchte, das hier kann nicht warten.«

»Leider bin ich für meine Klienten nur nach vorheriger Anmeldung zu sprechen, Mr., äh …?«

»Dan. Ich bin Dan.« Er lächelt entwaffnend. »Ich weiß, es ist unverschämt von mir, einfach so reinzuplatzen, aber ich habe sehr lange nach Ihnen gesucht, Frida. Sehr, sehr lange. Ich muss Ihnen etwas sagen.«

Ich zögere. Vielleicht liegt es daran, dass er nicht aussieht wie die Leute, die üblicherweise hier landen, oder an seinen rätsel- und schmeichelhaften Worten, jedenfalls bin ich fast versucht, ihn anzuhören.

Er merkt, dass ich schwanke. »Fünf Minuten«, wiederholt er.

Ich bilde mir ein, dass meine Menschenkenntnis ganz gut ist, und auf mich wirkt er aufrichtig. Außerdem hat er wirklich tolle Augen. »Okay. Fünf Minuten.« Ich nicke Penny zu. Sie hebt die Augenbrauen einen halben Millimeter und zieht sich zögernd ins Vorzimmer zurück, lässt aber vernünftigerweise die Tür einen Spalt offen. Ich setze mich wieder hinter meinen Schreibtisch, lege das Pfefferspray in die Schublade zurück und deute auf den lederbezogenen Besucherstuhl. »Also, was kann ich für Sie tun?«

Da passiert etwas Merkwürdiges. Der Mann wirkt plötzlich … verlegen? Nein, nicht richtig verlegen, aber nahe dran. Widerstrebend. Wie seltsam. Ich meine, wer verschafft sich beinahe gewaltsam Zutritt zu jemandem, um ihm etwas Dringendes zu sagen, und will dann nicht damit rausrücken?

»Ms. McKenzie«, fängt er an. Er schaut mir in die Augen, seufzt, senkt den Blick, scheint zu einem Entschluss zu kommen und sagt endlich: »Also, ich habe sozusagen eine Begabung. Eine Gabe.«

Begabung, denke ich. Hm. Will er einen Job? Ich sage nichts. Besser, ich höre mir sein Anliegen erst zu Ende an.

»Ich sehe Dinge«, fährt er fort. »Dinge, die … passieren werden.«

Schlagartig bin ich ernüchtert. Ich habe die Situation komplett falsch eingeschätzt. Er ist doch ein Spinner. »Aha«, sage ich, um Zeit zu schinden, während ich mich frage, wie ich ihn ohne größeres Drama wieder loswerde. »Und was sehen Sie da so?«

»Sie.«

Ich schaue ihn erstaunt an. »Mich? Und was mache ich?« Kaum habe ich die Frage gestellt, bereue ich es schon. Wahrscheinlich werde ich gleich das dringende Bedürfnis nach einer ausgiebigen Dusche haben, um jede Erinnerung an dieses Gespräch wegzuspülen. Vorsichtig schiebe ich mich in Richtung Alarmknopf.

»Es gibt da … jemanden«, sagt Dan. »Er ist sehr gefährlich. Er wird etwas Schreckliches tun. Und nur Sie können ihn aufhalten.«

»Aha. Verstehe. Okay«, sage ich in freundlichem Ton und lasse eine Hand unter den Tisch gleiten. »Also, danke, dass Sie mir das gesagt haben, Mr. – Dan. Vielen Dank, Dan.«

Zu meiner Überraschung fängt er an zu lachen. »Sie glauben mir nicht. Sie denken, ich spinne.«

»Ich glaube, dass Sie glauben, was Sie sagen«, sage ich ganz ruhig.

Er fährt sich mit der Hand übers Gesicht. »Das ist sehr nett von Ihnen.« Plötzlich sieht er erschöpft aus. Mir fallen die Schatten unter seinen Augen auf. Die heruntergekauten Nägel. »Es macht auch nichts. Ich hab's zuerst auch nicht glauben wollen. Aber das spielt keine Rolle. Prophezeiungen lügen nicht. Sie müssen den Pfeil finden, Frida. Nur Sie können uns retten.«

Perplex starre ich ihn an. Ich werde nicht schlau aus diesem Kerl. Er macht eigentlich einen ziemlich normalen Eindruck, aber was er sagt, ist hochgradig irre. Ich mustere ihn genauer, als ließe sich an seinen Klamotten etwas über seinen Wahn erraten. Ein T-Shirt mit dem Logo einer Band, von der ich noch nie gehört habe, eine Lederjacke, abgetragene Jeans, schwarze Desert Boots. Keine Batik, keine Kette mit Eso-Kristall, nicht mal ein Hauch Räucherstäbchen-Aroma. Er wirkt ganz normal. Vielleicht ein bisschen wie ein Künstler – ein Maler oder Musiker.

»Wer sind Sie?«

Da lächelt er mich an, ein warmes, freundliches Lächeln. Verdammt, er ist wirklich attraktiv. »Ein Freund«, sagt er. »Sie wissen es nur noch nicht.«

Oh nein.

Ich betätige den kleinen Knopf, der den Wachmann des Bürogebäudes alarmiert. Im selben Moment steht Dan auf. Instinktiv zucke ich zurück und greife – hätte ich bloß das Pfefferspray noch zur Hand – nach dem nächstbesten spitzen Gegenstand.

Er lächelt wieder. »Wollen Sie mir jetzt einen strengen Brief schreiben?«

Ich schaue auf den Füllfederhalter in meiner Hand. Meine Güte. Durchgeknallt, aber witzig. Besser, ich schmeiße ihn raus, bevor ich womöglich noch mit ihm essen gehe.

»Sie sollten jetzt gehen«, sage ich, bemüht, mir nicht anmerken zu lassen, wie sehr er mich durcheinandergebracht hat. »Ich habe den Sicherheitsdienst alarmiert. Wenn Sie nicht freiwillig gehen, werden Sie festgenommen.«

»Okay«, sagt er unbeeindruckt – und steckt die Hand in die Tasche. Ich trete noch einen Schritt zurück. Was hat er da drin? Ein Messer? Eine Kristallkugel? Aber er zieht nur einen kleinen Packen Klebezettel heraus, löst den obersten ab, auf den eine Telefonnummer gekritzelt ist, und klebt ihn auf meinen Schreibtisch. »Rufen Sie mich an, sobald Sie erkannt haben, dass es stimmt, was ich sage.« Sein Blick ist so intensiv, dass mich ein Schauder überläuft. »Aber bis dahin seien Sie bitte sehr, sehr vorsichtig, Frida. Wenn *ich* weiß, dass Sie diejenige sind, wird er es sicher bald auch erfahren.«

»Er?«

»Anteros.« Er spricht es aus, als müsste der Name mir etwas sagen. Da höre ich, dass Donald, der Sicherheitsmann, im Anmarsch ist. Seine schweren Schritte sind unverkennbar – er ist etwa zwei Meter groß und auch ungefähr so breit.

Dan der Spinner redet unbeirrt weiter. »Steigen Sie nicht zu irgendwem ins Auto, den Sie nicht kennen. Lassen Sie niemanden zu sich ins Haus. Essen oder trinken Sie nichts, was Sie nicht selbst zubereitet haben. Und, vor allem, gehen Sie bloß nicht in die Nähe von NeoStar.«

Ich runzle die Stirn. NeoStar. Ist das nur Zufall? Ich hoffe es, denn wenn nicht, bedeutet es, dass der Kerl sich mit meinem Terminkalender befasst hat.

Jetzt lehnt er sich über den Tisch, ganz nah zu mir. Ich bilde mir ein, etwas wie einen winzigen Stromstoß zu spüren, als berührten sich einen Sekundenbruchteil lang zwei Drähte und lösten sich dann wieder voneinander.

»Ich dachte, vielleicht wüssten Sie, was Sie sind, aber dem ist nicht so, oder?« Und jetzt sind es nicht seine Worte, die mir Angst einjagen. Sondern sein Gesichtsausdruck. Er ist voller Mitleid. Ich kann mir nicht vorstellen, warum dieser Verrückte mich bemitleiden sollte.

»Bitte, seien Sie vorsichtig, Frida«, wiederholt er. »Sie sind etwas ganz Besonderes.«

Die Tür öffnet sich. Donald schaut von mir zu Dan und wieder zurück. Sein Blick verharrt kurz auf dem Füller in meiner immer noch erhobenen Hand. »Alles okay hier?«, fragt er mit der unbeirrbar finsteren Miene, die er standardmäßig zur Schau trägt.

Der durchgeknallte Dan dreht sich zu ihm um und hebt die Hände, um seine Harmlosigkeit zu demonstrieren. »Ich wollte gerade gehen.«

»Begleiten Sie diesen Herrn nach draußen, Donald, bitte?«, frage ich.

Donald grunzt, enttäuscht, dass er nicht handgreiflich werden muss. Wenn ich Alarm auslöse, gibt es normalerweise etwas mehr Action. Aus Prinzip packt er Dan grob am Arm und steuert ihn in Richtung Tür. Ehe Dan hinausgeschoben wird, ruft er mir noch etwas zu, so völlig ohne jeden Zusammenhang, dass mir der Kopf schwirrt.

»Sie sollten dringend Ihre Kenntnisse in griechischer Mythologie auffrischen!«

Als der Typ verschwunden ist, stoße ich einen erleichterten Seufzer aus. Was zum Henker sollte das? Total skurril. Ein paar Minuten lang sitze ich einfach nur da. Penny bringt mir einen Kaffee und zieht sich dann schweigend zurück, was herrlich ist und genau der Grund, warum ich sie eingestellt habe. Meiner Meinung nach reden die meisten Leute zu viel. Ich schätze all diejenigen sehr, die kapieren, wann es geboten ist, den Mund zu halten.

Ich nehme ein paar Schlucke, um wieder ins Lot zu kommen. Nicht, dass ich wirklich Angst vor dem Typen hatte. Mich ärgert nur maßlos, dass ich ihn reingelassen habe. Eigentlich kann ich mich auf meine Intuition verlassen, umso mehr wurmt es mich, dass ich mich so spektakulär getäuscht habe. Wenn er nun gewalttätig gewesen wäre? Schnell schüttle ich den Gedanken ab. Ist ja nichts passiert. Er war nicht gefährlich. Nur ein bisschen verwirrt.

Ich seufze noch einmal. Warum bin ich überrascht? Ich ziehe seit jeher nur komische Typen an. Als hätte ich ein Schild auf der Stirn kleben. Deshalb war ich auch schon monatelang mit keinem mehr verabredet. Ich starre aus dem Fenster in die frühe Abenddämmerung hinaus, folge mit dem Blick den Scheinwerfern der Autos und Busse, die sich durch den Schneematsch auf den Straßen schieben.

Dann zwinge ich mich, an andere Dinge zu denken. Für Komplikationen habe ich keine Zeit. Im Januar ist bei mir immer viel los. Die sowieso schon historisch hohe Scheidungsrate steigt dann noch mal ein Stück an. Unter dem Erwartungsdruck der Feiertage zerbrechen Ehen, die das Jahr über nur noch mit Mühe gehalten haben, endgültig. Angesichts all der kuschelig-warmen Fernsehwerbungen fragen sich die Leute, was eigentlich aus *ihrer* großen, unsterblichen Liebe geworden ist, und wenn dann noch nervtötende Schwiegereltern, überdrehte Kinder und alkoholenthemmte Betriebsweihnachtsfeiern hinzukommen, sind bei mir schnell vierzig Prozent mehr Umsatz drin. Schlecht für die Liebe, gut für mich.

Der Kaffee ist stark und aromatisch; langsam bin ich wieder ich selbst. Ich habe ja nicht viele Laster, aber ohne mindestens acht Tassen Kaffee am Tag werde ich zur Neandertalerin. Ich trinke aus und frage ins Vorzimmer durch: »Was steht morgen auf dem Plan, Pen?«

»Neun Uhr dreißig der Termin bei NeoStar«, flötet Penny effizient. »Dann um zwölf das nächste Gespräch mit Mrs. Bartholomew, gemeinsam mit ihrem Mann und dessen Anwalt. Da bin ich schon weg, Sie wissen ja. Morgen Nachmittag fängt mein Urlaub an. Die Vertretung kommt erst am Montag.«

NeoStar. Ich muss doch wieder an den Verrückten denken. Woher wusste er, dass ich dorthin will? Ich frage mich, ob er ein Konkurrent sein könnte. Bisher hat NeoStar noch kaum jemals externe Anwälte engagiert, aber angesichts der eskalierenden Scheidungsraten leuchtet es ein, dass der Konzern einen Anwalt damit beauftragen will, der Belegschaft bei Stress in der Ehe zur Seite zu stehen – schließlich sind langwierige, komplizierte Scheidungsgeschichten der Produktivität extrem abträglich, während ein lukrativer Sieg vor Gericht gegen den oder die verhasste Ex die Arbeitsmoral vermutlich in höchste Höhen schießen lässt. Ein solcher Job wäre ein absoluter Hauptgewinn, und sicherlich würden viele meiner Konkurrenten vor nichts zurückschrecken, um ihn zu ergattern. Sich deshalb als Hellseher auszugeben ist schon ziemlich gaga, aber überraschen kann mich da gar nichts mehr. So ist die moderne Welt: sei um jeden Preis der oder die Beste, oder du bist ein Nichts.

»Frida?«

»Sorry, Penny. Ich war in Gedanken. Ja, natürlich, kein Problem. Erholen Sie sich gut. Und schreiben Sie mir eine Karte.«

Für den Abend nehme ich mir ein bisschen Arbeit mit. Zu Hause mache ich eine Flasche Wein auf und schalte einen beruhigenden Klassiksender im Radio ein. Dann schneide ich Paprika, Zucchini, Knoblauch und Tomaten in Scheiben, gebe sie in eine Auflaufform, beträufle sie mit Öl und Balsamico und schiebe sie in den Ofen. Auf einem Barhocker an meinem Küchentresen schenke ich mir ein zweites Glas Wein ein.

Da summt mein Handy. Es ist eine Nachricht von Chris.

Hi Frida, lange nicht gesehen. Mal wieder Lust auf einen Kaffee?

Ich überlege. Chris ist ein Anwalt für Wirtschaftsrecht, mit dem ich vor ein paar Jahren mal was laufen hatte. Wir sind immer noch Freunde, aber er hat nie ein Geheimnis daraus gemacht, dass er sich mehr wünschen würde. Innerlich zucke ich mit den Schultern. Warum nicht mit ihm Kaffee trinken gehen? Schaden kann es nicht.

Mit meinem Glas gehe ich zu meinem leuchtend türkisen Sofa und lasse mich mit einem Seufzer der Befriedigung auf dic prallen Kissen mit Fuchsmuster fallen. Ich liebe diese Wohnung und überhaupt mein Leben. In den letzten Jahren als Single wurde mir klar, dass ich eigentlich der ideale Partner für mich selbst bin. Ich kann ganz gut kochen. Ich halte die Wohnung blitzsauber. Ich mache mir nach langen Arbeitstagen duftende Schaumbäder. Ich kaufe mir Pralinen. Ich gehe mit mir essen, ins Kino, zu Partys. Was will man mehr?

Die Arbeit hat mir sowieso schon immer mehr gegeben als jede Beziehung. Arbeit ist logisch: Investiert man in seine Karriere, dann kommt dabei normalerweise auch was heraus. Die Liebe dagegen? Total unberechenbar. Jeder Fall, den ich je bearbeitet habe – und jede meiner Beziehungen! –, hat mir gezeigt, dass eine Partnerschaft jederzeit in die Brüche gehen kann, ohne vernünftigen Grund, egal wie viel einem daran liegt oder wie viel man in sie investiert. *Vor allem*, wenn man viel investiert. Und wohin führt das dann? Ich lasse den Wein im Glas kreisen und starre in die blutroten Tiefen. Es führt dorthin, wo jetzt zum Beispiel Oona ist. Und so viele andere Leute. Aufs Abstellgleis. Wo man zu spät erkennt, dass man seine besten Jahre einem Menschen geopfert hat, der das gar nicht verdient.

Warum bist du immer noch Single? Aus freier Entscheidung, deshalb. Aus Selbsterhaltungstrieb.

Ehe ich den Gedankengang weiterverfolgen kann, klingelt es. Ich stehe auf und gehe zur Sprechanlage. Unten steht Bryony und lacht in die Kamera. »Hab was für dich«, sagt sie. Ich schüttle grinsend den Kopf. Bryony ist der einzige Mensch, den ich kenne, der einfach unangemeldet bei den Leuten hereinschneit – als wäre das Handy noch nicht erfunden.

Als sie in die Wohnung kommt, sehe ich, dass sie einen großen Karton trägt.

Ich umarme sie um den Karton herum. »Hallo, Süße. Wie komme ich zu der Ehre? Und was ist da drin?«

Sie folgt mir in die Küche, stellt den Karton auf dem Tresen ab und seufzt glücklich. »Ach, ist das schön hier. So sauber und ordentlich. Nirgends Buntstifte oder Spielzeugautos!«

Ich muss lachen. Ihre Zwillinge Jake und Joe sind jetzt zwei, und seit ihrer Geburt besteht Bryonys Leben aus einem Mahlstrom von Spielzeug, Krabbelgruppen und Essensflecken an allen möglichen Stellen.

»Was macht das Duo infernale?«

»Ist höllisch gut drauf. Aber sie sind trotzdem meine Engelchen.«

Ich grinse sie an. Wir kennen uns seit der Schule, aber wer uns heute sieht, käme nie darauf, dass wir befreundet sind. Bei mir haben Klamotten und Schuhe höchste Priorität, ich würde nie auch nur den Müll rausbringen, ohne mich vorher ordentlich zu schminken. Bryony trägt Leggings und lose Oberteile, steckt ihr wunderschönes rotblondes Haar immer zu einem schlampigen Knoten auf und schminkt sich höchstens zu Weihnachten oder wenn sie Geburtstag hat.

»Auch ein Glas Wein?«, frage ich.

Sie betrachtet etwas sehnsüchtig die offene Flasche und schüttelt den Kopf. »Lieber einen Tee. Du weißt ja, nach einem Glas bin ich momentan schon nicht mehr zu gebrauchen.« Sie klopft auf den Karton. »Eigentlich wollte ich dir wirklich nur das da vorbeibringen.«

Ich fülle den Wasserkocher und hole mir mein Weinglas vom Couchtisch. Neugierig mustere ich den Karton. »Du weißt aber, dass mein Geburtstag erst im Juli ist?«

Bryony verdreht die Augen. »Pass auf. Justin und ich haben doch meinen Eltern beim Umzug geholfen.«

Ich nicke.

»Also, dabei entdeckten wir, dass in ihrer Garage noch tonnenweise altes Zeug von mir lagert, von damals, als ich zu Hause auszog. Sachen, die ich zwar nie wieder gebraucht hätte, aber irgendwie nicht wegwerfen wollte. Du kennst das ja sicher.«

Ich nicke, obwohl das nicht stimmt. Als ich an die Uni ging, beseitigte meine Mum zu Hause jede Spur von mir. Wenn ich heute auch nur eine Haarbürste bei ihr ließe, sie würde sie sofort in den Müll werfen.

»Und da hab ich diesen Karton gefunden«, fährt Bryony fort. »Ich dachte, das Zeug kenne ich ja gar nicht. Dann sah ich das hier.« Sie holt einen Notizblock heraus, dessen Umschlag mit kleinen Pierrots bedruckt ist. In mir regt sich eine Erinnerung. »Da steht dein Name drin«, sagt sie. »Die Sachen gehören dir! Du musst sie mal bei mir deponiert haben, als wir noch Kinder waren.« Sie grinst. »Witzig, oder?«

Ich spähe in den Karton und krame in den obersten Sachen. »Wow. Wahnsinn. Ha! Erinnerst du dich noch daran?« Ich hole die Sammlung von ausgefallenen Radiergummis heraus, für die Bryony und ich eine Weile all unser Taschengeld opferten.

»Und das da!«, ruft sie und greift mit spitzen Fingern nach einem klebrigen Glibberkraken, den wir immer an die Wand warfen, um dann zuzusehen, wie er nach unten kletterte.

Ich erwidere ihr Lächeln. »Wie eine Zeitkapsel. Danke! Übers Wochenende schaue ich mir mal alles in Ruhe durch.«

Wehmütig blickt Bryony in den Karton. »Das hätten wir uns damals auch nicht träumen lassen, wie unser Leben mal aussehen würde, was?«

Der Wasserkocher klickt. Ich gieße heißes Wasser über einen Teebeutel, drücke ihn mit einem Teelöffel mehrmals aus, bis die Flüssigkeit tiefbraun ist, und gebe viel Milch dazu. Eine der Nebenwirkungen langjähriger Freundschaft ist, dass man genau weiß, was die andere gern mag. Während ich einen halben Teelöffel Zucker hineinrühre, denke ich über Bryonys Bemerkung nach. So viele Erinnerungen habe ich gar nicht an meine Kindheit. Mein Dad ließ meine Mum sitzen, als ich neun war; ich glaube, einiges habe ich sicher verdrängt. Vielleicht tat es zu weh. Vielleicht gaben diese Erfahrung, und dass Mum danach so unglücklich war, ja letztendlich den Ausschlag für meine Berufswahl, weil ich betrogenen Ehefrauen und -männern zu ihrem Recht verhelfen wollte. Wer weiß? Da müsste man Dr. Freud fragen. Aber an eines erinnere mich sehr gut: wie Bryony und ich mit zehn Jahren eine gemeinsame Geburtstagsparty feierten und was wir uns damals für unser Leben wünschten.

»Doch, absolut!«, sage ich und drücke ihr die Teetasse in die Hand. »Wir wollten eine Zukunft, in der wir glücklich und hübsch sind und immer beste Freundinnen bleiben.«

»Ach, wir waren ja die reinsten Hellseherinnen.« Sie lacht und prostet mir mit ihrer Tasse zu.

»Total!«, sage ich, und da kommt mir wieder der Mann in meinem Büro in den Sinn.

Bryony bemerkt mein Stirnrunzeln. »Hey. Alles in Ordnung?«

»Ja, doch, alles gut.« Ich nehme einen Schluck Wein. »Ich hatte heute nur ein komisches Erlebnis. Du weißt ja, dass ich manchmal ein bisschen übergeschnappte Klienten habe? Heute kam einer, der mir erzählte, es gäbe eine Prophezeiung oder so, in der ich eine Rolle spiele.«

Bryonys Augen werden groß. »Sei bloß vorsichtig, Frida. In der Verzweiflung stellen manche Leute alles Mögliche an.«

Ich nicke, ohne mir die Mühe zu machen, sie darüber aufzuklären, dass es gar kein Klient war. So ganz kann Bryony meine Berufswahl nicht nachvollziehen, aber als praktische Ärztin hat sie durchaus eine Ahnung davon, was passieren kann, wenn das Leben eines Menschen aus der Spur gerät.

»Und bei dir?«, frage ich. »Alles okay bei der Arbeit?«

Sie seufzt. »Ja, aber es ist manchmal ganz schön hart. Ich wünschte einfach, ich könnte mehr tun, weißt du?« Sie schüttelt den Kopf. Ich weiß, worauf sie anspielt. Sie hat mir schon erzählt, dass immer mehr ihrer Patienten ihr anvertrauen, dass sie keinen Partner finden und sich fragen, ob mit ihnen etwas nicht stimmt. Sie gibt sich alle Mühe, diese Leute davon zu überzeugen, dass sie völlig normal sind, und empfiehlt ihnen eine Therapie, wenn es ihr angebracht erscheint, aber sie kommen immer wieder, als gäbe es eine Medizin gegen die Einsamkeit.

»Du kümmerst dich um sie, Bry, mehr kannst du nicht machen.«

Ein bisschen traurig lächelt sie mich an. »Wahrscheinlich nicht.«

Wir quatschen noch ein bisschen über ihre und meine Arbeit, über die Kinder und Justin, über die Nachricht von Chris und ob ich mich mit ihm treffen soll oder nicht. Dann schaut Bryony auf die Uhr und kippt ihren Rest Tee hinunter. »Ich muss los. Hast du Lust, am Sonntag zum Mittagessen vorbeizukommen?«

Wir umarmen uns. »Klar, gern.«

Nachdem ich meine Kindheitsspielsachen zurück in den Karton gelegt habe, räume ich ihn in den Besenschrank. Dann stelle ich den Wasserkocher noch einmal an und schütte kochendes Wasser über die Nudeln. Als das Essen fertig ist, widerstehe ich dem Impuls, es mit aufs Sofa zu nehmen, und setze mich ganz gesittet mit meinem Teller und meinem Glas guten Rotweins an den Esstisch. Das ist mein Leben, so habe ich es mir eingerichtet, und es ist verdammt gut.

Später kuschle ich mich doch noch ins Wohnzimmer vor den Fernseher. Gerade geht ein Film zu Ende, der kürzlich im Kino lief, in dem ein gewalttätiger Ehemann sich durch die Liebe seiner Frau zum Besseren wandelt. Ich zappe weiter und sehe den Anfang einer beliebten Serie um eine shoppingsüchtige, unheilbar beziehungsunfähige Protagonistin. Zapp. Eine Werbung für Diätpillen, so lang wie ein Filmtrailer. Zapp. Eine Dokumentation über eine Frau, deren Leiche drei Jahre lang unentdeckt in ihrer Wohnung lag. Zapp. Eine Gameshow, deren Teilnehmer für jede Person, die sie ins Bett kriegen, ehe ihr Partner ihnen auf die Schliche kommt, zehntausend gewinnen. Zapp. Die Werbung für das NeoONE, das goldene Smartphone, das aus der Finsternis erscheint. Inzwischen ist sie in den sozialen Medien zum heiß diskutierten Thema avanciert.

Ich schaue die Werbung zu Ende, dann schalte ich den Fernseher aus und gehe ins Bett.

In dieser Nacht träume ich, dass ich einen dunkelhaarigen Mann durch eine Menschenmenge verfolge. Sein Kopf taucht immer wieder zwischen den Leuten auf, ganz knapp außer Reichweite. Als ich ihn endlich einhole, berühre ich ihn am Arm. Er dreht sich um. Es ist Dan, der Typ aus meinem Büro.

Er packt mich fest um die Schultern. »Weißt du, dass du etwas ganz Besonderes bist? Weißt du das? Weißt du das? Du bist die Eine. Weißt du das?« Seine Stimme wird immer lauter und verzweifelter, bis ich ruckartig mit wild klopfendem Herzen aufschrecke. Aber wie alle Träume zergeht auch dieser bald, verliert sich in Fragmenten, und am Morgen kann ich mich nicht mehr an ihn erinnern.

2

Als um sieben mein Wecker klingelt, springe ich sofort aus dem Bett, voll Energie und Tatendrang angesichts des anstehenden Termins.

In aller Ruhe mache ich mich fertig, um sicherzugehen, dass jedes Detail perfekt sitzt. Ich dusche, setze mich im Morgenmantel mit einem Kaffee hin und trage mein Make-up auf. Über meine beste Unterwäsche ziehe ich Nylonstrümpfe und ein tailliertes schwarzes Kleid an und steige in ein glänzendes Paar schwarzer High Heels. Noch einmal korrigiere ich meine Frisur (mein Haar ist sorgsamst geglättet, strebt aber ständig danach, wieder in den natürlichen staubwedelartigen Lockenzustand überzugehen), ziehe den Lipgloss nach, tusche die Wimpern noch etwas stärker und betrachte mich im Spiegel.

Nicht übel. Die hohen Absätze brauche ich, weil ich nicht gerade mit physischer Größe gesegnet bin, aber wie ich festgestellt habe, kann das auch ein Vorteil sein. Ich bin klein, ich bin neunundzwanzig und sehe aus wie fünfundzwanzig. Von Leuten, die mich nicht wirklich kennen, wurde ich schon als niedlich bezeichnet. Sollen sie nur. Es ist gar nicht schlecht, unterschätzt zu werden. So wird man oft übersehen, bis es zu spät ist.

Zehn Minuten später sitze ich im Taxi. Auf den Straßen

liegt eine dicke Schicht griesigen grauen Schnees, und es geht nur langsam voran, aber das stört mich nicht. So habe ich Zeit, um mich zu konzentrieren. Bei diesem Meeting muss ich einen guten Eindruck machen. Ich bin zwar schon ein mittelgroßer Fisch in einem kleinen Teich, aber mein Ehrgeiz geht weiter. Als ich vor zwei Jahren meine eigene Kanzlei eröffnete, hielten mich alle für verrückt, in diesem Alter schon so hoch hinaus zu wollen. Insgeheim (oder auch weniger insgeheim) hofften viele meiner Altersgenossen, ich würde binnen Kurzem pleite gehen. Aber ich habe mich gehalten, genau wie geplant.

Weil ich es liebe, mein eigener Herr zu sein – und nicht nur das: Ich liebe das Scheidungsrecht. Ja, wirklich. Ich weiß, wie die Leute ticken. Wenn ich eine Person einmal getroffen habe, erkenne ich schnell, wie sie denkt, warum sie sich so verhält, wie sie es tut, und was sie vermutlich als Nächstes tun wird. Das hilft mir, ihre Achillesferse zu finden und zu erkennen, wo ich ansetzen kann, um meinen Klientinnen zum Vorteil zu verhelfen.

Und die haben meinen kühlen, objektiven Blick bitter nötig, weil sie oft völlig in Details verstrickt sind, so in ihrer Gefühlswelt gefangen, dass sie das große Ganze gar nicht wahrnehmen. Manchmal, wenn jemand mir die unüberbrückbaren Differenzen in seiner Ehe aufzählt und dabei Dinge nennt wie dass der Partner Marmeladengläser nicht richtig zuschraubt, zu laut niest oder zu viel Klopapier verbraucht, schaue ich mir die beiden fraglichen Ehegatten an und versuche mir vorzustellen, wie selig verliebt sie irgendwann mal gewesen sein müssen. Unmöglich. Die Ehe hat die Menschen, die sie einst waren, völlig ausgelöscht. Die Liebe, der große Zerstörer.

Der Himmel ist weiß und schneeschwer. Jetzt schiebt sich das NeoStar-Logo davor: der kühne schwarze Schriftzug mit dem nach oben strebenden Pfeil wie einem Versprechen unbedingten Erfolgs. In jeder großen Stadt gibt es inzwischen einen NeoStar-Tower. Dieser hier ist die Firmenzentrale und eines der Wahrzeichen unserer Stadt. Er ist das höchste Gebäude der Welt und hat 199 Stockwerke, vier Hotels und fünfzig Luxusappartements.

Während ich aus dem Taxi steige, schaue ich an dem Turm empor. Die Intention der Architekten war wohl, jeden in Ehrfurcht erstarren zu lassen, und das ist ihnen auch gelungen. Manche finden den Tower protzig, überflüssig und obszön, aber da kann ich nicht zustimmen. Die Leute schauen hier buchstäblich zu NeoStar auf – wie im übertragenen Sinn sowieso. Ein Unternehmen, das in den Siebzigerjahren ganz klein mit dem Bau von Computern und Telefonen anfing, sich aber, indem es jede technologische Neuerung sofort aufgriff – und oft sogar selbst hervorbrachte – zum weltweit marktführenden Technologiekonzern der Gegenwart entwickelte. Der Inbegriff großer Ambitionen.

Eilig, um dem nächsten Schneeschauer zuvorzukommen, gehe ich auf das enorme Glasportal zu. Die blankpolierte Glasdrehtür spuckt mich vor einem Rezeptionstresen aus, der wie die Kommandobrücke der *Enterprise* aussieht. Die Frau dahinter, eine makellose blonde Schönheit, erwartet mich mit einem perfekten Lächeln.

»Herzlich willkommen bei NeoStar«, sagt sie. »Ich bin Mandy. Wie kann ich Ihnen helfen?«

»Mein Name ist Frida McKenzie. Ich habe einen Termin bei Clive Bailey, Personalabteilung.«

»Ich gebe ihm Bescheid, dass Sie da sind.«

Sie tippt einen Knopf auf ihrem Telefon an. »Hallo, hier ist Frida McKenzie für Mr. Bailey … Ist gut, ich sage es ihr.« Lächelnd legt sie den Hörer auf. »Wenn Sie auf dem Sofa Platz nehmen würden, Ms. McKenzie? Mr. Bailey wird gleich zu Ihnen herunterkommen.«

Ah, denke ich. Die persönliche Note. Nett.

Wie alles andere hier ist das Sofa etwa siebenmal so groß wie nötig. Ich sinke in die weichen lederbezogenen Kissen und betrachte den riesigen Bildschirm an der Wand gegenüber, auf dem die Werbung für das NeoONE läuft. In dieser Größe ist sie sogar noch faszinierender. Ich male mir gerade aus, wie es wäre, dieses Handy zu gewinnen, wie unwahrscheinlich bekannt ich dadurch werden würde, was für positive Auswirkungen das auf mein Geschäft hätte. Da höre ich meinen Namen.

»Hallo. Frida, nicht wahr?«

Ich schaue auf. Auf mich zu kommt ein Mann mit einer schwarzen hochgegelten Stachelfrisur und einem beträchtlichen Bauch über langen dürren Beinen. Das muss Clive Bailey sein. Auf seinem ballonartigen Gesicht erscheint ein freundliches Lächeln, während ich versuche, mich so graziös wie möglich aus der Lücke zwischen zwei Riesenlederkissen zu befreien.

»Ja. Clive, nehme ich an? Ich bin Frida McKenzie von McKenzie Familienrecht. Freut mich sehr, Sie kennenzulernen.«

»Wunderbar!«, sagt er. Seine runden Augen werden vor Begeisterung noch runder. »Wie schön, dass Sie gekommen sind! Wenn Sie mir folgen würden? Ich bringe Sie nach oben in einen Konferenzraum.«

Das ist gut. Jeder weiß: je höher die Etage bei NeoStar, desto wichtiger. Ich folge Clive zu einer Sicherheitsschranke mit einem großen, stämmigen Mann in schwarzer Security-Kluft daneben, der mit dem Kinn auf meine Handtasche deutet. »Tasche bitte auf das Band legen«, sagt er mit tiefer, gleichgültiger Stimme.

Ich werfe Clive einen fragenden Blick zu.

»Wir nehmen es mit der Sicherheit hier sehr genau«, sagt er mit breitem Grinsen, anscheinend findet er die ganze Situation höchst amüsant.

»Verstehe.« Ich lege die Tasche auf das Band. Während sie durch einen kleinen Tunnel fährt, gehe ich durch die Schranke und warte, bis sie wieder zum Vorschein kommt.

Im Lift schaue ich zu, wie Clive mit dem knochigen Zeigefinger mehrere Nummern auf dem Tastenfeld drückt: 1,2,0, den Stern. Dann stellt er sich mit verschränkten Armen hin und schweigt.

Ja, normalerweise mag ich es, wenn Leute den Mund halten können, aber Schweigen im Aufzug ist selbst mir unangenehm. »Hm, Clive«, sage ich schließlich. »Als ich mit Ihrer Assistentin den Termin ausgemacht habe, hat sie mir nicht viel darüber erzählt, worum genau es geht. Können Sie mir vielleicht sagen, wie das jetzt ablaufen wird? Und wer dabei sein wird?«

Clive schaut mich an, als hätte er schon vergessen, dass ich da bin. »Ah, ja. Nun, bei der Besprechung werden Sie alles erfahren.«

»Verstehe. Aber Ziel der Besprechung ist …?«

»Diese Frage zu beantworten. Genau!«

Aha. Klar wie Kloßbrühe. Ich gebe auf. Der Aufzug

steigt und steigt, Etage um Etage, und kommt sanft auf der 120. zum Halten.

»Da wären wir«, sagt Clive. »Folgen Sie mir!«

In zügigem Schritt eilt er mir voraus einen sehr langen Flur entlang. Ich habe Mühe, mitzuhalten, meine Absätze sinken bei jedem Schritt in den dicken weichen Teppich ein. Clive wirkt ja schon etwas seltsam, andererseits sind bei vielen erfolgreichen Unternehmen wichtige Positionen mit Exzentrikern besetzt. Man kommt nicht auf neue Ideen, wenn man nicht sozusagen außerhalb der Schablonen malt. Wobei … wenn ich ihm so zuschaue, wie er mit zappelnden Schritten den Flur entlanghampelt, weiß ich nicht, ob ich ihm in meinem Büro auch nur die Buntstifte anvertrauen würde.

Vor einer soliden Eichentür, die exakt so aussieht wie alle anderen, an denen wir vorbeigekommen sind, kommt Clive abrupt zum Stehen. »Da wären wir.«

Kaum habe ich den Konferenzraum betreten, vergesse ich Clives merkwürdiges Verhalten komplett – stattdessen bekomme ich einen akuten Anfall von Arbeitsplatzneid. Das Erste, was ich bemerke, ist die Aussicht, die im Prinzip die ganze Stadt umfasst. Und dann die Einrichtung. Mein Gott, die Einrichtung! Unglaublich. Schon beim ersten Blick durch den Raum sehe ich etwas, das eine Ming-Vase sein muss, zwei Chippendale-Stühle und einen Schreibtisch aus dem achtzehnten Jahrhundert. Auf jeder freien Oberfläche stehen dekorative Stücke und Kunstwerke, bei denen mir schier die Augen aus dem Kopf fallen. An den Wänden hängen Dutzende Gemälde in Goldrahmen.

Unfähig, meine Begeisterung zurückzuhalten, drehe

ich mich zu Clive um, der seltsamerweise im Türrahmen stehengeblieben ist. »Das ist ja unglaublich! Kommen Sie nicht mit rein?«

Er grinst wieder so komisch. »Nein, nein! Warten Sie einfach hier. Die anderen kommen sofort. Dort ist Kaffee, bedienen Sie sich.«

Ich nicke. Als sich die Tür vor seinem grimassierenden Gesicht schließt, bin ich erleichtert. Also war er nur der Lakai, der mich abholen sollte, Gott sei Dank. Während ich warte, kann ich mir auch einen Kaffee gönnen. Ich gehe zu dem Sideboard, auf dem eine Kanne verheißungsvoll vor sich hin dampft. Doch als ich mir eine Tasse einschenken will, rutscht mir die Kanne irgendwie aus der Hand und fällt krachend auf das Sideboard. Entsetzt muss ich zuschauen, wie sich eine Woge aus Kaffee über die polierte Oberfläche ergießt, in Bächen über die Kante strömt und auf den zweifellos unbezahlbaren Teppich pladdert. »Oh Scheiße.« Ich zerre eine Handvoll Kleenex aus der Tasche und wische so viel wie möglich davon auf. Ängstlich begutachte ich das Sideboard. Dem scheint die Kaffeedusche nicht viel ausgemacht zu haben; wahrscheinlich hat es eine wasserabweisende Beschichtung. Aber die Kaffeekanne ist gesprungen und – noch schlimmer – leer.

Toller Anfang, Frida.

Um nicht noch mehr Schaden anzurichten und mich etwas zu beruhigen, trete ich ans Fenster. Der Blick ist umwerfend. Das Rathaus, die Kathedrale, die Kirchen und Bürogebäude und Wohnhäuser, alles sieht winzig aus neben der Macht von NeoStar. Während ich hinausschaue, entladen die Wolken endlich ihre Fracht, und in dichten Schwaden beginnen weiße Flocken zu fallen. Es ist, als läge die Stadt in einer gigantischen Schneekugel. Plötzlich erfüllt mich eine immense Sehnsucht. Ich will all das hier: dieses Geld, dieses Prestige, dieses Leben, diese Aussicht. Ich schwöre mir, ich werde sie alle umhauen bei dem Meeting und mir diese Zukunft erstreiten.

Das heißt, falls hier mal jemand auftaucht. Wo sind die bloß?

Ich schaue auf mein Handy. Zehn Minuten sind vergangen, und niemand hat sich blicken lassen. Ob das ein Machtspielchen ist, ein Test, um zu sehen, wie ich reagiere? In der Geschäftswelt hat man ja schon merkwürdigere Dinge gehört. Ich beschließe, dass ich für dieses Treffen, wie lange es auch dauern wird, den doppelten Stundensatz berechnen werde. Sehnsüchtig blicke ich zur Kaffeekanne. Ich brauche dringend Koffein. Wo in aller Welt bleiben die? Hat mich Clive in den falschen Raum geführt?

Von dem einen seltsamen Kerl komme ich unweigerlich auf den nächsten. Ungebeten wandern meine Gedanken zu Dan. Zu dem, was er sagte. Prophezeiungen. Ein Pfeil. Nur ich kann helfen. Wie etwas aus einem Märchen.

Immer noch ist weit und breit niemand zu sehen oder zu hören. Ich reiße mich von der grandiosen Aussicht los und inspiziere den Raum genauer. Ich versinke in den Anblick zweier mit grüner Craquelé-Glasur überzogener Vasen, für die ich meine rechte Hand und wahrscheinlich sogar den linken Arm gegeben hätte. Dann bewundere ich ein Duo bronzener Pferdestatuetten, einen Art-déco-Spiegel und einen Wandteppich, der original mittelalterlich aussieht. Ich war ja schon vorher beeindruckt von NeoStar, aber das plättet mich völlig. Wie viel Geld haben diese Leute eigentlich? Dann schaue ich wieder auf die Uhr. Zwanzig Minuten jetzt, und immer noch niemand im Anmarsch. Allmählich ärgert mich das. Noch bin ich für die vielleicht ein kleines Licht, aber meine Zeit hat trotzdem ihren Wert.

Ich überlege, ob ich Clive anrufen und ihn fragen soll, was da los ist, dann fällt mir ein, dass ich seine Nummer gar nicht habe. Nur die seiner Sekretärin. Ich wähle sie an und nehme mir vor, auch gleich um mehr Kaffee zu bitten. Aber statt des Klingeltons kommt ein durchdringendes, in den Ohren schmerzendes Piepen. Besetzt. Frustriert beende ich den Anruf. Dann versuche ich es eben in fünf Minuten noch einmal.

Jetzt setze ich mich an den großen Konferenztisch, auf dessen blanker Fläche nichts als ein Stapel Notizblöcke in der Mitte liegt – natürlich mit dem Logo von NeoStar, samt dem Pfeil, der den nicht enden wollenden steilen Aufstieg des Unternehmens symbolisiert. Wobei man sich schon fragt, wie sie das eigentlich geschafft haben, wenn sie nicht mal einen verabredeten Termin pünktlich einhalten können. Oder vielleicht ist genau das der Punkt: Wenn man so mächtig ist, kann man machen, was man will, ohne noch auf irgendwas Rücksicht zu nehmen.

Mich zu entspannen bin ich nicht fähig, deshalb stehe ich wieder auf und erkunde weiter den Raum. Er ist zehnmal so groß wie mein Büro. Wieder denke ich daran, dass ich hier ernstzunehmendes Geld machen könnte, wenn diese Besprechung endlich mal anfangen würde.

Eine der Wände ist komplett mit Gemälden gepflastert. Ich betrachte das erste. Eine schlangenhaarige Medusa starrt mich an, mit wildem Blick, aus ihrem abgeschlagenen Hals tropft Blut, der Mund ist zu einem letzten Kreischen aufgerissen. Ich krause die Nase – komische Wahl für einen Konferenzraum. Dann zucke ich mit den Schultern. Vielleicht ein weiteres Machtspielchen. Ein Insider-Witz über Halsabschneider-Geschäftsmethoden.

Haha.

Weiter zum nächsten Gemälde. Es zeigt einen bleichen, pummeligen schlafenden Cherub, einen Cupido im Spiel von Licht und Schatten. Eigentlich ein unschuldiges Motiv, aber tatsächlich finde ich es vage bedrohlich. Hastig gehe ich weiter in der Hoffnung, dass das nächste Bild zum Beispiel eine hübsche, beruhigende Landschaft zeigt. Doch es ist sogar noch schlimmer. Es ist mir schon mal irgendwo in einer Zeitschrift begegnet, aber es hier in all seiner grausigen Pracht zu sehen ist von Neuem ein Schock. Bestimmt kann es nicht das Original sein. Es ist ein Goya, das monströse Bild, auf dem der Gott Saturn seinen Sohn verschlingt.

Ich schüttle den Kopf. Mir ist leicht übel. Sehr, sehr merkwürdig, das muss ich schon sagen. Rasch lasse ich den Blick über die restlichen Gemälde schweifen: eine nackte an einen Felsen gefesselte Frau; ein Mann in Ketten, der von einem riesigen Adler angegriffen wird; zwei weitere unbekleidete Frauen, die von zwei Reitern belästigt werden. Durch die Bank verstörendes Zeug. Ich bin entsetzt. In was für einen Konferenzraum passt solche Kunst? Dann fällt mir etwas auf: All diese Gemälde haben Motive aus der klassischen Mythologie.

Sie sollten dringend Ihre Kenntnisse in griechischer Mythologie auffrischen …

Mir wird zunehmend unwohl. Die ganze Atmosphäre

hier ist richtiggehend unheimlich. Gehört die Führungsriege von NeoStar vielleicht einem Kult an, der die rituelle Opferung von Scheidungsanwältinnen betreibt? Der Gedanke soll ein Witz sein, beunruhigt mich aber nur noch mehr. Wieder schaue ich auf die Uhr. Es ist 10:14. Das ist inakzeptabel. Hier ist kein Vertrag für mich in Aussicht – wer auch nur einen Funken Respekt für einen potenziellen Geschäftspartner hat, behandelt ihn nicht so. Oder vielleicht ist an der Sache einfach ein Riesenirrtum schuld, ein dämlicher Systemfehler, und man hat mich aus Versehen hergebeten? Das würde immerhin erklären, warum der abgängige Clive keinen blassen Schimmer hatte, worum es bei dem Meeting gehen sollte.

Ich rufe noch einmal Clives Sekretärin an und fluche, weil die Leitung immer noch belegt ist. Wie ist es möglich, dass ein so gigantischer Tech-Konzern nicht über ein ausgefeiltes Warteschleifensystem verfügt? Ich überlege kurz, ihr eine Mail zu schicken, lasse die Idee aber fallen. Egal was der Grund für die Verzögerung ist, ich kann nicht noch mehr Zeit verschwenden, bis sich jemand bequemt, mir zu antworten. Ich nehme meine Handtasche, gehe zur Tür, greife nach dem riesigen Messing-Türknauf.

Und stelle fest, dass die Tür verschlossen ist.

3

Wie betäubt starre ich die Tür an.

Ich bin eingeschlossen.

Clive muss aus Versehen irgendeinen Schließmechanismus betätigt haben. Was für ein Vollidiot ist er eigentlich?

Heillos wütend greife ich wieder zum Handy. Ich bin eine vielbeschäftigte Frau, das hier ist das Letzte, was ich brauchen kann. Noch einmal versuche ich es bei Clives Sekretärin. Unglaublich, es ist immer noch besetzt. Ich haste zum Konferenztisch, reiße ein Blatt von einem der Notizblöcke ab und wähle die darauf angegebene zentrale Nummer. Das hätte ich gleich machen sollen; an der Rezeption kann ich darum bitten, direkt mit Clive verbunden zu werden. Nach der letzten Ziffer warte ich – aber statt einer menschlichen Stimme ertönt das gleiche scheußliche Piepen.

Verdammt. Das muss eine Telefonstörung oder so was sein.

Einen Moment lang stehe ich da und frage mich, was jetzt. Wenn das Telefonnetz der Firma zusammengebrochen ist, ist hier garantiert die Hölle los. Weshalb die Chance noch kleiner wird, dass jemand sich daran erinnert, dass ich hier drin bin. Es hilft nichts, ich muss Penny anrufen und sie bitten, von außen Hebel in Bewegung zu setzen. Die gute alte hypereffiziente Penny. Ich wähle sie an – aber was ich höre, versetzt mir einen Heidenschrecken. Schon wieder dieses *piep piep piep.*

Ich starre mein Handy an. Okay, dann liegt es an ihm. Das leuchtet mir eher ein. Allerdings habe ich 97% Akkulaufzeit und ein perfektes Netz. Warum also funktioniert es nicht? Nur zur Sicherheit probiere ich es mit ein paar weiteren Nummern – Pens Handy, Bryonys Festnetz und dann mein Festnetz zu Hause. Jeder Versuch endet mit exakt dem gleichen schrillen Piepen, das mich allmählich zur Raserei treibt.

Also gut, denke ich, mein Handy ist kaputt. Kein Problem. Im Zweifel wähle analog. Ich suche nach einem Festnetztelefon. In jedem Winkel, jedem Schrank und Regal dieses prunkvollen großen Raums.

Es ist keins da.

Keine Möglichkeit, mit irgendwem zu kommunizieren. Oder um Hilfe zu bitten.

Mein ungutes Gefühl wandelt sich in Richtung Panik. Noch einmal versuche ich es an der Tür. Falls sie sich aus Versehen blockiert hat, vielleicht kann ich sie ja durch Rütteln wieder lösen? Ich bücke mich und untersuche das Schloss. Es ist alt, genau wie alles andere in diesem prächtig ausgestatteten Zimmer, und hat keinen Verriegelungs- oder Blockademechanismus, nur ein leeres Schlüsselloch. Aus Versehen kann man damit niemanden einschließen. Nur absichtlich.

»Verdammt, was soll das?«, murmele ich vor mich hin.

Mit der Faust hämmere ich an die Tür. »Hallo?«, brülle ich, so laut ich kann. »Hallo, hört mich jemand? Ich bin eingeschlossen! Hallo!« Dann presse ich das Ohr an die Tür. Nichts. Der Luxus und die Weitläufigkeit des Raumes scheinen jedes Geräusch zu schlucken.

Alles in Ordnung, rede ich mir zu. Denk nach, Frida. Mach einen Plan.

Dabei atme ich ein paarmal tief durch, weil ich trotz allem kurz vor dem Durchdrehen bin. Mein Spaß am Eingeschlossensein hält sich in Grenzen, selbst in so verschwenderisch eingerichteten Räumen wie diesem. Keine Panik, sage ich mir. Erst mal Bestandsaufnahme. Clive weiß, dass ich hier bin, und ich habe einen Termin, also wird bestimmt irgendwann irgendwer hierherkommen. Aber wenn nicht? Wenn Clive nun hingefallen ist, sich den Kopf aufgeschlagen hat und ins Krankenhaus gebracht wurde? Dieses Gebäude hat 199 Stockwerke. Wie viele unbenutzte Räume wie diesen gibt es darin wohl? Und es ist Freitag. Bald wird hier bis auf ein paar Hartgesottene gähnende Leere herrschen. Vielleicht bleibe ich tagelang, ach, *wochen*lang unentdeckt hier drin. Ohne Nahrung und Wasser. Ich könnte zu so einer urbanen Legende werden, von denen man immer mal wieder hört und die keiner wirklich glaubt.

Wieder zwinge ich mich zur Ruhe. Setze mich an den Tisch und betrachte die leere Kaffeekanne. Ich brauche Koffein. Wenn ich Kaffee hätte, könnte ich klarer denken. Ich greife nach einem der Notizblöcke. Am besten, ich schreibe meine Gedanken auf. Das hilft mir immer, ruhig zu werden. Beim Anblick des NeoStar-Logos regt sich irgendwas in meinem Hinterkopf, aber ich kann es nicht erhaschen. Ich schüttle den Kopf, nehme meinen Stift heraus und fange an, meine Möglichkeiten aufzulisten.

WARTEN, BIS JEMAND KOMMT.

Ich schaue auf die Uhr. Es ist fast eine Stunde her, seit Clive mich hier abgeliefert hat. Dass er zurückkommt, halte ich für unwahrscheinlich. Plötzlich kommt mir ein Gedanke: Vielleicht ist Clive der Ehemann einer meiner Klientinnen. Je mehr ich darüber nachdenke, desto plausibler erscheint mir das. Natürlich! Ich muss Clive in einem Scheidungsprozess so richtig abgezockt haben, und das ist seine Rache. Ich beiße mir auf die Lippe. Manchmal können betrogene Männer jede rachsüchtige Frau in den Schatten stellen. Ein Grund mehr, hier rauszukommen, und zwar schnell.

Ich schreibe das Wort FENSTER. Ich könnte mit etwas winken, brüllen, versuchen, unten auf der Straße Aufmerksamkeit zu erregen. Ich stehe auf und schaue mir die Fenster näher an. Kein einziges lässt sich öffnen. Ich setze mich wieder an den Notizblock. FEUERALARM? Mit einem Rundumblick wird klar, dass es hier keinen Alarmknopf gibt.

VERSUCHEN, DAS SCHLOSS ZU KNACKEN.

Es ist die einzige noch verfügbare Option. Na gut. Dann mache ich denen eben die Tür kaputt, sollen sie mich doch auf Schadensersatz verklagen. Ich schaue mich nach etwas um, was ich ins Schloss stecken kann – der Stift ist zu dick –, aber erstaunlicherweise ist nichts da. Wie kann es in einem solchen Zimmer nichts Schmales, Spitzes geben? Keinen Brieföffner? Keinen Federhalter? Nicht einmal einen Teelöffel? Das ungute Gefühl ist wieder da. *Hier stimmt etwas ganz massiv nicht.*

Mach nicht so ein Drama draus, sage ich mir – und stelle fest, dass ich mich anhöre wie meine Mutter in lange vergessenen Erinnerungen, wenn sie mich ausschimpfte, weil ich mir immer Geschichten ausdachte. *Hör auf mit dem Herumfantasieren, Frida.* Aber ich bin nicht mehr die kleine Frida mit der überschäumenden Fantasie. Schon lange nicht mehr. Ich bin die pragmatische Frida, mit der nicht zu spaßen ist. Und genau die wird jetzt in Aktion treten.

Ich wühle in meiner Tasche. Meine Schlüssel sind einigermaßen lang und dünn, ich kann es wenigstens ausprobieren. Aber bei allem Wühlen ertaste ich nicht das kalte metallische Bündel, das doch da sein muss. Ich suche noch eine Minute weiter, dann leere ich fluchend den Inhalt der Tasche auf den ach so kostbaren Tisch. Gehe alles durch. Wieder und wieder, so stupide, wie ich am Türknauf gerüttelt habe. Meine Schlüssel sind nicht mehr da. Mir kommt eine schreckliche Ahnung, und nochmals gehe ich die Gegenstände auf der Tischplatte durch. Auch meine Geldbörse fehlt.

Die haben mir mein Geld und meine Schlüssel geklaut. Der Gedanke ist so unmöglich wie hartnäckig. *Das war der Sicherheitsmann.* Na gut, aber warum? Und warum nicht mein Handy? *Weil du das sofort gemerkt hättest*, meldet sich die innere Stimme der Weisheit – die hätte mal ein bisschen früher aufwachen sollen. *Wahrscheinlich wäre es dir schon im Lift aufgefallen. Und das hätte … unschön geendet.*

Mein Instinkt, der mich gestern so schmählich im Stich gelassen hat, schrillt jetzt mit tausend Alarmglocken. Ich sitze in der Patsche. Und zwar ganz gewaltig.

Steigen Sie nicht zu irgendwem ins Auto. Lassen Sie niemanden zu sich ins Haus … Und, vor allem, gehen Sie bloß nicht in die Nähe von NeoStar. Das war nicht die Stimme meines weisen Über-Ichs. Sondern Dan. Er wusste, dass mir etwas zustoßen würde. Irgendwoher wusste er es. Und da knüpft mein Gehirn endlich die Verbindung. Das, was mir die ganze Zeit im Hinterkopf herumspukte, kommt zum Vorschein. Ich senke den Blick auf den logobedruckten Notizblock. Der Name. Der Pfeil.

Als Kind liebte ich Wortspiele, und ich bin noch immer ganz gut darin. NeoStar. Wenn man die Buchstaben nimmt und neu ordnet, was kommt heraus?

ANTEROS.

4

Ich sitze immer noch in dem Konferenzraum fest. Unfassbar, unerklärlich, empörend, aber ich sitze immer noch in diesem verdammten Konferenzraum. Keine Ahnung, wer oder was Anteros ist, aber inzwischen bin ich dabei, eine Theorie zu entwickeln, dass Clive der Abgezockte und Dan der Durchgeknallte gemeinsam hinter dem Ganzen stecken – erst bringt der eine mich mit wilden Storys durcheinander, dann macht der andere den Scherz komplett. Aber das ändert nichts daran, dass ich immer noch in diesem Raum festsitze und allmählich ein sehr, sehr – SEHR – übles Gefühl bei der Sache habe.

Ich stelle mich mitten in den Raum, jeden Muskel und Nerv bis zum Zerreißen angespannt, und gehe in Gedanken alles durch, was für diese Situation noch von Belang sein könnte. Der durchgeknallte Dan hat mir seine Telefonnummer gegeben – ja, und wo ist sie jetzt? Ich sehe sie deutlich vor mir: ganz oben in meinem Papierkorb im Büro. Da nützt sie mir viel. Aber selbst wenn ich sie dabeihätte, würde sie mir nichts bringen, wenn die irgendwie mein Handy manipuliert haben.

Du klingst selber ein bisschen durchgeknallt, Frida, sagt eine kleine besorgte Stimme in mir.

Ja. Ich weiß. Aber das ändert nichts an der Tatsache, dass ich hier festsitze.

Ich wende mich wieder dem Tisch zu und studiere den Inhalt meiner Tasche – ein Päckchen Taschentücher, Make-up, Kaugummis, Terminkalender, ein paar Münzen, Ohrstöpsel… Ich bin gern für alles gerüstet und weigere mich zu glauben, dass nichts von all diesen Sachen mir helfen kann. Da bemerke ich ihn. Einen kleinen gelben Klebezettel, den ich noch nie im Leben gesehen habe und auf dem die Worte stehen:

HINTER CARAVAGGIOS CUPIDO.

Ich starre ihn an. So langsam wird das schlicht und einfach surreal.

Hinter Caravaggios Cupido? Ich klammere mal kurz die große Wahrscheinlichkeit aus, dass dieser Zettel nicht das Geringste mit meiner derzeitigen Lage zu tun hat, und gehe den Raum ab. Das Gemälde von dem schlafenden Cherub. Kann das ein Caravaggio sein? Auf den Zehenspitzen versuche ich die Signatur zu erkennen, doch die Leinwand ist zu dunkel, ich sehe nichts. Ich bin mir darüber im Klaren, dass das, was ich tue, verrückt ist, aber auch, dass ich es trotzdem tun werde: Ich zerre einen der schweren geschnitzten Stühle unter das Gemälde, ziehe die Schuhe aus und steige darauf. Mit den Fingern taste ich die Unterseite des Rahmens ab, dann beide Seiten. Ich bin nahe daran, aufzugeben – das ist so dermaßen lächerlich –, da stoßen meine Fingerspitzen ganz oben in der Mitte des Rahmens tatsächlich auf etwas. Vorsichtig ziehe ich das Bild mit einer Hand ein bisschen nach vorn, greife mit der anderen nach dem Gegenstand und hole ihn hervor.

Es ist ein Handy, genau das gleiche Modell wie meines, nur ohne Akku. Darauf klebt ein weiterer Klebezettel.

RUFEN SIE MICH AN.

Plötzlich weiß ich es mit Sicherheit: Ich bin heute noch gar nicht aufgewacht, und all das hier ist bloß ein Traum. Gemäß der Traumlogik nehme ich den Akku aus meinem Handy, schiebe ihn in das andere, schalte es ein und tippe auf die Kontakte.

Es gibt nur einen.

Er nimmt nach dem zweiten Klingeln ab.

»Sie sind zu NeoStar gegangen.« Keine Frage. Eine Feststellung.

Ich blinzle, fasse mich aber sofort wieder. »Ja. Und jetzt bin ich in einem Konferenzraum eingesperrt. Würden Sie mir bitte endlich sagen, was für ein Spiel Sie da spielen?«

»Das ist kein Spiel, Frida. Haben Sie etwas gegessen oder getrunken, seit Sie dort sind?«

Ich denke an die Kaffeepfütze, die den Teppich ziert. »Nein. Warum?«

»Nicht wichtig. Aber tun Sie es bitte auch nicht, ja?«

Ich schweige erst einmal. »Gut«, sage ich dann.

»Wie lange sind Sie schon allein da drin?«, fragt er.

»Etwa anderthalb Stunden.« Leiser füge ich hinzu: »Es war Kaffee da, aber den habe ich verschüttet.«

Er holt Atem. »Okay. Dann glauben die vermutlich, Sie seien betäubt.« Er sagt es, als wäre es eine ganz normale Überlegung. »Das heißt, Sie haben noch etwas Zeit. Passen Sie auf: Schauen Sie sich um. Sehen Sie die Klimaanlage in der Decke?«

Ich suche die Decke nach einem Gitter ab. »Nein.«

»Schauen Sie genau hin. Sie ist getarnt.«

Ich schreite das Zimmer ab; doch, da ist sie. Ein weißes Rechteck in der weißen Decke. »Hab sie gefunden.«

»Gut. Rücken Sie den Tisch dorthin, aber *leise*. Steigen Sie auf den Tisch und entfernen Sie das Lüftungsgitter. Und dann ziehen Sie das Seil raus, das dahinter befestigt ist.«

Seil? Ich bin so baff, dass ich stumm bleibe.

»Frida, sind Sie noch da?«

»Ja«, sage ich schwach. Es besteht kein Zweifel mehr, dass das ein Traum ist.

»Legen Sie das Handy hin und beeilen Sie sich. So viel Zeit haben wir nicht.«

Ich schaue vom Tisch zu der Lüftungsöffnung. Der Abstand beträgt etwa drei Meter. Ich trete an die breite Seite des Tischs, packe ihn mit beiden Händen und schiebe. Der Tisch ist massiv, aber ich bin kräftig. Wie gesagt, es hat Vorteile, unterschätzt zu werden. Sehr, sehr langsam bugsiere ich den Tisch zu dem Rechteck hinüber. Als er direkt daruntersteht, klettere ich hinauf.

In meinen Nylonstrümpfen rutsche ich auf der polierten Tischplatte beinahe aus, also ziehe ich auch die Strumpfhose aus.

Barfuß habe ich einen guten Stand. Einen Moment lang stelle ich mir vor, wie plötzlich Clive hereinplatzt: Verzeihen Sie bitte, bei mir zu Hause gab es einen Notfall, tut mir leid, dass ich Ihnen nicht gesagt habe, dass die Tür klemmt, und überhaupt war das Ganze ein furchtbares

Missverständnis … und dann sieht er mich da auf seinem kostbaren Tisch stehen, barfuß und mit so wildem Blick wie die Medusa an der Wand.

Aber nein. Wenn da jemand durch die Tür kommen sollte, hat er ganz gewiss nichts Gutes im Sinn. Meine Intuition läutet immer noch Sturm, mir ist jetzt völlig klar, dass an diesem Raum, diesem ganzen Gebäude einfach alles grundverkehrt ist.

Ich ziehe die Abdeckung von der Klimaanlage. Es geht ganz leicht. Dahinter sitzt ein rechteckiges Gitter. Ich stecke die Finger in die Zwischenräume und ziehe, aber es gibt nicht nach. Ich suche in den Ecken nach Schrauben, die man lösen könnte. Nichts. Das Ding scheint angeklebt zu sein. Mir kommt in den Sinn, dass dahinter vielleicht eine Kamera versteckt ist und sich demnächst ganz YouTube über mich totlacht.

Ein letztes Mal reiße ich mit aller Kraft an dem Gitter, und es löst sich.

Ich gerate heftig ins Wanken, das Gitter noch zwischen den Fingern, aber ich kann mich fangen. Mit einem tiefen Atemzug lege ich das Gitter auf die Tischplatte und schaue wieder nach oben. In der Decke ist jetzt ein schwarzes Loch, etwa einen Quadratmeter groß. Ich fasse hinein. Ziemlich bald kommt meine Hand in Kontakt mit etwas Rauem, Haarigem – einer Strickleiter. Ich entrolle sie und starre sie mit sinkendem Mut an. Entweder kommt die Hilfe von da oben runter, oder ich muss rauf.

Ich ahne schon, was wahrscheinlicher ist.

Ich nehme wieder das Handy. »Das mache ich nicht. Für wen halten Sie mich – Bruce Willis?«

»Das ist der einzige Weg aus diesem Zimmer, Frida.«

Ich greife nach dem Strohhalm der Vernunft. »Hören Sie. Wenn Sie heute schon mal hier drin waren und das Handy und die Strickleiter und wer weiß was noch alles versteckt haben, können Sie dann nicht noch mal mit einem Vorschlaghammer kommen und die Tür aufbrechen? Oder einfach die Polizei rufen? Ja, genau«, der Gedanke erscheint mir immer attraktiver, »rufen Sie die Polizei. Sagen Sie denen, dass ich hier gefangen bin! Dann kann ich der Sache auf den Grund gehen. Ich bin mir sicher, dass das alles nur ein bescheuertes Missverständnis ist.«

»Keine Polizei«, sagt Dan. »Die ist von NeoStar gekauft.«

»Das ist doch lächerlich!«, zische ich – aber die Wut verbirgt nur unzureichend meine Angst.

»Frida«, sagt Dan. »Hören Sie mir zu. Ich wünschte, ich könnte zu Ihnen kommen und Ihnen helfen, aber ich käme niemals an der Security vorbei. Dieses Handy und das Seil hat jemand dort deponiert, der bei NeoStar gearbeitet hat.«

»Das ist doch super«, rufe ich. »Dann soll der kommen und mich rausholen.«

Eine Pause. »Das war vor zwei Jahren.«

»Vor zwei Jahren …« Mir versagt die Stimme. Wie kann Dans Verbündeter diese Sachen vor zwei Jahren hier versteckt haben, wo Dan doch gestern sagte, er hätte mich erst jetzt gefunden?

Plötzlich bin ich unendlich müde. »Ich kapiere das nicht«, sage ich. »Ich kapiere wirklich kein bisschen, was das alles soll.«

»Es ist ganz einfach«, sagt Dan. »Entweder Sie klettern da hoch, oder die werden Sie holen. Sie haben die Wahl.«

5

Ich stopfe Schuhe und Strümpfe in meine Handtasche und zurre mir diese fest über die Schulter. Sodann klettere ich mit beträchtlicher Mühe und null Eleganz in den Lüftungsschacht. Er ist gerade hoch und breit genug für eine Person von meiner Größe auf Händen und Knien. Mir kommt die flüchtige Vision, wie ich darin steckenbleibe und elend zugrunde gehe. Die nächste urbane Legende. Aber da dieser Gedanke jetzt nicht gerade hilfreich ist, schiebe ich ihn beiseite und krieche los, in die Richtung, die Dan mir beschrieben hat. Eins, zwei, hurra, ich habe die dritte Lüftungsöffnung erreicht. In der sechsten, hat Dan mir versichert, sei wieder eine Leiter, da könne ich runterklettern.

Während ich über die Öffnung hinwegkrabbele, höre ich gedämpfte Stimmen. Ich erstarre. Da unten ist jemand. Ich lege das Ohr an das Gitter. So kann ich gerade noch verstehen, was gesprochen wird.

»... ist Anteros bereit?«

»Erst in einer halben Stunde.« Clives Stimme, da bin ich mir sicher. »Aber sie dürfte noch eine Weile bewusstlos sein. Bring sie dann mit dem Rollwagen hinauf.«

»Wie ist sie so?«

»Oh, du weißt schon. Klein. Große Brüste. Die Sorte

Sterbliche, die man gerne mal –« Der Rest geht in Lachen unter, aber mehr will ich auch gar nicht hören. So wie Clive das Wort *Sterbliche* ausgesprochen hat, packt mich eisige Furcht. Was soll das heißen? Dass er mich irgendwie als weniger wert betrachtet als sich und seine Leute? Als etwas Entbehrliches? Und schon wieder dieser Name. Anteros. Ist das vielleicht wirklich ein Kult? Ich glaube, bis eben hatte ich immer noch die winzige Hoffnung, dass sich alles als gewaltiges Missverständnis herausstellen würde. Aber dieser Dialog zerstört auch sie. Die Stimmen werden leiser: Die beiden verlassen das Zimmer. So geräuschlos wie möglich krieche ich weiter. Ich muss diese sechste Öffnung erreichen.

Es kommt mir ewig vor, aber tatsächlich währt mein Schlangenmenschendasein nur knapp fünf Minuten. Dann bin ich da, hake die Finger ins Gitter und drücke dagegen, bis es sich löst, werfe die Strickleiter hinunter und klettere hinaus.

Das letzte Stück lasse ich mich fallen – meine bloßen Füße landen auf weichem Teppich –, dann schaue ich mich um. Es ist ein Lagerraum mit Dutzenden von Aktenschränken und stapelweise Kartons. Eine Art Archiv. An jedem Schrank und jedem Karton klebt ein Schild mit einer Aufschrift. Ich muss hier raus; Dan hat mir eingeschärft, dass ich keine Sekunde länger als nötig verweilen darf. Aber als ich nach der Türklinke greife, fällt mir etwas ins Auge.

Ich trete zurück. Blinzle. Auf dem Schild an dem mir nächsten Schrank steht »Frida McKenzie«. Darunter acht Ziffern: mein Geburtsdatum.

Was zum Teufel hat das zu bedeuten?!

Ja, ich muss hier verschwinden, aber meine Beine verweigern mir den Dienst. Ich muss wissen, was sich in diesem Aktenschrank befindet. Ich gehe zwei Schritte zurück und ziehe die oberste Schublade auf. Darin sieht es aus wie in jedem Aktenschrank, lauter dünne grüne Hängeordner mit Klarsichtschildchen dran. Die Aufschriften auf den Schildchen allerdings jagen mir einen Schauer über den Rücken. Die erste lautet »9–14 Jahre«, dann »14–19«, dann »19–24«. Ich öffne einen Ordner nach dem anderen. Da sind Fotos von mir als Kind, als Jugendlicher, als Erwachsener, computerbeschriebene Seiten, die aussehen wie Gesprächsprotokolle. Und auf jedem Seitenbündel ein roter Stempel: »INAKTIV«. Mit weit aufgerissenen Augen und ohne einen klaren Gedanken fassen zu können, starre ich die Dokumente an – da höre ich aus dem Flur einen überraschten Ruf.

Entsetzt schaue ich auf. Ich habe mich zu lange aufgehalten. Sie haben nach mir gesehen.

Und bemerkt, dass ich weg bin.

Ich wirble herum, reiße die Tür auf und sprinte in Richtung Treppe.

»Hey!«

Ein hastiger Blick über die Schulter: Da ist Clive. Er lächelt nicht mehr und sieht nicht im Mindesten mehr aus wie ein netter, leicht tölpelhafter Kerl. Er ist die verkörperte Wut. Ich habe schätzungsweise dreißig Sekunden Vorsprung. An der Wand bemerke ich einen Feueralarmknopf. Mit aller Kraft versetze ich ihm einen Schlag und hetze noch schneller weiter, während ohrenbetäubendes Sirenengeheul losgeht. Dann erreiche ich das Ende des Flurs mit der Tür.

Panisch versuche ich mich zu erinnern, welche Ziffern Dan mir durchgegeben hat.

Drei. Sieben. Vier. Sieben.

Drei. Sieben. Vier. Sieben.

Ich gebe sie ins Tastenfeld ein und zerre am Türgriff. Die Tür bewegt sich nicht. Hinter mir höre ich Clive, schon ganz nahe. Ich muss mich vertippt haben. Ich starte einen zweiten Versuch, zwinge meine zitternden Hände zur Ruhe. Drei. Sieben. Vier. Sieben. Grenzenlose Erleichterung durchströmt mich, als ich es klicken höre und die Tür sich öffnet. Dahinter ist die Treppe. Einhundertzwanzig Stockwerke, und ich bin in Sicherheit.

Innerlich wiederhole ich Dans Worte: *Siebzig Stockwerke runter und durch die rote Doppeltür. Die nächsten fünfzig Stockwerke sind Sie dann dort, wo die normalen Angestellten sind, da ist es sicherer. Vor Zeugen werden die nichts riskieren.*

Also sause ich die scheinbar endlose Treppe hinab, Etage um Etage. Clive kommt hinterhergaloppiert, nur zwei, vielleicht drei Treppenabsätze über mir. Ich bin schnell, aber er ist schneller; unaufhaltsam holt er auf. Ich versuche noch mehr zu beschleunigen, aber es ist, wie wenn man im Traum verfolgt wird: Man weiß genau, der andere wird einen kriegen. Nur ist das hier kein Traum, ich kann nicht einfach aufwachen; das hier ist real. Dann plötzlich habe ich es geschafft: dort ist die rote Doppeltür, das Tor zur Freiheit ist nur wenige Meter entfernt.

Clive aber auch.

Ich tippe den zweiten Code ein – drei, drei, drei, fünf. Diesmal stimmt er sofort, aber Clive ist zu schnell, gleich hat er mich erreicht, und alles, was ich denken kann, ist, dass er mich nicht wieder da raufschleppen darf, zurück zu diesen grausigen Gemälden und zu dem, was sie dort mit mir vorhaben. Dann werde ich definitiv verrückt. Und überhaupt, ich bin nicht durch einen Klimaanlagenschacht gekrochen und habe mir mein Kleid ruiniert, bloß um mich gleich wieder einfangen zu lassen.

Da fällt mein Blick auf meine Handtasche, und ich weiß, was ich tun muss. In einer fließenden Bewegung reiße ich die Tür auf, werfe mich hindurch, knalle sie zu, zerre meine Nylonstrumpfhose aus der Tasche, schlinge sie um die Türgriffe und verknote sie. Die hätten sie mir besser auch an der Sicherheitsschranke abnehmen sollen, denke ich mit grimmiger Befriedigung.

Mit einem letzten festen Zug an dem Knoten blicke ich durch die kleine facettierte Glasscheibe. Dahinter klebt Clives wutverzerrtes Gesicht. Es hat nichts Menschliches mehr.

Und ich renne wieder los, weiter und weiter nach unten. Wie Alice im Kaninchenloch, nur dass es bei mir umgekehrt ist: vom Land des Irrsinns zurück in die normale Welt, denn je tiefer ich komme, desto mehr Leute sind auf der Treppe. Normale Leute. Junge Männer in ihrem ersten Anzug, die mit Kolleginnen flirten. Leute mit genervtem Gesicht und Handy am Ohr, die sich darüber beschweren, dass sie aus ihrer wichtigen Besprechung gerissen wurden. Herumalbernde junge Frauen mit aufwendig geföhnten Locken und wie gemalten Augenbrauen, froh über die mittägliche Unterbrechung der zähen Freitagsroutine.

Schließlich habe ich den letzten Treppenabsatz über der Eingangshalle erreicht; durch die verglaste Tür sehe ich schon den Rezeptionstresen. Mandy ist von einer Handvoll Männer in schwarzer Security-Uniform umringt und zeigt ihnen etwas auf ihrem Bildschirm. Als ich sehe, wie die Männer auseinanderstreben und zu den Ausgängen eilen, wird mir flau im Magen. Die sollen mich abfangen. Sie werden jeden unter die Lupe nehmen, der aus dem Gebäude will.

Da erblicke ich einen bunten Schal, der aus der Handtasche der Angestellten vor mir hängt. Sie telefoniert angeregt per Handy. Kurzerhand greife ich mir das Ende des Schals, ziehe ihn wie ein Zauberkünstler aus ihrer Tasche und wickle ihn mir ums Haar. Dann mische ich mich unter ein Grüppchen Frauen zwischen vierzig und fünfzig in knallbunten Blusen, schwarzen Röcken und hohen schwarzen Stiletto-Absätzen. Lässig gehe ich zwischen ihnen die Treppe hinunter und bete, dass niemandem meine nackten Füße auffallen.

Und dann bin ich da. Im Erdgeschoss. Die Gruppe strebt zum Ausgang.

»Hey Mädels!«, sage ich und hake die Frau neben mir unter. Sie schaut verblüfft auf mich herab. »Wo gehen wir heute essen?«, frage ich leutselig, während wir den Wachmann passieren. »Wieder zu Leroy's?«

»Tut mir leid«, sagt die Frau verdattert. »Kenne ich Sie?«

»Ach du liebe Güte!«, gebe ich zurück. »Sie sehen ganz genauso aus wie meine Kollegin Janet!« Und ich löse mich von ihr und trete in die riesige Drehtür.

Eigentlich will ich nicht zurückschauen. Aber ich kann nicht anders. Über die Köpfe der Frauen hinweg sehe ich, wie Clive am Fuß der Treppe anlangt. Ehe ich mich abwenden kann, begegnen sich unsere Blicke. Er zeigt auf mich und winkt den Wachleuten. Aber hier sind zu viele Menschen; sie kämen nicht an mich heran, ohne Aufmerksamkeit zu erregen. Ich klammere mich an Dans Worte, dass sie vor Zeugen nicht wagen würden, mir etwas zu tun.

Die fünf Sekunden, die es dauert, bis die Tür sich gedreht hat, sind die längsten meines Lebens. Jeden einzelnen Moment erwarte ich, dass die Automatik zum Stehen kommt und ich in der Falle sitze wie eine Spinne unter einem Marmeladenglas. Aber endlich weht mir kalte Luft ins Gesicht, und ich bin draußen und stürme mit hämmerndem Herzen los, barfuß auf dem kalten nassen Asphalt, und jeder, der mich sieht, muss denken, dass ich um mein Leben renne.

6

Im Zickzack haste ich Seitenstraßen entlang, schlüpfe durch schmale Gassen, biege zahllose Male ab, bis ich mir sicher bin, dass mir niemand folgt. Ohne Jacke und Schuhe ist mir eiskalt, und meine bloßen Füße ziehen immer wieder neugierige Blicke auf sich, also leiste ich mir einen kurzen Stopp, um meine Schuhe aus der Tasche zu holen und anzuziehen. Sofort fühle ich mich etwas besser.

In gemäßigtem Schritt gehe ich weiter und bin endlich in der Lage, darüber nachzudenken, was eben passiert ist. Durch diesen Luftschacht zu kriechen war eine total gestörte Aktion. Und was ich belauscht zu haben glaube, kann nicht real gewesen sein. Hat die Tür vielleicht doch nur geklemmt? Aber das lässt weiter die Frage offen: Woher wusste Dan, dass ich da drin festsitzen würde? Und dieser Aktenschrank. Den habe ich mir nicht eingebildet, das weiß ich. Oder doch?

Ich bleibe einen Augenblick stehen und atme tief durch. Okay. Also, entweder hat es der größte Technologiekonzern der Welt auf mich abgesehen, oder ich habe einen ernsthaften Webfehler. In diesem Moment weiß ich nicht, was mir lieber wäre.

In meiner Handtasche klingelt das gefundene Handy.

Das ist garantiert Dan, der sich vergewissern will, ob ich es geschafft habe. Er will sich in irgendeinem Café in der Nähe des Bahnhofs mit mir treffen. Aber während ich dem Klingelton lausche, wird mir klar, dass ich da nicht hingehen werde. Ich weiß nicht, was für ein Scheiß da zwischen Dan und NeoStar läuft, und ich will es auch gar nicht wissen. Ich lasse mich nicht noch tiefer reinziehen. Ich werde mich in mein Büro begeben und dort versuchen, der Sache auf den Grund zu gehen. Es ist helllichter Tag in einer belebten Großstadt. Mir kann nichts passieren. Gar nichts.

Das Handy pingt. Eine SMS.

Seien Sie nicht dumm, Frida. Kommen Sie in das Café, und zwar SOFORT!

Finster starre ich darauf. Ich weiß nicht, was mich mehr in Rage bringt: dass er mich dumm nennt, oder diese Großbuchstaben. Egal, ich gehe auf keinen Fall dorthin.

Ich nehme den Akku aus dem Handy, setze ihn in mein eigenes ein und schalte dieses ein. Sofort vibriert es: eine Mail. Meine Augen weiten sich. Sie kommt von Clives Sekretärin. Mit pochendem Herzen tippe ich sie an.

Mr. Bailey lässt Ihnen ausrichten, dass er sich sehr für das Missverständnis entschuldigt. Er bittet Sie, sich wieder mit ihm in Verbindung zu setzen, um zu einer für beide Seiten vorteilhaften Einigung zu kommen. Wir würden uns freuen, Sie baldmöglichst wieder hier bei uns zu begrüßen.

Wie bitte? Der Kerl hat mich gerade vertikal durchs ganze Gebäude gejagt, und jetzt schickt er mir eine Einladung zu einem zweiten Termin? Ich schüttle den Kopf. Dieser Tag wird immer verrückter. Ich muss in mein Büro. Ken, der Hausmeister, wird mich reinlassen. In einer Schublade dort bewahre ich einen Zweitschlüssel für meine Wohnung auf; so komme ich auch zu Hause rein. Dann rufe ich die Polizei an und erzähle denen alles. Himmel, ich bin Rechtsanwältin! Mit mir kann man so was nicht machen.

Ich stecke das Handy in die Tasche und gehe weiter. Je näher ich meinem Büro komme, desto erleichterter fühle ich mich. Das normale Leben existiert noch. Das Gerichtsgebäude, das ich nach meiner Wohnung und meinem Büro als dritte Heimat betrachte. Das Multiplex-Kino, vor dem ein paar Kinder versuchen, aus dem Schneematsch Schneebälle zu formen. Meine Lieblings-Buchhandlung-plus-Café mit dem täglich neuen witzigen Zitat auf der Tafel davor. Die Bibliothek, vor der die beiden großen steinernen Löwen Wache halten. Als ich zur Chapterhouse-Cafébar komme, ist es Viertel vor zwölf, und ich bin schon halb überzeugt, dass dieser irre Vormittag nie stattgefunden hat.

Ich husche dort auf die Toilette und inspiziere den Sachschaden. Mein Kleid ist schmierig und staubig von dem Schacht, und vom feuchten Schnee locken sich meine Haare. Ich glätte sie so gut es geht und klopfe mir den Staub aus dem Kleid. Dann hole ich mein Schminkzeug aus der Tasche. Nachdem ich Lippenstift und Mascara erneuert habe, fühle ich mich besser. Normaler. Ich zähle das Kleingeld in der Reißverschluss-Innentasche zusammen; es reicht gerade so für einen kleinen Kaffee zum Mitnehmen. Ich kann es kaum erwarten, nach Hause zu kommen. Ich brauche jetzt einen ganzen Kübel Wein. Diesen Tag kann ich aus dem Kalender streichen.

Auf dem letzten Stück zu meinem Büro fängt es wieder an zu schneien. Ich rufe meine Bank an, um die verlorenen Karten zu melden – aber was der Kundenbetreuer sagt, ist völlig abstrus. Dass nämlich meine Karten bereits annulliert seien.

»Nein«, sage ich knapp. »Ich rufe doch gerade an, um sie als gestohlen zu melden.«

»Ms. McKenzie, Ihre Bankkonten sind eingefroren«, sagt er. »Buchungen sind nicht mehr möglich, in keine Richtung.«

Ich bleibe stehen. Versuche zu begreifen, was das bedeutet. Da sehe ich, dass die Tür meines Bürogebäudes durch einen Keil offengehalten wird. Draußen steht ein Umzugswagen, und gerade schleppen zwei Männer mit Baseballkappen und Lederjacken meinen Schreibtisch heraus. Und zwar nicht besonders vorsichtig.

»Wiederhören«, sage ich ins Telefon und setze mich in Trab. »Hey! Hey!«, rufe ich dem massigen Kerl mit der roten Baseballkappe zu, der rückwärts auf den offenen Laderaum des Lastwagens zugeht. »Was machen Sie da? Das sind meine Sachen!«

Rotkäppchen mustert mich von oben bis unten. »Ms. McKenzie?«

»Ja. Das kommt aus meinem Büro.« Ich klopfe auf den Schreibtisch, der sich zügig mit einer Schneeschicht bedeckt. »Das ist mein Schreibtisch.«

Rotkäppchen zieht die Nase hoch. »Zwangsräumung.«

Er nickt Blaukäppchen zu. Die beiden lassen den Tisch zu Boden sinken. Aus seiner Gesäßtasche zieht Rotkäppchen ein Tablet und reicht es mir.

Rasch überfliege ich den Bildschirm, unfähig zu begreifen, was ich sehe. »Das ist ein Irrtum«, sage ich. »Ich habe keine Schulden.«

Rotkäppchen zuckt mit den Schultern. »Dafür bin ich nicht zuständig, Frollein. Wir holen die Sachen nur ab.«

»Aber … das ist …« Ich verstumme. Mir fehlen buchstäblich die Worte dafür, was das ist. Ich hole Luft und bemühe mich um einen ruhigen Ton. »Hören Sie, das ist rechtswidrig. Könnten Sie bitte diesen Tisch mal kurz stehen lassen und warten? Ich rufe jemanden an und kläre das.«

Er schüttelt den Kopf. »Tut mir leid, Frollein. Geht nicht. Wir müssen das mitnehmen, aber wenn's ein Fehler war, kriegen Sie das Zeug garantiert zurück, ja? Und die Sachen aus Ihrer Wohnung auch.«

»Meine Wohnung! Sie waren in meiner Wohnung? Himmel noch mal, Sie können doch …«

Aber Rotkäppchen hört mir nicht mehr zu. Er ist vollauf damit beschäftigt, meine Besitztümer in den Wagen zu laden. In hilfloser Wut lese ich das Dokument auf dem Tablet genauer durch. Da steht etwas von Mietschulden für mein Büro und Zahlungsrückständen bei der Hypothek auf meine Wohnung, beides über einen Zeitraum von zwölf Monaten, und einem Räumungsbescheid für beide Räumlichkeiten, der mir dem Dokument zufolge vor acht Wochen zugestellt wurde.

So geht das nicht. Ich ziehe mein Handy heraus und tippe wütend die Kontaktnummer aus dem Briefkopf ein.

Und höre etwas, was mir das Blut in den Adern gefrieren lässt: ein durchdringendes, rhythmisches Piepen, das mir entsetzlich vertraut ist.

Ich klicke die Verbindung weg. Während die beiden Männer sich darauf konzentrieren, meinen Schreibtisch in den Laderaum zu manövrieren, husche ich ins Haus und die Treppe hinauf in mein Büro. Pennys Schreibtisch im Vorzimmer ist leer bis auf das graue kabellose Festnetztelefon. Ich schnappe es mir und tippe dieselbe Nummer ein. Und bekomme dasselbe regelmäßige schrille Piepen.

Das darf nicht wahr sein.

Eine Minute lang stehe ich reglos da und versuche zu begreifen. Erst wollen sie mich einsperren. Dann verfolgen sie mich. Dann schmeißen sie mich aus meinem Büro und meiner Wohnung und sperren meine Bankkonten. Was zum Teufel geht da vor?

Ich bekomme eine Gänsehaut. Dan hatte recht. Ich bin in Gefahr. Die versuchen mich in die Ecke zu drängen. Mich jeder Zuflucht zu berauben. Es war idiotisch, hierher zurückzukommen. Die können jeden Moment bei mir sein und mich holen – ein glänzender schwarzer Wagen vor der Tür, ein Betäubungsmittel auf Mund und Nase gedrückt. Und dann? Wache ich an einen Altar gefesselt auf, um mich herum ein Dutzend wahnsinniger maskierter Geschäftsleute, die irgendwelche Beschwörungen murmeln?

Ich halte noch immer das Telefon in der Hand. Eine Sekunde lang schwebt mein Finger über der 9. Soll ich? Ich weiß nicht. Selbst wenn das, was Dan über die Polizei sagte, nicht stimmt (aber es kann durchaus stimmen; mir ist bewusst, wie korrupt diese Stadt sein kann) – welche

Beweise habe ich schon gegen NeoStar? Eine klemmende Tür. Ein Aktenschrank, der längst verschwunden sein wird, wenn sich ein eventueller Ermittler dort einfindet. Ein großer Kaffeefleck mit KO-Tropfen darin auf einem Teppich, beides vermutlich auch verschwunden. Und zwei Räumungsklagen, von denen ich wetten könnte, dass sie sämtliche legalen Kriterien erfüllen, um so gut wie jeden Polizisten davon zu überzeugen, dass nicht NeoStar, sondern ich die Schuldige bin. Mit blankem Entsetzen wird mir klar, dass die Software der meisten Banken wahrscheinlich von NeoStar stammt. Was also sollte sie davon abhalten, sich hineinzuhacken und meine Kontobewegungen zu fälschen?

Du spinnst, schimpft mich mein Verstand aus. *Das ist doch alles lächerlich!*

Aber da mischen sich andere Stimmen hinzu. *Sie hat sich wohl ein bisschen übernommen, was?*, höre ich meine alten Kommilitonen aus dem Jurastudium sagen. *Wollte einfach zu hoch hinaus.* Ich begreife, dass NeoStar mich sehr gut kennt. All das – die Räumungsklagen, die plötzliche Mittellosigkeit – ist haarsträubend, sicher, aber auch beunruhigend glaubhaft bei jemandem, dessen Umfeld geradezu darauf spekuliert, dass er auf die Nase fällt. Je tiefer der Fall, desto besser. Und gern auch mit einem netten kleinen paranoiden Nervenzusammenbruch als Zugabe.

Scham durchflutet mich bei dem Gedanken, all das könnte der Presse zu Ohren kommen. Wie genüsslich man sich das Maul über mich zerreißen wird. Und da fällt die Entscheidung. Ich werde das selbst in die Hand nehmen. Ohne jedes Aufsehen.

Also keine Polizei.

Gut, aber was dann? Ich versuche nachzudenken. Wohin kann ich gehen? Wer könnte mir helfen? Bryony würde mich ohne Zögern aufnehmen, aber ich will sie und ihre Familie da nicht mit hineinziehen. Nicht, solange mir nicht klar ist, was »da« eigentlich ist.

Meine Mutter? Scherz beiseite.

Wohin dann? Wer?

Ich hole mein Handy heraus. Lese Clives Nachricht: *Wir würden uns freuen, Sie baldmöglichst wieder hier bei uns zu begrüßen.*

Dann denke ich an Dans SMS: *Kommen Sie in das Café, und zwar SOFORT!*

Ich ziehe eine Schublade auf und hole die Portokasse heraus. Fünfzig Pfund in Banknoten und drei in Münzen. Ich kann das Geld gerade noch in der Hand verbergen, als Rotkäppchen und Blaukäppchen hereinpoltern und anfangen, meinen Fernsehbildschirm auszustöpseln. Bei den vergessenen Sachen liegt ein alter Parka. Ich schnappe ihn mir, ziehe ihn über und stopfe das Geld in die Tasche. Er ist nicht unbedingt mein Stil, aber fürs Erste muss er genügen.

Ein Anflug von Kopfschmerzen kommt in mir auf. Ich nehme noch einen Schluck von dem lauwarmen Kaffee im Pappbecher. Was mache ich nur? Wen kenne ich, der mir helfen wird?

Endlich kommt mir eine Idee.

7

Als er die Tür öffnet, bin ich so erleichtert, ein freundliches Gesicht zu sehen, dass ich ihn am liebsten umarmt und mein Gesicht an seiner Brust vergraben hätte, aber ich will keine Missverständnisse aufkommen lassen, deshalb lächle ich ihn nur an. »Danke, dass ich kommen konnte. Ich hätte sonst nicht gewusst, wohin.«

Chris lächelt zurück. Er freut sich sichtlich, mich zu sehen. »Kein Problem. Ich hab gerade eine Flasche Wein aufgemacht. Möchtest du ein Glas?«

Ja, er hatte schon immer diese Gabe, in jeder Situation genau das Richtige zu sagen. »Liebend gern«, antworte ich.

Ich folge ihm in sein makelloses Haus, werfe den Parka ab und setze mich auf einen Barhocker an dem blankgewienerten Granit-Küchentresen. Chris reicht mir ein Glas und betrachtet mich von oben bis unten. »Warst du Schornsteinfegen?«

Ich lächle matt. »So was Ähnliches.« Bei der Erinnerung an die Kriechtour durch den Lüftungsschacht erschauere ich. Dankbar nehme ich das Glas und trinke einen großen Schluck. »Siehst gut aus«, sage ich. Das stimmt. Wintergebräuntes Gesicht unter blondem Haar. Gesund und fit. »Was macht die Arbeit?«

Chris nippt an seinem Wein und nickt bedächtig. »Läuft super. Ich hab ein paar spannende Projekte in Aussicht.«

»Echt? Freut mich.« Chris ist sehr, sehr gut in seinem Job. Sein Händchen für Details und seine entschlossene Herangehensweise qualifizieren ihn perfekt für die Wirtschaftswelt. Und machen ihn zur Idealbesetzung dafür, das unselige Chaos zu entwirren, in dem ich mich befinde.

»Also«, sagt er, »du meintest am Telefon, du hättest ein Problem, bei dem ich dir helfen soll? Worum geht's denn?«

Ich nehme noch einen großen Schluck Wein. »Mir ist was total Irres passiert, Chris. Hör's dir an und schau, ob du daraus schlau wirst. Es hat mit NeoStar zu tun.« Ich gebe ihm eine Kurzfassung der Ereignisse – der bizarre Termin, das verschlossene Zimmer, die Aktenschränke, die Räumungsklagen und meine plötzlich gesperrten Konten. Chris hört zu und nickt immer mal wieder. Ich rechne ihm hoch an, dass er mich nicht unterbricht, auch wenn seine Augen sich weiten, als ich ihm das mit der Strickleiter und der Klimaanlage erzähle.

»Ich weiß, es klingt verrückt«, schließe ich. Es tut gut, es jemandem erzählt zu haben. Diesen Irrsinn nicht mehr im Kopf herumzuschleppen. »Aber es ist alles wahr, und vielleicht kannst du mir helfen, herauszufinden, was die für ein Spiel spielen. Was sie von mir wollen.«

Chris bewahrt absolute Ruhe. »Also, das ist wirklich höchst merkwürdig. Und klingt ziemlich beängstigend. Du hast dich verdammt gut geschlagen. Keine Sorge, wir kommen der Sache schon auf den Grund.«

Ich nicke. Der Rotwein erfüllt mich mit angenehmer Leichtigkeit. »Danke vielmals. Du bist ein guter Freund.«

Er lächelt. »Nichts zu danken, Frida. Für dich würde ich doch alles tun.« Einen Moment hält er meinen Blick fest. Dann schnippt er mit den Fingern. »Vor ein paar Jahren hatte ich einen Klienten, der NeoStar verklagt hat. Ich gehe rasch nach oben und hole den Laptop. Vielleicht finden wir in seiner Akte was Nützliches, was uns weiterhilft.«

Sein Enthusiasmus flößt mir neue Hoffnung ein. »Das wäre toll.« Während er ins Obergeschoss geht, schaue ich mich im Zimmer um. Es hat ein paar Veränderungen gegeben, seit ich zuletzt hier war. Eine neue Lampe in sanftem Taubengrau. Ein Teppich mit geometrischem Muster. Ein paar teure moderne Kunstwerke. Es ist ein hinreißendes Wohnzimmer. Ich seufze. Warum habe ich eigentlich geglaubt, dass aus der Sache mit Chris nichts Dauerhaftes werden könnte? Ich stelle fest, dass ich mich nicht mehr erinnern kann.

Mit dem Laptop unter dem Arm kommt er herunter und füllt unsere Gläser auf. Als ich wieder tief seufze, legt er den Arm um mich. Seine Hand gleitet zu meinem Nacken und massiert ihn sanft. Meine Verspannung lässt nach.

»Alles wird gut«, murmelt er. »Heute Nacht kannst du hierbleiben. Und morgen schauen wir uns das Ganze mit neuen Augen an.« Seine Hand wandert weiter zu meiner Schulter. Ich lasse ihn gewähren.

»Es war alles so grauenhaft«, sage ich. Meine Stimme klingt zaghaft, überhaupt nicht wie meine eigene. »Ich meine, was will NeoStar nur von mir? Ich kann's mir einfach nicht vorstellen.«

»Schsch«, sagt er. »Denk heute Abend einfach nicht mehr an NeoStar oder Bailey oder irgendwas davon.«

Ich bin so eingelullt von seiner Wärme, seiner Nähe, dem beruhigenden Gefühl, dass er diese scheußliche Geschichte für mich entwirren wird, dass ich kurz davor bin, in seinen Armen einzuschlafen, und es mir um ein Haar nicht aufgefallen wäre.

Um ein Haar.

Ich setze mich auf. »Was hast du gesagt?«

Chris streicht über meine Oberarme. »Ich sagte, denk erst mal nicht mehr daran.«

Ich weiche zurück und schaue ihm ins Gesicht. »Nein. Du hast etwas von Bailey gesagt.«

Er sieht erstaunt aus. »Ja, stimmt, habe ich. Clive Bailey und NeoStar. Dass du nicht mehr darüber nachdenken sollst.«

Ich schlucke den Kloß herunter, der sich in meiner Kehle gebildet hat. »Seinen Nachnamen habe ich gar nicht erwähnt.«

In dem Sekundenbruchteil, bevor sich ein verwirrter Ausdruck auf Chris' Gesicht legt, blitzt etwas anderes auf. Etwas Raubtierhaftes. Dann ist es vorbei, und er ist wieder der Chris, den ich kenne: aufmerksam, selbstsicher, souverän.

Er lacht. »Natürlich hast du ihn erwähnt, Frida. Woher sollte ich ihn sonst kennen?« Aber der lockere Ton klingt hohl. Adrenalin durchströmt mich in panischen Wellen.

»Ich habe seinen Nachnamen nicht erwähnt«, wiederhole ich.

Chris' Lächeln wird bemüht. »Na, dann steht er vielleicht in einer meiner Akten, und bei deiner Geschichte ist er mir wieder eingefallen?«

Jetzt weiß ich, dass er lügt. Wenn er die Wahrheit sagen würde, würde er sich nicht dazu herablassen, mir eine Erklärung zu geben. Das ist nicht seine Art.

Ich gleite von dem Barhocker. »Ich muss gehen.«

Chris lässt meine Arme nicht los. »Frida«, sagt er mit samtener Stimme. »Mach dich nicht verrückt. Du bist überreizt. Du kannst nicht mehr klar denken. Du hast vielleicht etwas zu viel Wein getrunken; du weißt doch, dass du dann manchmal Sachen vergisst.«

Ich blicke auf seine Hände hinunter. Hände, die mich gestreichelt haben. Verräterhände.

»Lass mich los«, sage ich. »Oder ich schwöre bei Gott, ich breche dir die Arme.«

Er schaut mir in die Augen, erkennt, dass ich es ernst meine, und lässt die Hände sinken. »Okay, okay. Mach doch, was du willst.«

Hastig ziehe ich mir den Parka über und nehme meine Tasche. Mit bebenden Händen hole ich mein Handy heraus, entferne den Akku und setze ihn in Dans Gerät ein. Jetzt ist mir klar, dass es ein schrecklicher Fehler war, hierherzukommen. Ich werfe mir die Tasche über die Schulter und wende mich wutentbrannt Chris zu. »Was soll das, Chris? Warum hilfst du ihnen?«

Er schüttelt den Kopf. »Jetzt beruhige dich doch, Frida. Sie wollen nur mit dir reden. Gleich nachdem wir telefoniert hatten, hat Clive mich angerufen. Er hat mir erklärt, dass es ein Missverständnis gab und du vorzeitig aus einem Meeting verschwunden bist. Er hat mich gebeten, zu helfen, dich zur Vernunft zu bringen.«

Ich starre ihn an. »Zur Vernunft bringen? Die haben mich gekidnappt, Chris! Die führen Buch über mich, seit ich neun Jahre alt bin! Klingt das in deinen Ohren vernünftig?«

»Ich weiß nicht, was du glaubst erlebt zu haben, Frida«, sagt Chris fest. »Aber ich versichere dir, Clive ist ein absolut seriöser Mann, und es war naheliegend, dass er sich an mich wendet, weil ich sowohl ihn als auch dich kenne und in seinen Kreisen einen guten Ruf habe …«

»Ach, hör auf!«, falle ich ihm ins Wort. Jetzt erkenne ich es, an seiner geschwellten Brust, seinem defensiven Ton. Ich lache auf. »Die haben dir einen Job versprochen, oder? Mann. Du eiskaltes, opportunistisches Arschloch.«

Chris' Miene verhärtet sich. »*Ich* bin kalt? Und du, Frida? Mich all die Jahre an der Nase herumführen und dich nie auf irgendwas festlegen.« Er sieht trotzig und gekränkt aus, ein frustriertes Kleinkind. Erstaunlich, wie sich Leute, die man so gut zu kennen glaubt, vor den eigenen Augen verwandeln können.

»Ich habe dich immer echt gern gehabt, Frida«, fährt er fort. »Zwischen uns hat es doch gefunkt, das kannst du nicht leugnen. Wir hätten so gut zusammenpassen können. Aber nein. Du musst ja deine Spielchen spielen.«

Dabei flitzt sein Blick flüchtig zur Uhr. Und mit plötzlichem Schrecken begreife ich, dass er mich hinhält. Die sind schon auf dem Weg. Er muss sie angerufen haben, als er oben war. Das tröstende Streicheln, diese Vorwürfe jetzt – das alles sollte mich nur aufhalten.

Ich bin so blöd.

Ich laufe zur Haustür, reiße sie auf und schaue dabei zurück, um mich zu vergewissern, dass Chris mir nicht folgt. Daher sehe ich sie erst, als es zu spät ist. Zwei Kolosse in schwarzen Security-Uniformen, die aus einem glänzend schwarzen Van steigen.

Wieder kommt mir dieser Gedanke, als müsste ich ihn nur denken, um aufzuwachen: *Das kann nicht wahr sein.*

Aber es ist wahr.

Sie wollen mich schon wieder einkassieren.

8

»Mmmmmpfpffgggg.«

Ich sitze gefesselt und geknebelt hinten in dem Van. Neben mir sitzt je ein Securitymann, und mir gegenüber sitzt Clive.

»Sie haben nicht auf meine Mail geantwortet, Ms. McKenzie«, sagt er. »Das ist recht unhöflich, finden Sie nicht?«

»Mfffpff«, sage ich und deute mit dem Blick auf den Knebel. Den haben sie mir angelegt, weil ich nicht aufhörte, um Hilfe zu schreien. Wobei ohnehin niemand kam. Ich vermute, der Van ist schalldicht, genau wie der Konferenzraum des Grauens.

»Abnehmen«, sagt Clive.

Einer der Männer reißt mir den Knebel vom Mund. Ich bewege den Unterkiefer hin und her und funkle Clive böse an. »Lassen Sie mich sofort frei.«

Clive grinst. »Sie reden nicht lange herum. Das mag ich. Nun, dann komme ich auch gleich zum Punkt: Was wissen Sie über den Pfeil?«

Den Pfeil. Dan hat auch einen Pfeil erwähnt. Soll das ein Codewort für irgendwas sein?

»Ich habe keine Ahnung von irgendeinem Pfeil«, sage ich und versuche nicht zu zeigen, wie verängstigt ich bin.

Clive lächelt liebenswürdig. »Warum sind Sie dann geflohen?«

»Weil Sie mich in einem verdammten Konferenzraum eingeschlossen haben und mich mit Drogen außer Gefecht setzen wollten?«, entgegne ich wütend.

Nachsichtig schüttelt Clive den Kopf. »Ich glaube, da steckt mehr dahinter, Ms. McKenzie. Das hier zum Beispiel.« Er öffnet die behandschuhte Faust. Darin liegt ein zerknitterter Klebezettel. Ich stöhne innerlich. Warum habe ich den verdammten Fetzen nicht mitgenommen?

»Hinter Caravaggios Cupido«, zitiert Clive nachdenklich. »Wer hat Ihnen das wohl zugesteckt?«

Ich spüre, dass ich mich auf gefährlichem Terrain bewege. Ich muss sehr vorsichtig sein. »Gestern kam ein Mann zu mir«, sage ich. »Ich hatte ihn noch nie zuvor gesehen. Er hat mir ziemlich wildes Zeug erzählt. Der muss mir den Zettel in die Handtasche gesteckt haben.«

»Ein Mann? Was für ein Mann?«

»Ich sage Ihnen doch, ich weiß es nicht! Wirklich, ich habe keine Ahnung, was das alles soll!«

Clive mustert mich mit distanzierter Neugier. Ich atme aus, versuche mein hämmerndes Herz zu beruhigen. Mühsam beherrscht sage ich: »Hören Sie, Mr. Bailey. Das ist ein Fehler. Sie und dieser Typ verwechseln mich zweifellos mit jemandem. Jemandem, von dem Sie glauben, er hätte etwas mit diesem Pfeil zu tun.«

Kaum sage ich »Pfeil«, da blitzt es in seinen Augen auf. Ich verfluche mich. Das Ding, was es damit auch auf sich haben mag, ist offensichtlich ein heißes Thema. »Ich will damit sagen: Ich bin absolut keine Bedrohung für Sie. Ich weiß nichts über irgendwas. Wenn Sie mich freilassen, verspreche ich Ihnen, ich werde nach Hause gehen und vergessen, dass das hier jemals passiert ist.«

Clives Blick ist abwägend. Ich habe das Gefühl, Boden zu gewinnen. »Ich könnte Ihnen ja sowieso nichts nachweisen, nicht wahr? Dazu habe ich nicht genug gegen Sie in der Hand. Das weiß ich – schließlich bin ich Anwältin.« Ich merke, dass ich ins Schwadronieren komme und in Gefahr bin, jeden Moment von Panik überschwemmt zu werden. Ich hole tief Luft. »Also, Sie können mich bedenkenlos gehen lassen. Bitte.«

Clive geht gar nicht darauf ein. »Wissen Sie, wo dieser Mann sich aufhält?«

Mich überläuft eine Gänsehaut. Dan wartet vielleicht immer noch in diesem Café auf mich. Ich könnte ihn verraten. Vielleicht geht es einzig darum. Vielleicht werden sie mich in Ruhe lassen, wenn sie ihn haben. Aber dann schiebt sich Chris in meine Gedanken: seine beleidigte, arrogante Miene, sein verstohlener Blick zur Uhr – und es steht für mich fest: Egal wer diese Leute sind und was sie wollen, ich werde niemanden an sie ausliefern. Sonst würde ich meines Lebens nicht mehr froh.

Ich sehe Clive in die Augen und hebe die Schultern. »Keine Ahnung.«

»Verstehe«, sagt Clive. Nach einem Moment des Schweigens fährt er fort: »Mir scheint, Ms. McKenzie, dass wir beide eine Maskerade aufrechterhalten, dass jeder von uns eine Rolle spielt, wo doch etwas Wahrhaftigkeit dringend geboten wäre.«

Ich sehe, wie er den Wachen einen raschen Blick zuwirft und nickt. Das gefällt mir überhaupt nicht. »Ich spiele keine Rolle!«, beteuere ich. »Bitte. Lassen Sie mich gehen!«

Mit unverhohlener Ungeduld schüttelt er den Kopf. »Genug der Täuschung. Wir werden Ihnen zeigen, was wir sind. Und dann sagen Sie mir die Wahrheit darüber, wer *Sie* sind.«

»Nein«, sage ich mit plötzlich heiserer Stimme. Ich weiß nicht warum, aber ich will definitiv nicht sehen, was Clive mir gleich enthüllen wird.

»Doch« sagt er und fixiert mich mit starrem Blick. Mein Protest verstummt. Ich bin wie hypnotisiert. Seine bereits leicht hervortretenden Augen scheinen noch größer und dunkler zu werden, bis sie glänzend türkisschwarz und zutiefst bösartig sind. Insektenaugen. Entsetzt wende ich den Blick ab, aber das hilft überhaupt nichts, denn auch die Gesichter der Wachen haben sich verändert – sie sind unnatürlich flach geworden und haben fast etwas Rinderartiges.

Nein! Das muss noch ein Trick sein, noch ein Einschüchterungsspielchen. Ich muss ruhig bleiben. Ich starre zu Boden, auf den dunkelgrau melierten Teppichbelag des Van, und rede mir zu: *Atmen. Einfach nur atmen, Frida. Nichts hiervon ist real.*

»Nun, wir haben unsere Masken abgelegt«, höre ich Clive freundschaftlich sagen. »Sollten Sie nicht auch Ihre ablegen?«

Ich halte den Blick auf den Teppich gesenkt. Meine Mutter hatte so recht. Verträumte Frida. Schlimme Frida. Aber nein, so bin ich nicht mehr. Dieses Mädchen ist längst Vergangenheit.

Da leuchtet etwas in meiner Handtasche auf. Ich richte

den Blick darauf und habe gerade noch Zeit, die Nachricht auf dem Bildschirm zu lesen: *Runter!* – da wird die Hecktür des Van aufgerissen. Ich werfe mich auf den Boden. Über mir explodiert etwas mit einem lauten Knall, und alles ist voller Rauch.

Dann Stille.

Ich liege einen Moment lang einfach nur da.

»Frida?«

Ich öffne die Augen. Offenbar lebe ich noch. Hustend in der rauchgeschwängerten Luft komme ich auf die Knie. Durch den grauen Nebel sehe ich Clive und seine Muskelmänner dasitzen, immer noch mit entstellten Gesichtern. Keiner von ihnen bewegt sich, das ist immerhin schon mal etwas. Im dünner werdenden Qualm taucht Dan auf, der mir die Hand hinhält.

»Kommen Sie schon! Das war nur Ophiotaurospulver. Es betäubt sie, aber nicht lange. Wir müssen zu Tony.«

Ich frage gar nicht erst, wer Tony ist. Ich strecke die Hände aus, und er löst meine Fesseln und zerrt mich auf die Füße. Während wir die Straße entlanglaufen, erhasche ich einen Blick auf Chris, der mit gerunzelter Stirn aus dem Fenster schaut. Zweifellos fragt er sich, wie sich das nun wieder auf seine Karriereaussichten auswirken wird. Und dann renne ich zum zweiten Mal an diesem Tag um mein Leben.

9

Tony ist keine Person, sondern ein Ort: das Café, in dem ich Dan schon vor Stunden hätte treffen sollen. Es ist ziemlich verlottert und liegt in einer Gegend, wo statt Modeboutiquen und Bistros Graffiti und Sexshops vorherrschen. Das Leder der roten Sitzecken ist rissig, die Füllung quillt heraus, und der einst schwarz-weiße Fliesenboden ist von vielen Füßen grau abgeschliffen. Kein Ort, an dem NeoStar nach der Frida McKenzie aus den Akten suchen würde. Andererseits, man sollte sich nie zu sicher sein. Rasch mustere ich die anderen Gäste: einen alten Mann in einem schmuddeligen senffarbenen Anorak, ein Studentenpärchen, das sich einen Eisbecher teilt. Kein Anzeichen von Clive oder seinen Gorillas.

Dan bemerkt meinen Blick. »Keine Sorge«, sagt er. »Über dem Café liegt ein Schutzzauber. Hier können sie Sie nicht finden.«

Schutzzauber. Explodierendes Pulver. Und was mit Clives Gesicht passiert ist. Ich frage schon gar nicht mehr. Ich bin schlicht zu betäubt.

Dan mustert mich kurz. »Setzen Sie sich, Frida. Ich hole uns einen Kaffee, und dann erkläre ich Ihnen alles.«

Mit zwei großen dampfenden Bechern kommt er wieder. Nach ein paar Schlucken fühle ich mich marginal besser. So schmierig der Laden hier ist, der Kaffee ist wirklich gut.

»Zuallererst lassen Sie den Akku bitte aus Ihrem Handy draußen. Die versuchen es garantiert zu orten.«

Ich nicke stumm.

»Ich nehme an, im Van haben Sie ihre wahren Gesichter gesehen?«

Ich denke an Clives riesige Augen und den seltsam leeren Blick seiner Lakaien und unterdrücke einen Schauder.

»Alles in Ordnung?«

In Ordnung? Ich muss einfach nur lachen. Und als ich damit angefangen habe, lache ich immer weiter und weiter, als könnte ich nie wieder aufhören.

»Frida.« Dan legt mir die Hand auf den Arm und tätschelt ihn unbeholfen. »Ich weiß, das war ein Schock, aber hier sind Sie sicher.«

Ich starre auf seine Hand hinunter, bis er sie wegnimmt. Ich schaue auf. Er sieht besorgt und unsicher aus. »Sie wissen wirklich überhaupt nichts, oder?«, fragt er.

Ich betrachte meinen Kaffee. Auf dem Becher steht *Für den besten Papa der Welt*. Das ist so absurd, dass ich fast wieder anfange zu lachen. Ich muss aufpassen. Ich muss mich in den Griff kriegen. Tief hole ich Atem. »Ich weiß eine Menge«, sage ich fest. »Außer, wer oder was Clive ist, und warum zum Henker er so darauf aus ist, mich ständig in immer kleineren Räumen einzusperren. Und was ist mit seinen Augen los? Ist er auf Drogen? Ist das ein Kult oder so? Die sind ein Kult, ja?«

Auf Dans Gesicht liegt wieder dieser Ausdruck. Mitleid. »Nein, Frida. Kein Kult. Clive ist … na ja, es ist vielleicht erst mal schwer zu glauben, aber Clive ist ein Gott.«

»Wie bitte?«

»Ein Gott. Eine niedere Gottheit, ein Seuchengott, um genau zu sein. Deshalb sieht er ein bisschen aus wie eine Schmeißfliege. Und die Sicherheitsleute sind Abkömmlinge eines Viehgottes, deshalb sind sie übernatürlich stark, aber gutmütig und gehorsam.«

»Ach so, verstehe«, sage ich. »Oder nein. *Was?!*«

»Das ist ein bisschen viel, ich weiß.«

»Sind Sie dann auch eine Art Gott, hm?«, frage ich sarkastisch. Trotzdem kann ich kaum glauben, dass ich das wirklich ausspreche.

»Nein. Ich bin das Orakel.«

»Orakel. Wie in Delphi? Zukunftsvisionen und so weiter?«

»Mhm.«

Ich kann nicht anders als ihn anstarren. »Ich habe den Verstand verloren, oder?«, frage ich – beeindruckend ruhig, wie ich finde.

»Nein.« Er verzieht leicht das Gesicht. »Wobei Anteros hocherfreut wäre, wenn Sie das glauben würden.«

Wir schweigen. In der Stille hängt schwer die Frage, von der Dan erwartet, dass ich sie stellen werde. Ich wehre mich dagegen, aber es geht nicht anders. Die Anwältin in mir braucht alle Fakten.

»Und wer zur Hölle ist Anteros?«

»Ein Gott der Liebe. Sehr mächtig. Und zutiefst böse.«

»Der Gott der Liebe ist Amor«, halte ich dagegen, weil ich das Gefühl habe, mich an die Tatsachen klammern zu müssen, sonst ertrinke ich. »Das weiß doch jeder.«

»Ja«, stimmt Dan mir zu. »Amor oder Cupido – in der griechischen Mythologie hat er den Namen Eros – ist einer der Götter der Liebe. Anteros ist sein jüngerer Bruder.«

»Von dem hab ich noch nie was gehört.«

Dan lächelt schief. »Tja, leider wird ihn das nicht davon abhalten, zu versuchen, Sie zu fangen und zu verhören.«

»Verhören? Wozu?«

»Sie wurden schon danach gefragt. Jedes Mal, wenn Sie geholt wurden. Der Pfeil.«

Jetzt treten beinahe mir die Augen aus dem Kopf. »Halt, halt, was soll das heißen? Ich war heute zum ersten Mal in meinem Leben bei NeoStar.«

»Nein«, sagt er ruhig. »Vor fünf Jahren und vor zehn Jahren hat man Sie schon mal verhört.«

»Sie irren sich«, sage ich, aber mir stellen sich die Nackenhaare auf.

Dan fährt fort, als hätte er mich nicht gehört. »Sobald sie sicher waren, dass Sie keine Bedrohung waren, ließen sie Sie jedes Mal wieder gehen. In meinen Visionen habe ich auch ein bisschen von Ihrer Vergangenheit gesehen. Ich dachte, Sie spielen auf Zeit.« Dan sieht mich forschend an. Dann erlischt die Hoffnung in seinem Blick. »Aber Sie verstellen sich nicht. Sie wissen es wirklich nicht.«

»Ich hab's verdammt satt, das immer wieder zu hören«, blaffe ich. »Sie sind es doch, der keine Ahnung hat. Ich sag's Ihnen noch mal: Ich war noch nie im Leben bei denen!«

»Das Wasser der Lethe« sagt Dan nur. »Aus dem Fluss des Vergessens. Ein Schluck, und jede Erinnerung an magische Dinge wird getilgt.«

Ich stehe auf und greife nach meiner Tasche. »Okay, das war's. Ich bleibe doch nicht hier und höre mir Ihre übersinnlichen Verschwörungstheorien an. Wenn Sie mir nicht helfen wollen, herauszufinden, was wirklich los ist, muss ich die Polizei rufen.«

»Frida, setzen Sie sich.« Er klingt etwas müde. »Wenn Sie zur Polizei gehen wollten, hätten Sie das längst getan. Aber das haben Sie nicht, weil Sie im Grunde doch erkennen, dass die Polizei nicht in der Lage wäre, mit dem fertig zu werden, was hier läuft.«

In seinem Blick liegt etwas wie eine Herausforderung. Ich würde nichts lieber tun als meine Ankündigung wahr zu machen und einfach hinauszustürmen, aber schließlich siegt der Selbsterhaltungstrieb. Ich setze mich wieder hin und lege den Kopf in die Hände. Er fühlt sich an wie ein Steinklumpen: schwer, wie zusammengepresst. Ich kann immer noch nichts von dem, was hier passiert, wirklich glauben. Gleich werde ich aufwachen, und vor mir liegt der Termin bei NeoStar. Nie wieder esse ich Parmesan nach acht Uhr abends, denke ich.

Leider wache ich nicht auf.

»Ihnen ist klar, wie blödsinnig all das klingt?«, frage ich.

»Mir ist klar, dass es sich in Ihren Ohren lächerlich anhört. Aber ich komme aus einer alten Orakelfamilie, ich bin damit aufgewachsen.« Er strafft die Kiefermuskeln. »Egal. Sie haben ihre wahren Gesichter gesehen, Frida. Machen Sie mir etwas vor, wenn Sie wollen, aber machen Sie nicht sich selbst etwas vor. Sie wissen, dass Clive und seine Wachen nicht von dieser Welt sind.«

Ich bleibe stumm.

»Nicht wahr?«

Ich schaue ihm in die Augen. Jede Faser meines Wesens will verleugnen, was er da sagt, aber was ich in dem Van gesehen habe, hat sich mir ins Gehirn gebrannt. Und es war nicht menschlich.

»Ja«, flüstere ich. Dabei schüttle ich den Kopf, unfähig, es zu akzeptieren. Die rationale Frida kämpft gegen die Träumerin an. Andererseits: zu verleugnen, was ich in diesem Raum und dem Van gesehen – und *gespürt* – habe, wäre definitiv Selbsttäuschung.

»Gut«, sagt Dan. »Wir haben nämlich nicht viel Zeit. Anteros weiß, wer Sie sind, also wird er jetzt mit aller Macht nach dem Pfeil suchen. Das heißt, wir müssen ...«

Ich hebe die Hand. »Halt, nicht so schnell. Wovon reden Sie? Was soll das mit dem Pfeil? Was heißt, er weiß, wer ich bin?«

Dan schaut mich an, scheint nicht ganz zufrieden mit dem, was er sieht, spricht aber trotzdem weiter. »Es gibt eine uralte Prophezeiung. Sie handelt von dem verlorenen Pfeil der Liebesgötter, einer mächtigen Waffe, die irgendwo auf der Erde vergraben liegt. Anteros sucht seit Jahrhunderten danach ...«

»Aha«, sage ich. »Und? Ist das Ding vielleicht unter meiner Wohnung verbuddelt, oder was?«

Wieder entsteht ein Schweigen. Mir gefällt überhaupt nicht, wie Dan mich anschaut. Plötzlich beginnt sich in meiner Magengrube ein extrem ungutes Gefühl auszubreiten. Genau dieses Grauen, das ich im Van mit Clive spürte. Diese Gewissheit, dass ich gleich Dinge sehen oder hören werde, die ich nicht ungesehen oder ungehört machen kann.

»In der Prophezeiung heißt es, ein Nachfahre des Eros werde kommen«, sagt Dan, »und den Pfeil finden, ihn zerstören und so die Sterblichen vor Anteros retten.« Er blickt mich an, so intensiv, dass mir ein Schauder über den Rücken läuft. »NeoStar glaubt, dass Sie diese Person sind.«

Eine Weile starre ich ihn nur wortlos an. Ich habe ja bereits diverse Male in der letzten Zeit gedacht, ich wäre überrascht, aber ich hatte unterschätzt, wie komplett perplex man sein kann.

»Na, da liegt NeoStar offensichtlich falsch«, sage ich endlich. Mein Mund ist trocken und wie aus Watte.

»Nein«, sagt er mit ausdruckslosem Gesicht. »Die alten Schriften meiner Familie, die Visionen, die ich in den letzten zwei Jahren hatte – alles deutet darauf hin, dass es stimmt. Kommen Sie schon«, drängt er. »Sie müssen doch tief drinnen das Gefühl haben, anders zu sein? Besonders? Haben Sie das nicht schon geahnt?«

Ich schaue ihm in die Augen, und tief in mir regt sich etwas. *Ja.*

»Nein«, sage ich. »Absolut nicht. Ich versichere Ihnen, ich bin zu hundert Prozent ganz normal menschlich.« Mein Kopf pocht jetzt schmerzhaft. »Hören Sie zu. Ich nehme Ihnen gerade noch ab, dass der ganze magische Scheiß wahr ist. Okay, es ist ein bisschen ein Schock, aber gut, egal. Es gibt mehr Ding' im Himmel und auf Erden, Horatio, und so weiter. Aber ich versichere Ihnen, all das hat *nichts* mit mir zu tun. Nachfahrin eines Gottes? Geht's noch?« Ich lache. »Hey, es ist noch nicht mal sechs, und ich bin heute schon zweimal gekidnappt worden. Das ist doch der ultimative Beweis, dass ich einfach nur ein normaler, unschuldiger Mensch bin? Ich habe nicht den leisesten Schimmer, warum die denken sollten, ich wäre …«

Mir kommt Clive in den Sinn. Seine hervortretenden Augen, wie intensiv sie glänzen, als er mich fragt: *Warum sind Sie dann weggelaufen?*

Anklagend zeige ich mit dem Finger auf Dan. »Verdammt noch mal. Das ist alles Ihre Schuld.«

Dan blinzelt. »Wie bitte?«

»Dieses ganze magische Chaos fing in dem Augenblick an, als Sie mich vor NeoStar warnten. Wahrscheinlich habe ich deshalb die Kaffeekanne fallen lassen – wegen einer unterschwelligen Erinnerung oder so. Wenn Sie nicht zu mir gekommen wären und mir diesen ganzen Quatsch erzählt hätten, hätte ich den Kaffee getrunken, wäre betäubt worden, die hätten mich befragt, gemerkt, dass ich immer noch nichts von diesem Pfeil weiß, meine Erinnerung gelöscht und mich wieder in mein schönes langweiliges unmythisches Leben entlassen. Aber nein, ich musste ja fliehen, und deshalb denken Anteros und Clive jetzt, dass ich was zu verbergen habe. Nur Ihretwegen!«

Ungläubig starrt Dan mich an. »Ich höre wohl nicht recht. Ich erzähle Ihnen, dass Sie im Mittelpunkt einer alten Prophezeiung stehen, die besagt, dass Sie bestimmt sind, die Welt zu retten, und Sie sind sauer, weil ich nicht zugelassen habe, dass die Ihnen das Gedächtnis löschen?« Er schüttelt den Kopf. »Also, Sie sind echt unglaublich. Himmel. Und dabei habe ich –« Er unterbricht sich. Auf seinem Gesicht liegt ein seltsamer Ausdruck. »Ich hätte Sie nicht zu warnen brauchen, wissen Sie«, sagt er knapp. »Ich sollte gar nicht hier sein. Ich kam nur, weil Sie Hilfe brauchten.« Er hebt die Hand. »Aber kein Ding, Sie müssen mir nicht danken. Ihre Dankbarkeit steht Ihnen ja ins Gesicht geschrieben.«

Ich verdrehe die Augen. »Danken? Dass Sie mich in diesen Schlamassel reingeritten haben? Das haben Sie grandios verbockt, o wundersames Orakel. Ich bin nicht Ihre Weltretterin. Sie haben die Falsche erwischt.«

»Nein«, sagt er unbeirrt. »Sie sind die Eine, Frida. So steht es geschrieben. Der einzige Grund, warum Anteros Sie bisher nicht als ernsthafte Bedrohung betrachtet hat, war, dass Sie noch in keiner Vision eines Sehers aufgetaucht waren, und …«

»Und was?«

»Na ja, man hat mit einem Mann gerechnet.«

»Tatsächlich? Also, das muss ich jetzt wohl keiner Antwort würdigen«, sage ich mit einem Schnauben.

»Die Macht der Seher ist geringer als meine«, fährt Dan fort, »aber irgendwann hätten sie Sie bestimmt gesehen, und dann hätte Anteros Sie unweigerlich geholt, nicht in der Vermutung, sondern in der *Gewissheit*, wer Sie sind. Und das wäre viel, viel schlimmer für Sie ausgegangen.«

Ich konzentriere mich auf ein Häuflein verstreuten Zuckers auf der Tischplatte. Was für ein schöner, gewöhnlicher Anblick. Nur ist mir, als würde nichts je wieder gewöhnlich werden.

»Was ist, wenn ich abhaue?«

Sein Blick ist traurig. »Die würden Sie finden.«

»Und wenn ich ihnen klarmache, dass ich mich kein bisschen für diesen Pfeil interessiere? Dass ich die blöde Prophezeiung nicht erfüllen will?«

Er schüttelt den Kopf. »Würde nichts bringen. Und überhaupt: Alles, was Sie täten, um Ihrem Schicksal zu entgehen, würde nur umso eher dazu führen, dass Sie es erfüllen. Das ist so mit Prophezeiungen.«

In mir steigt Ärger auf – muss Dan all meine Ideen im Keim ersticken? »Ich glaube nicht an Schicksal oder an idiotische Prophezeiungen. Ich glaube an den freien Willen.«

»Das tat Oidipos auch«, entgegnet er trocken. »Denken Sie daran, wie das ausging.«

»Ödipus blöder Stuss!«

Dan fängt an zu lachen. »Gutes Argument. Cicero würde vor Neid erblassen.«

Zornbebend schaue ich ihn an. »Lachen Sie nur. Ich weiß nicht, ob es Ihnen schon aufgefallen ist, aber mir wurde gerade meine ganze Existenz unter den Füßen weggezogen. Finden Sie das vielleicht lustig?«

Er hat den Anstand, beschämt auszusehen. »Tut mir leid. Nur, manchmal muss man einfach lachen, weil man sonst ...« Er zuckt mit den Schultern. »Aber Sie haben recht, Frida. Ich sollte nicht so flapsig sein. Ich vergesse die ganze Zeit, dass wir nicht ...«

»Nicht was?«

Sein Blick verschattet sich. »Nichts. Nicht wichtig.«

Ich schneide eine Grimasse. Es wäre echt hilfreich, wenn der Typ es mal schaffen würde, einen seiner Sätze zu beenden. Ich leere meinen Kaffeebecher und lasse mich nach hinten gegen die Lehne sinken. Was für ein Mist. Was für ein verdammter Mist. »Was soll ich jetzt tun? Ich sitze ohne Geld, Wohnung und Büro da. NeoStar hat alles eingesackt.«

»Kein Problem«, sagt Dan. »Sie können bei mir wohnen.« Auf meinen misstrauischen Blick hin hebt er die Hände. »Keine Angst, ich werde Sie nicht mehr unter Druck setzen, Frida. Ich kann Sie zu nichts zwingen.« Er schaut himmelwärts. »Ich hoffe, sie kriegen da oben mit, dass ich's versucht habe.«

Ich sehe auch nach oben, zu den schmutzigen Deckenplatten aus Styropor. »Sie?«

»Eros und Zeus. Auf dem Olymp.«

»Ah. Verstehe.« Es ist schon etwas bedenklich, wie normal dieses Zeug allmählich in meinen Ohren klingt.

Dan steht auf und hängt sich seine Tasche über die Schulter. Ich bleibe sitzen. Ich muss über sein Angebot nachdenken. Das Letzte, was ich will, ist, noch tiefer in diese schreckliche Welt der Götter, Prophezeiungen und magischen Pfeile verstrickt zu werden. Aber es gibt da auch ein paar rein praktische Überlegungen. Ich muss die dreckigen Klamotten loswerden. Ich muss etwas essen, und bevor ich meinen nächsten Schritt planen kann, brauche ich noch mindestens siebzehn weitere Tassen Kaffee. Außerdem habe ich momentan genau null andere Optionen.

»Okay. Wo wohnt denn so ein Orakel normalerweise?«

10

Wie sich herausstellt, ist Dan nicht nur Stammgast dieses Cafés, er wohnt sogar direkt darüber. Während ich ihm die Treppe hinauf folge und skeptisch den abgetretenen Teppichbelag und die breiten Risse in der Wand begutachte, kommt mir der Gedanke, dass dies für mich vor wenigen Stunden noch unter den Top Ten meiner Serienkiller-No-go-Todes-Szenarien gewesen wäre. Es sagt viel über die Ereignisse dieses Tages aus, dass ich nun zwar nicht gerade ganz freiwillig, aber schlicht resigniert diesem Fremden ins Unvermeidliche folge.

Dan schließt seine Wohnungstür auf. Ich folge ihm durch den Flur, vorbei an der offenen Wohnzimmertür, durch die ein großes braunes Sofa mit passendem Sessel und ein niedrig brennender Gaskamin zu sehen sind, dessen warmer Schein über den grauen Teppich fällt. Dann kommen wir zu einer kleinen, kahlen Abstellkammer, in der ein Lager für eine Person gerichtet ist. Darauf liegen ein schwarzer Strickpulli und eine verwaschene Jeans, die beide offensichtlich von Dan sind, sowie ein Handtuch.

»Sie haben mit mir gerechnet?«

Er zuckt mit den Schultern. »Na ja, ich bin das Orakel.« Er weist mit dem Kinn auf die Kleider. »Ich dachte, das geht erst mal. Auf dem Nachttisch liegt eine Kreditkarte.

Bestellen Sie alles, was Sie sonst brauchen, online. Und machen Sie sich keine Gedanken um die Kosten. Geld ist vorhanden. Aus dem Familienvermögen«, setzt er hastig hinzu. »Für genau solche Situationen.«

Ich werfe einen zweifelnden Blick auf den fadenscheinigen Teppich, die fleckige Zimmerdecke. »Sie haben haufenweise Geld und wohnen *hier*?«

»Es erfüllt seinen Zweck.«

Ich schnaube. »Ja, wenn dieser Zweck ist, schlechte Sadomaso-Pornos darin zu drehen.«

Dan hebt die Augenbrauen. »Das habe ich überhört. Richten Sie sich ein; ich mache uns was zu essen.«

»Gut. Haben Sie auch Kaffee?«

Er nickt.

»Dan«, sage ich.

Er bleibt im Türrahmen stehen und schaut zurück.

»Danke«, sage ich, »dass ich hierbleiben kann.« Großmütig widerstehe ich dem Drang, hinzuzufügen: *auch wenn wir beide wissen, dass all das allein Ihre Schuld ist.*

Er nickt noch einmal und schließt sachte die Tür hinter sich.

Ich stelle meine Handtasche auf das schmale Bett, ziehe Parka und Schuhe aus und trete an das kleine schmutzige Fenster. Sehnsüchtig blicke ich auf die Menschen auf der Straße hinab, die in Mützen, Schals und dicke Mäntel gehüllt mit eingezogenen Köpfen durch den Schneeregen hasten, ohne zu ahnen, welches Grauen unter der Oberfläche ihres sicheren kleinen Lebens lauert. Die Glückspilze.

Natürlich sind mir der Pulli und die Jeans viel zu groß, aber sie riechen frisch, nach Lavendel und Babyseife. Ich krempele Hosenbeine und Ärmel um und ziehe den Gürtel ganz eng; so geht es. Dann nehme ich das Handy, das Dan mir gegeben hat, und betrachte es sehnsüchtig. Ich würde so gern Bryony anrufen und ihr alles erzählen. Aber das darf ich nicht. Zu gefährlich.

Mit einem Seufzer lasse ich das Handy wieder in die Handtasche fallen und gehe barfuß in den Flur hinaus. In der Küche höre ich Geschirr klappern, aber statt mich zu Dan zu gesellen, beschließe ich, mich umzuschauen. Ich öffne die Tür gegenüber. Dahinter sehe ich ein Doppelbett, ein Bücherregal, eine Gitarre und eine Staffelei, darauf ein Blatt Papier mit wenigen kühnen Bleistiftstrichen. Dans Schlafzimmer. Leise schließe ich die Tür wieder.

Das nächste Zimmer ist das Wohnzimmer. Als ich eintrete, reiße ich die Augen auf: Ich bin wieder in der Serienkiller-Kulisse gelandet. Eine ganze Wand wird von einer Collage aus Zeitungsausschnitten, Fotos, Landkarten, Tabellen und gelben Klebezetteln eingenommen. Rechts und links steht je ein Whiteboard, jedes voller Diagramme und wilder Kritzeleien. Auf einem wackeligen Tischchen aus Kiefernholz stapeln sich geöffnete Bücher, auf dem Boden ringsum noch viel mehr.

Ich nehme die Wand näher in Augenschein. Über die eine Hälfte ziehen sich Artikel über Verbrechen mit Beziehungshintergrund, Stalking, Morde, die landesweite Scheidungsrate, die Selbstmordrate. Lauter düsteres Zeug. Die andere Hälfte ist NeoStar gewidmet: Artikel über dessen einzigartigen Erfolg, die Übernahme anderer Unternehmen, die jährliche Wachstumsrate, die jüngsten Investitionen. Das eine Whiteboard zeigt eine Kurve, in der die

Wachstumsrate von NeoStar auf die Verbrechensstatistik bezogen wird.

Ich muss schon zehn Minuten in die Wand vertieft sein, da höre ich hinter mir ein Geräusch. Ich drehe mich um. Im Flur steht Dan, in jeder Hand einen Becher. Auf seinen Lippen liegt ein kaum merkliches Lächeln.

»Alles in Ordnung?«, fragt er und hält mir einen Kaffee hin.

»Oh, bestens.« Ich deute zur Wand. »Was ist das?«

»Recherchen.«

»Glauben Sie wirklich, dass zwischen all diesen Verbrechen und NeoStar ein Zusammenhang besteht?«

»Ich weiß es.«

»Aber wie? Und warum?«

Dan seufzt. »Wie? Auf jede mögliche Art und Weise. Und warum? Weil das sein Ding ist. Und immer schon gewesen ist.« Er deutet auf mehrere herausgerissene, an die Wand gepinnte Buchseiten. Darauf stehen Mythen über den Gott Eros, nur ist sein Name jedes Mal durchgestrichen und durch »Anteros« ersetzt.

Apollon macht sich über Anteros' Bogenschießkünste lustig, daraufhin trifft Anteros ihn mit seinem Pfeil, worauf der Sonnengott in Liebe zu der Flussnymphe Daphne entbrennt. Auf Daphne aber schießt Anteros mit einem Pfeil mit Bleispitze, der in ihr Hass auf Apollon aufkommen lässt; und so fleht sie, statt sich von diesem verführen zu lassen, darum, in einen Baum verwandelt zu werden.

Der von Anteros getroffene thebanische Jäger Aktaion verliebt sich unsterblich in die Jagdgöttin Artemis, die er nackt beim Bad überrascht. Die zornige Artemis verwandelt ihn in einen Hirsch, auf dass er niemals davon erzählen könne. Prompt wird Aktaion von seinen eigenen Hunden zerrissen.

Anteros schießt auf die Zauberin Medea, damit diese sich in den Helden Iason verliebt, und als Iason sie verlässt, rächt sie sich an ihm, indem sie die gemeinsamen Kinder tötet.

Anteros schießt auf Helena, woraufhin diese sich in Paris verliebt und ihren Mann Menelaos verlässt – der Auslöser für den zehn Jahre dauernden blutigen Trojanischen Krieg.

Ich wende mich zu Dan um. »Warum ist Eros' Name durchgestrichen?«

»Weil all das Anteros war. Aber das wusste niemand. Selbst heute weiß es noch niemand.«

Ich bemühe mich, die Logik dahinter zu verstehen. »Okay. Aber warum ist dieser Anteros plötzlich wieder da? Hier und heute? Und wo sind die anderen Götter?«

»Nicht lange nach dem Trojanischen Krieg verbannte Zeus Anteros für vierzig Tage ohne seine Pfeile auf die Erde. Aber plötzlich schloss sich das Portal zum Olymp, und er saß hier fest.« Dan schaut zu den Zeitungsausschnitten hinüber. »Seither rächt er sich an uns.«

Ein Schauder überläuft mich. Zwischen der Medea-Sage und dem Artikel über den Mann, der seine Frau und Kinder und dann sich selbst tötete, weil sie sich scheiden lassen wollte, gibt es erschreckende Parallelen. Oder zwischen der von Apollon verfolgten Daphne und der Frau, die sieben Jahre lang derart von einem Exkollegen gestalkt wurde, dass sie schließlich Selbstmord beging.

Wenn das stimmt – wenn Anteros wirklich real ist … Ich denke an die Macht und Reichweite von NeoStar, und mir wird eiskalt. »Was ist mit Eros und Zeus? Können die ihn nicht aufhalten?«

Dan schüttelt den Kopf. »Sie sitzen auf dem Olymp fest, genau wie Anteros auf der Erde. Alles, was sie tun können, ist, dem Orakel Visionen zu schicken, um uns vor dem, was kommen wird, zu warnen.«

Ich denke kurz nach und finde schnell den Haken an Dans Erklärungen. »Moment mal: Wenn Eros auf dem Olymp festsitzt, wie kann ich dann von ihm abstammen?«

Dan reibt sich die Schläfe. »Wissen Sie, Frida, Sie können mir gern von früh bis spät Fragen stellen, aber irgendwann werden Sie all das einfach akzeptieren müssen.«

Ich blicke finster. So ähnlich reden die Ehepartner meiner Klientinnen, wenn sie nichts Gutes im Sinn haben. Ich persönlich akzeptiere lieber Fakten. »Ich will eine Antwort«, sage ich knapp.

Er seufzt. »Eros' Gattin und beider sterbliches Kind waren auch hier unten gefangen. Und Sie stammen väterlicherseits von ihnen ab.«

»Väterlicherseits?«

Er nickt. »Sie haben nie davon gehört? Nicht einmal andeutungsweise? Normalerweise wird so was in der Familie von Generation zu Generation weitergegeben.«

»Mein Dad ist abgehauen, als ich neun war«, sage ich matt. »Seither hab ich ihn nicht mehr gesehen.«

»Oh«, sagt er verlegen. »Das tut mir leid.«

Ich lasse ihn mit seinem Mitgefühl stehen und gehe weiter zum letzten Teil der Wand. Dort hängt eine Zeichnung von einem Mann mit dunklem schulterlangem Haar, klugen, seelenvollen Augen und gestochen scharfen Wangenknochen. »Ist das Anteros?«

»Mhm.«

»Wow.« Hinter Anteros' muskulösen Armen sind riesige Flügel zu sehen, wie die eines Schmetterlings, innen weiß, dann grau und außen schwarz. Die Zeichnung wirkt auf seltsame, energievolle Weise lebendig, als könnte der Gott sich jeden Moment vom Papier losreißen und ins Zimmer springen.

Dann fällt mein Blick auf eine andere Zeichnung, die auf einem der Bücherstapel liegt. Die Augen sind ein bisschen heller, die Haare etwas wilder, aber es gibt keinen Zweifel daran, wer das sein soll.

»Und warum haben Sie mich gezeichnet?«

»Damit ich nach Ihnen suchen konnte.«

»Also, das ist echt gruselig.«

»Sehen Sie es einfach als eine Art Fahndungsbild, wenn Ihnen das lieber ist.«

»Haha. Sehr witzig.« Mit einem Mal fühle ich mich todmüde. Ich habe genug von dieser apokalyptischen Wand. Matt schleppe ich mich mit meinem Kaffee zu dem durchgesessenen Ledersofa, setze mich und schließe die Augen. Inzwischen pocht mein Kopf, als wollte er zerspringen.

»Geht's Ihnen nicht gut?«

Ich öffne die Augen nicht, sondern massiere mir die Schläfen. »Also, mal sehen. Ich werde von Göttern gejagt. Ich wurde meiner Existenz beraubt. Es gibt eine Prophezeiung über mich. Ich sterbe vor Hunger. Doch, klar, mir geht's gut. Besser als je zuvor.«

»Gegen den letzten Punkt lässt sich was tun«, sagt Dan. »Sind Spaghetti in Ordnung?«

»Klingt gut.« Ich öffne die Augen. »Dan?«

Er bleibt an der Tür stehen. »Ja?«

Eine Frage habe ich ihm noch nicht gestellt. Ich weiß nicht mal, ob ich die Antwort wissen will. »Was will Anteros denn mit dem Pfeil machen, wenn er ihn findet?«

Dan blickt mich abwägend an. Dann geht er zu einem Bücherregal hinüber, nimmt einen Stapel Zeichnungen heraus und hält sie mir hin. Einen Moment lang lasse ich ihn so stehen, ich kann mich nicht dazu bringen, die Zeichnungen entgegenzunehmen. Dann gelingt es mir, die Hand danach auszustrecken.

Es sind etwa ein Dutzend, vielleicht mehr. Schwarze Furcht breitet sich in mir aus, als ich sie nebeneinander auf den Couchtisch lege. Vor mir entfaltet sich ein Durcheinander menschlicher Leiber, manche in wildem Kampf verrenkt, andere in Qual, in jedem Augenpaar funkelt Wahnsinn. Es ist schrecklich, noch viel schrecklicher als alles, was an der Wand dieses Konferenzraums hing.

»Was *ist* das?«, frage ich mit zitternder Stimme.

»Szenen aus meinen Visionen. Ich sehe wieder und wieder dieselben Dinge.« Er zuckt mit den Schultern. »Sie zu zeichnen hilft mir.«

Das verstehe ich. So was im Kopf zu haben hält ja niemand aus. Ich starre die Bilder an, abgestoßen, aber unfähig, den Blick abzuwenden. »Und was bedeuten sie?«

»Ich denke, es ist eine Warnung. Vor dem, was er plant. Also, eine mögliche Zukunft.«

Ich blicke ihn scharf an. »Falls ich mich weigere zu helfen, meinen Sie?«

Aber Dan sieht nicht vorwurfsvoll aus. Nur sehr, sehr erschöpft. Plötzlich erkenne ich, welche Bürde er mit sich herumschleppt. Ich kann ihn nicht länger ansehen.

Eine Weile rühren wir uns nicht: Ich sitze da, Dan steht vor mir, keiner von uns sagt etwas. Wäre sicher auch ein nettes Motiv für eine von seinen Bleistiftzeichnungen, Titel: Die Sackgasse.

Schließlich bricht er das Schweigen. »Sie müssen was essen, Frida. Bleiben Sie sitzen, ich koche.«

Als er weg ist, lege ich die Zeichnungen wieder aufeinander und drehe sie mit dem Gesicht nach unten. Trotzdem sind die harten Bleistiftstriche durch das Papier sichtbar. Eine Woge der Angst und Übelkeit droht mich zu überfluten. Ich kämpfe mit aller Macht dagegen an. Reiß dich zusammen, Frida, sage ich mir. Mach einen Plan. Es muss doch einen Ausweg geben.

Langsam und methodisch gehe ich meine Möglichkeiten durch. Aber es bringt nichts. Sie alle führen zurück zu Anteros. Er ist zu mächtig. Panik beginnt mein Denken zu trüben. Ich bin total überfordert. Ich kann das nicht. Wie soll ich gegen jemanden bestehen, der fähig ist … Mein Blick zuckt zu den Zeichnungen und rasch wieder weg. Nein.

Ich ziehe die Beine an, lasse die Pulloverärmel über die Hände gleiten und schlinge die Arme um die Knie. So sitze ich eine Weile da, ganz klein zusammengekauert. In der Wärme des kleinen Kaminfeuers beginnt die dumpfe Betäubung, die mich bisher geschützt hat, zu schmelzen, und darunter kommt pure Verzweiflung zum Vorschein. Ich kann das nicht – das, was Dan von mir erwartet, wozu ich diesen Prophezeiungen nach bestimmt bin. Das ist nicht meine Welt; ich wünschte, ich hätte nie erfahren, dass diese Wesen real sind, dass Magie existiert. All das ist zu viel, zu beängstigend. Ich will einfach nur, dass alles wieder so wird, wie es früher war.

Und da, inmitten der Trümmer meiner elenden, wirbelnden Gedanken, blitzt etwas auf. Keine Idee allerdings – nein, mein Scheidungsphrasen-Alarm. Weil genau diesen Satz meine Klientinnen ständig sagen. *Ich will nur, dass alles wieder so wird, wie es früher war.* Und was sage ich dann zu ihnen? Dass man vor der Wahrheit nicht weglaufen kann. Dass man die Tatsachen akzeptieren muss, egal wie scheußlich und unmöglich sie zu sein scheinen. Dass man, wenn man versucht, sich von der Realität abzuschotten, zum Opfer wird, zum leichten Ziel.

All das sage ich mir jetzt selbst. Und langsam, ganz langsam, weicht die Hoffnungslosigkeit und lässt eine neue Klarheit keimen. Ich kann hiervor nicht weglaufen. Die einzige Möglichkeit, diese Situation wieder ins Lot zu bringen, ist, das zu finden, wonach Anteros sucht, und es zu zerstören. Sobald dieser Pfeil aus dem Spiel ist, werde ich für NeoStar nicht mehr von Bedeutung sein.

Und überhaupt: Es ist bloß ein *Pfeil.* Ein einziger lächerlicher kleiner Pfeil. Wie schwer kann das schon sein?

Als Dan zehn Minuten später mit zwei Schalen dampfender, duftender Nudeln zurückkommt, stehe ich wieder an der Recherchewand vor dem Bild von Anteros, versuche in diesen großen schönen Augen und dem irgendwie bedrohlichen halben Lächeln zu lesen. Das war stets meine erste Regel im Gerichtssaal: Kenne deinen Feind.

Ich drehe mich zu Dan um. Auf seinem Gesicht liegt ein Ausdruck, der zwischen Hoffnung und Furcht schwankt.

»Also«, sage ich. »Womit fangen wir an?«

11

Ich glaube, als ich mich einverstanden erklärte, mich als die Auserwählte zu betrachten, dachte ich, damit wäre etwas Action verbunden – ein bisschen Abenteuer, vielleicht sogar ein sexy Outfit. Ich meine, wenn das hier ein Film wäre, käme jetzt eine Reihe kurzer montierter Szenen:

Wie ich mich tapfer in meine neue Umgebung einfinde (die im Film natürlich aus einer Art-déco-Villa bestünde statt aus einer schäbigen Wohnung über einem Café).

Wie ich einigen Prüfungen meiner Kraft und Intelligenz unterworfen werde, die enthüllen, dass ich schneller, stärker und klüger bin als gewöhnliche Menschen. (Und mein Haar bewahrt in dieser Szene durchweg seine weiche Glätte und wird kein bisschen strubbelig, nicht mal im strömenden Regen.)

Wie ich total coole antike Kampfkünste trainiere, die mich nicht nur vor Leuten wie dem ekligen Clive schützen werden, sondern auch gut für Figur und Rumpfmuskulatur sind.

Wie ich eine Typveränderung vornehme – goldene Armreifen, ein weißes fließendes Kleid, eine Art Tiara –, durch die meine innere Göttin so richtig zur Geltung kommt.

Und schließlich, wie ich mit Dan (der mir bewundernde Blicke zuwirft, wenn er glaubt, ich bemerke es nicht) bis spät in die Nacht erschöpft, aber unermüdlich über der uralten Landkarte brüte, die ich in seiner umfangreichen, herrlich eingerichteten (und leider komplett imaginären) Bibliothek gefunden habe – und die uns, wie wir genau wissen, direkt zu dem Pfeil führen wird.

Okay. Schnitt in die Realität.

Heute ist der dritte Tag, den ich im Café über modrigen alten Büchern verbringe. Was bisher Action und Abenteuer am nächsten kam, war, als ich einen Vollkornmuffin bestellte und einen Chocolate-Chip-Muffin bekam. Meine übermenschliche Kraft habe ich vor allem damit bewiesen, dass ich mich zurückhalten konnte, Dan zu sagen, wohin er sich seine Prophezeiung stecken kann. Meine Typveränderung beschränkt sich auf meine Haare, deren Selbstbewusstsein schon nach einer einzigen Wäsche mit Dans 2-in-1-Shampoo so gesteigert wurde, dass sie sich seither im Volumen verdoppelt haben und auch strengste Ermahnungen sowie alles an Pflegemitteln, was ich auftreiben konnte, nichts an diesem Zustand ändern.

Und was das Finden des Pfeils angeht … tja. Komplette Fehlanzeige. Wir tappen im Dunkeln. Nicht den kleinsten Hinweis haben wir gefunden.

»Kann ich nicht jemanden anrufen?«, frage ich zum zehnten Mal. »Ich kenne massenhaft Leute. Anwälte, Richter, Akademiker, Beamte. Bestimmt können uns welche davon helfen!«

Dan schaut von seinem Text auf – ein zweifellos unsagbar spannendes Werk über die Waffen der antiken Götter.

»Ich habe dir schon gesagt, Frida, du darfst niemanden anrufen.«

»Aber wir können uns doch nicht ewig hier verkriechen und Bücher wälzen und hoffen, dass wir so auf einen Hinweis stoßen!«

Dan zuckt mit den Schultern. »So macht man das aber.«

»Warum? Weil es irgendwo *geschrieben steht*?«, intoniere ich in bedeutungsschwerem, Dan-artig knurrigem Ton. »Mal ernsthaft, Dan. Wenn es geschrieben stehen würde, hätten wir's schon längst gelesen. Oder?«

Als Dan sich in dieser pathetischen Weise über meine Mission ausließ, die Welt zu retten, verschwieg er mir praktischerweise, dass er nicht den blassesten Schimmer hat, wo dieser Pfeil sein oder wie man ihn finden könnte. Das wurde bald zu Streitthema Nummer eins zwischen uns. Was (habe ich ihn schon Dutzende Male gefragt) bringt es denn, jemanden für das große Heldenepos zu rekrutieren, wenn man noch nicht mal den Ansatz eines Drehbuchs hat?

Allmählich frage ich mich, was ich den Leuten sagen soll, wenn ich diesen Mist nicht bald geklärt bekomme. Ein Glück, dass Pen in Urlaub ist; so musste ich bisher nur per Mail die Aushilfssekretärin abbestellen und alle Termine für die nächsten zwei Wochen absagen. Aber was ist mit Bryony? Meiner Mum? Meinen Kollegen und Freunden und Klienten? Wie erkläre ich denen, wo ich bin?

Auserwählt zu sein ist in Wirklichkeit verdammt ätzend.

»Siehst du nicht in deinen Visionen auch mal was Nützliches?«, frage ich. »Also, irgendwelche Hinweise auf die Umgebung oder so?«

Dan schaut wieder auf. »GPS-Koordinaten? Leider nein. So funktioniert das nicht.«

»Dann sind sie ja eigentlich ziemlich sinnlos, oder?«

Dan hebt eine Augenbraue. »Du steuerst auch nicht gerade viel zu der Sache bei, Frida. Abgesehen davon, dass du dich über mein Shampoo beschwerst und meinen Kaffeekocher strapazierst.«

»Haha.« Ich stehe auf und strecke meine verspannten Glieder. »Wie sieht's mit Mittagessen aus?«

»Es ist fünf nach elf.«

»Dann halt ein Appetithäppchen.«

Er schüttelt den Kopf. »Für mich nur einen Kaffee.«

Ich gehe zum Tresen. Dass Dan und ich in dieser angespannten Situation miteinander auskommen, ist im Wesentlichen hohen Dosen von Koffein und Sarkasmus zu verdanken. Aber mir ist klar, dass seine spitzen Bemerkungen einen wahren Kern haben, und das schmerzt. Er ist enttäuscht von mir.

Mit zwei Tassen Kaffee und einem Käse-Schinken-Toast komme ich an den Tisch zurück. Trübe vor mich hinkauend mache ich mich wieder ans Lesen. Ich kann förmlich spüren, wie meine Oberschenkel von Sekunde zu Sekunde fetter werden. Dieses furchtbare Herumsitzen. Ich esse nur, um das Gefühl zu haben, dass überhaupt irgendwas passiert. Ich vermisse mein Fitnessstudio. Und meine Saftpresse. Ich vermisse die Zeiten, als mein Haar nicht permanent nach Pommesfett roch. Dan schaut auf, bemerkt, dass ich auf sein Buch krümle, und wirft mir einen genervten Blick zu.

Ich lächle ihn zuckersüß an.

Das Problem mit Dan ist, dass er seit Jahren Visionen

von mir hat und deshalb glaubt, er kenne mich schon ziemlich gut. Allerdings hat er sich mich in Fleisch und Blut viel beeindruckender vorgestellt, als ich bin. Es ist wahrscheinlich so ähnlich, wie wenn man nach einem langen Mailwechsel zum ersten Mal seine Internetbekanntschaft trifft und feststellt, dass sie nicht annähernd an die Fantasien herankommt, die man von ihr hatte.

Tja, da muss er durch, denke ich mir und beiße noch ein Stück Toast ab. Ich habe nie darum gebeten, in jemandes Prophezeiungen aufzutauchen. Ich lasse den Kopf kreisen, um die Verspannungen zu lockern, die mir das Schlafen in Dans Besenkammer eingetragen hat. Nachts gibt die Wohnung seltsame Geräusche von sich, die Wände sind unter der Raufasertapete nicht isoliert, und durch das Fenster geht alle Wärme verloren. Deshalb mummle ich mich zum Schlafen in drei Decken ein und ziehe sie bis über die Ohren.

Wobei man sagen muss, es ist nicht *nur* schrecklich. Das Wohnzimmer ist okay, wenn man die Grusel-Wand ignoriert (was man, wie ich herausgefunden habe, sehr gut durch die Einnahme einer halben Flasche Rioja bewerkstelligen kann); aber auf Dauer wäre die Wohnung für meinen Geschmack dann doch ein bisschen zu rustikal. Im Grunde überstehe ich die Sache bisher hauptsächlich deshalb, weil ich sie als eine Art Auslandsurlaub ansehe, der nicht ewig dauern wird.

Vorausgesetzt, wir finden irgendwann endlich diesen Pfeil.

»Ein bisschen Zeit haben wir übrigens«, sagt Dan plötzlich in beschwichtigendem Ton, von dem ich nur noch gereizter werde.

»Wie das?«

»Sie suchen den Pfeil momentan in Griechenland. Aber da ist er nicht.«

»Woher weißt du das?«

»Ich weiß es einfach.«

»Aha.« Ich tue so, als schriebe ich etwas auf meinen Notizblock. »Orte, wo der Pfeil sein könnte: Nicht in Griechenland.« Ich halte meinen Stift über das Papier und lege den Kopf schräg. »Noch mehr Vorschläge, wo er nicht ist?«

»Sehr komisch.« Aber wenigstens grinst er schwach. »Mach dich lieber nützlich, indem du weiterliest, ja?«

Ich schiebe meinen krümelbedeckten Teller weg. »Ich kann's einfach nicht fassen, dass diese Sache nie bekannt wurde. Wie ist es in den Zeiten der sozialen Medien möglich, dass niemand je geleakt hat, dass mit NeoStar was nicht stimmt?«

Dan schneidet eine kleine Grimasse. Meine Fragen nerven ihn immer noch, aber da ich mich bereiterklärt habe, ihm bei der Suche nach dem Pfeil zu helfen, hat er wohl das Gefühl, mir ein Stück entgegenkommen zu müssen. »Wie viele gut gehütete Geheimnisse gibt es in dieser Stadt, von denen du selbst weißt – und die du zu bewahren hilfst?«

Ich werde rot, als ich an all die Fehltritte denke, die ich über die Jahre in Erfahrung gebracht und als Druckmittel eingesetzt habe, um Vorteile für meine Klientinnen herauszuschlagen. »Das ist was anderes.«

»Nicht unbedingt. Um ein Geheimnis unter Verschluss zu halten, braucht man nur genug Macht. Aber was es mit NeoStar auf sich hat, bleibt hauptsächlich deshalb geheim, weil normale Menschen eher nicht an Magie glauben. Sie versuchen, rationale Erklärungen zu finden, genau wie du. Und wenn doch jemand etwas mitbekommt, was er nicht sollte«, er zuckt mit den Achseln, »gibt's immer noch das Lethewasser.«

Ich denke an Chris am Fenster, wie bleich sein gebräuntes Gesicht plötzlich war. Lebt er jetzt vielleicht sein ganz normales Leben weiter, ohne jede Erinnerung daran, dass er mich verraten hat?

Von ihm wandern meine Gedanken zu all den Angestellten von NeoStar. Den vielen Menschen, die in Anteros' Diensten stehen, ihm helfen, seine Anti-Liebes-Technologien zu entwickeln und zu verbreiten, ohne zu ahnen, für wen sie in Wahrheit arbeiten und zu welchem Zweck. Ich habe Dan gegenüber nicht erwähnt, dass auch ich schon manchen meiner Klientinnen empfohlen habe, spezielle NeoStar-Software gegen ihren Partner anzuwenden, wenn der Verdacht bestand, dass dieser nicht ehrlich war, sei es in finanzieller oder sexueller Hinsicht – zum Beispiel ein Programm, mit dem man einen Laptop als Wanze präparieren oder jemandes Mails mitlesen kann. Abgesehen davon, dass mich das jetzt selbst anwidert, ist es nur ein weiteres Beispiel dafür, welche Mittel Anteros zur Verfügung stehen.

Und über welche Mittel verfügt Team Dan & Frida? Kaffee und Bücher. Aus.

Ich versuche es noch einmal. »Dan, ich hab schon einige David-und-Goliath-Fälle bearbeitet, deshalb kapiere ich durchaus, was für ein Wir-gegen-den-Rest-der-Welt-Gefühl du dabei hast. Aber ich sehe uns einfach schwer im Nachteil. Wir sind zwei Leute mit einem Haufen staubiger alter Wälzer. Anteros verfügt über einen weltweit agierenden Konzern und die höchstentwickelten Technologien der Gegenwart. Wenn wir diesen Pfeil vor ihm finden wollen, brauchen wir Hilfe. Gibt es nicht, ich weiß nicht, irgendwelchen mystischen Scheiß, der uns helfen könnte?«

Er schaut nicht einmal auf. »Die Visionen. Das ist wohl der mystische Scheiß, den du meinst.«

Ich richte den Blick auf die fleckige Decke. »Können sie uns eigentlich sehen? Zeus und Eros und der Rest?«

»Ich denke schon. Meine Vorfahren glaubten es jedenfalls. Und sie *werden* uns helfen. Du musst nur Vertrauen und Geduld haben, Frida. So eine Vision kommt nicht auf Bestellung.«

»Ja, okay. Aber wäre schon gut, wenn sie uns bald mal eine rüberwachsen lassen könnten.«

»Ganz deiner Meinung. Aber lass uns währenddessen einfach versuchhh –« Abrupt bricht Dan ab. Seine Augen drehen sich nach oben, seine Füße trommeln auf den Boden, und mit einem schrecklichen Stöhnen krallt er die Hände um den Kopf.

»Dan? Was ist los?«

Er ist totenbleich geworden, seine Augen sind riesig, nur noch das Weiße ist sichtbar. Mein erster Gedanke ist, dass man ihn vergiftet hat, dass das Café doch nicht gut genug geschützt ist, und ich habe einen Anfall egoistischer Panik. O Himmel, bitte nein, denke ich, lass mich mit all dem nicht allein! Dann, endlich, löst sich meine Starre, und ich springe zu ihm.

Ich berühre sein Gesicht, seine Stirn ist wächsern und kalt. »Dan. Dan! Was ist los? Kannst du mich hören?« Er reagiert nicht, er ist total weggetreten, als hätte er eine Art Anfall. Ich schnappe mir sein Handy, wähle mit zitternder Hand den Notruf und will gerade den Rufbutton antippen, da legt sich seine Hand auf meinen Arm.

»Alles … okay«, sagt er kaum hörbar.

»Wirklich? So siehst du aber nicht aus. Du siehst verdammt übel aus.«

Er lächelt schwach. Auf seiner Stirn steht Schweiß. »Du wolltest doch eine Vision.«

Ich bin entsetzt. »Das war eine Vision? Warte mal, ich hole dir ein Glas Wasser.«

Nach ein paar Sekunden bin ich mit dem Wasser und einem Müsliriegel zurück. »Iss. So wie du aussiehst, kannst du etwas Zucker gebrauchen.«

Dan trinkt einen Schluck Wasser, dann noch einen, und beißt in den Müsliriegel. Ich schaue wieder zur Decke. »Die Visionen kommen also nicht auf Kommando, hm? Meine Güte, tut mir leid, Dan. Als ich das sagte, wusste ich ja nicht … Sind diese Visionen immer so?«

Er schüttelt matt lächelnd den Kopf. »Nein. Normalerweise kriege ich hinterher keinen Müsliriegel.«

»Ich mein's ernst! Das sah wahnsinnig schmerzhaft aus.«

Er trinkt noch einen Schluck. »Es ist auch schmerzhaft. Aber es geht schon.« Langsam kehrt die Farbe in seine Wangen zurück.

»Aber müssen die das so brutal machen?«, sage ich. »Wir leben im einundzwanzigsten Jahrhundert, könnten sie dir nicht einfach eine nette kleine SMS schicken? Ich sag dir, wenn ich Zeus oder Eros jemals treffe, denen werde ich was erzählen!« Ich schimpfe sinnlos herum, noch voller Adrenalin und Erleichterung, dass Dan nicht tot ist.

Aber er hört mir gar nicht zu. Nun, da er sich allmählich wieder erholt, leuchten seine Augen, er sieht nicht nur wieder besser, sondern geradezu ekstatisch aus. Am Müsliriegel kann das meiner Erfahrung nach nicht liegen.

Dan nimmt meine Hand und drückt sie fest. »Ich hab's gesehen, Frida. Ich weiß, wie wir den Pfeil finden können.«

12

Eine halbe Stunde später betreten wir das Stadtmuseum. Es ist das erste Mal seit zwei Tagen, dass ich aus Dans Wohnung und dem Café rauskomme. Es fühlt sich ganz komisch an. Alles wirkt unglaublich laut und hell, und überall bilde ich mir ein, Clives Gesicht zu sehen. Misstrauisch schiele ich zu den Überwachungskameras über dem Eingang. Wir tragen beide ein Büschel irgendeiner Wurzel in der Tasche herum, das uns anscheinend vor der Entdeckung durch Anteros und NeoStar schützen soll. Ich habe nicht näher nachgefragt – mir reicht es sowieso schon an Sachen, die ich nicht kapiere.

Die aktuelle Ausstellung trägt den Titel *Götter und Monster*. »So ein Zufall«, sage ich. »Dass hier gerade jetzt diese Ausstellung stattfindet.«

»Zufälle gibt's nicht«, sagt Dan abwesend.

Wir gehen durch den ersten Ausstellungsraum, den zweiten, den dritten. Während ich Dan von Gemälde zu Gemälde folge, beiße ich mir auf die Lippe. Schließlich frage ich: »Und, ist es da?«

»Ich weiß nicht. In der Vision waren wir hier. Nur …« Langsam dreht er sich mitten im Raum einmal um sich selbst. »Keiner der Räume sieht richtig aus.«

»Es gibt ja noch mehr. Lass uns weitergehen.«

Auf dem Weg durch die folgenden Räume erfasst mich ein kleines Hochgefühl. Heute werden wir den Pfeil finden und vernichten, dann ist die ganze Misere endlich vorbei. Auch ich habe jetzt eine ekstatische Vision: von mir in der Badewanne, mit einer Schachtel Pralinen und einem Glas Sekt in Reichweite, wie ich mir den Burgergeruch aus den Haaren wasche.

Aber von den Dutzenden Ausstellungsstücken, an denen wir vorbeikommen, ist keines das, nach dem Dan sucht. Beim Betrachten der Bilder wird mir allmählich ziemlich mulmig. Es ist das gleiche Gefühl wie in diesem Konferenzraum bei NeoStar. Die Welt der antiken Götter war ganz schön grausam, gespickt mit Entführungen, Vergewaltigung und Mord. Nun, da mir klar ist, dass all die dargestellten Menschen, Ungeheuer und Götter tatsächlich existiert haben, hat die Ausstellung etwas Albtraumhaftes. Ich hätte größte Lust, all diesen hochgebildeten Akademikern, die hier herumstehen und die Bilder im kunstgeschichtlichen Kontext analysieren, ins Gesicht zu schleudern: *Das ist wirklich passiert! Das sind wahre Ereignisse!* Womit aber nichts erreicht wäre, außer dass sie denken würden, ich wäre nicht ganz dicht.

Nachdem wir das Erdgeschoss durchhaben, gehen wir zur Treppe. Ich bleibe einen Moment vor der weißen Marmorstatue eines schlanken jungen Mannes mit riesigen Flügeln stehen, der einen Bogen gespannt hat. Eros. Ich strecke die Hand aus und berühre einen seiner kalten steinernen Arme. Der gehört zu meiner Familie? Also echt jetzt?

»Ms McKenzie?«

Ich drehe mich um. Da steht eine blonde Frau in einem cremefarbenen Mohairmantel und blickt mich mit freundlichem Interesse an. Ich brauche ein paar Sekunden, um mich zu erinnern, wer sie ist.

»Oona«, sage ich schließlich und lächle. »Wie geht es Ihnen?«

»Oh, gut, danke.« Sie wirft einen wachsamen Blick die Treppe hinauf. »Äh … also, ich bin mit Robert hier. Wir wollen im Museumsrestaurant essen gehen.« Sie kommt näher und sagt leise: »Aber ich wollte sowieso mit Ihnen reden. Ich wäre Ihnen dankbar, wenn Sie unseren Termin letzte Woche niemandem gegenüber erwähnen würden.«

»Natürlich nicht, Oona. Das versteht sich von selbst.« Unter ihrem makellosen Make-up wirkt sie blass und hat rotgeränderte Augen. »Kommt die Sache denn wieder in Ordnung?«

»Ja. Wir haben uns ausgesprochen. Er sagte, er sei in einer schwierigen Situation gewesen.«

Zum Beispiel zwischen den Beinen seiner Praktikantin? Einen Moment lang denke ich entsetzt, ich hätte es laut ausgesprochen, aber Oona hat noch immer dieses schwache, nervöse Lächeln im Gesicht – offenbar war es nur meine innere Stimme, die da herumgepampt hat.

Mein Anblick scheint sie etwas zu verwundern. Mein Haar hat mangels Fön endgültig Korkenzieherqualitäten erreicht, und mein Outfit besteht aus ein paar eilig online bestellten Sachen: einem schwarzen Hemdkleid, schwarzen Leggings und grauen knöchelhohen Stiefeletten, darüber Dans alte Lederjacke. Klamotten, in denen man im Notfall auch rennen kann.

»Sie sehen … ganz anders aus«, sagt sie. »Schauen Sie sich die Ausstellung an?«

»Ja, ich bin mit einem Freund da.« Ich blicke mich nach Dan um. Gerade kommt er auf uns zu; Erleichterung steht in seinem Gesicht, als er sieht, dass mir nichts zugestoßen ist. Bei Oonas Anblick tritt Vorsicht in seine Augen, dann setzt er ein Lächeln auf.

»Hi. Ich wusste nicht, wo du abgeblieben bist.«

»Dan, das ist Oona, eine Freundin von mir. Oona, das ist Dan, auch ein … Freund.« Ich schaue zu, wie sich die beiden Nicht-wirklich-Freunde von mir mit höflichem, etwas verlegenem Gemurmel die Hand schütteln.

»Also«, sage ich mit einem Blick auf Dan, »dann sollten wir mal weitergehen und schauen, dass wir das Bild finden, das wir vor allem sehen wollten.« Ich lächle Oona an. »Guten Appetit. Freut mich, dass alles wieder so weit in Ordnung ist.«

Kurz schaue ich ihr nach, wie sie die Marmortreppe hinaufgeht, dem Mittagessen mit ihrem Ehemann entgegen, auf ihrem Gesicht eine Mischung aus Hoffen und Bangen. Ich habe kein gutes Gefühl dabei. Nach meinen Recherchen über Robert ist er nicht gerade ein Freund von Selbstkritik oder Reue – wenn auch ein großer Freund von Mittagessen. Ich zucke innerlich die Schultern. Die Zeit wird es erweisen. Das tut sie immer.

Die Gemälde im nächsten Ausstellungsraum stammen alle von einem Maler namens Charles-Joseph Natoire.

»Ein Zyklus über den Mythos von Psyche, Eros' Frau«, erklärt mir Dan. »Die Bilder zeigen die Aufgaben, die Aphrodite ihr stellte, als sie versuchte, Eros wiederzufinden.«

Ich betrachte die Werke. Noch eine Verwandte von mir.

Wie schön sie ist. Dann drehe ich mich zu Dan um und frage knapp: »Und, ist der Pfeil hier drin?«

»Ich glaube schon.«

»Zumindest gibt es eine Verbindung zu Eros«, überlege ich. »Schließlich war Psyche seine Frau. Wäre ein möglicher Hinweis.«

Während wir von einem Bild zum nächsten gehen, lese ich die dazugehörigen Beschreibungen und reime mir so den Mythos zusammen. Aphrodite war eifersüchtig auf die Schönheit der Königstochter Psyche und bat daher Eros, sie dazu zu bringen, sich in ein Ungeheuer zu verlieben. (Wie Dan anmerkt, muss sie das mit Anteros besprochen haben und nicht mit Eros; noch ein Mythos, der die beiden verwechselt.) Eros suchte Psyche auf (vielleicht, um sie vor seinem Bruder zu beschützen) und war so hingerissen von ihrer Schönheit, dass er sich absichtlich selbst mit seinem Pfeil stach und sich in sie verliebte.

Aus Angst davor, was seine Mutter nun tun würde, brachte er Psyche in einen wunderschönen Palast, wo sie in Sicherheit vor Aphrodite war. Doch um ihr den Schrecken zu ersparen, ihn in seinem göttlichen Glanz zu erblicken, besuchte er sie nur im Dunkeln. (Merke: die Götter sind eine echt seltsame Bande.) Psyche, die ihren Geliebten nie zu Gesicht bekam, machte sich verständlicherweise Sorgen, dass sie tatsächlich ein Ungeheuer geheiratet hatte, und eines Nachts, als Eros schlafend neben ihr lag, zündete sie eine Lampe an. Vor Begeisterung, dass ihr Bettgefährte der wohlgestalte Gott der Liebe persönlich war, wurde ihr so schwindelig, dass sie aus Versehen etwas brennendes Öl auf Eros tropfte, woraufhin er davonflog.

Die verzweifelte Psyche wollte ihn natürlich wiederfinden und flehte ausgerechnet Aphrodite um Hilfe an. Diese willigte ein, ihr zu helfen, aber nur, wenn Psyche drei Prüfungen bestand.

Ich gehe die Gemälde ab, die das Geschehen illustrieren. Psyches erste Aufgabe war es, bis zum Abend einen großen Haufen Weizenkörner, Bohnen und Linsen voneinander zu trennen – ein unmögliches Unterfangen, das ihr jedoch mit Hilfe einiger mitleidiger Ameisen gelang. Bei der zweiten Aufgabe – ein goldenes Vlies zu finden – half ihr ein Flussgott. Die dritte Aufgabe bestand darin, Persephone in der Unterwelt aufzusuchen und sie zu bitten, Aphrodite etwas von ihrer Schönheit zum Geschenk zu machen.

Vor diesem Bild bleibt Dan stehen. Auf dem Schild darunter steht: *Psyche erhält von Proserpina das Elixier der Schönheit.*

»Proserpina?«, frage ich.

»Der römische Name für Persephone«, erklärt Dan.

»Ach so.« Als hätte ich nicht schon genug Probleme, ohne mir auch noch zwei Namen für die Götter merken zu müssen.

Ich betrachte die Figur der Psyche, die vor Persephone und Hades steht. Dans Gesichtsausdruck lässt mich stutzen. »Ist er hier? Ist es das?«

Er schüttelt den Kopf. »Komisch. Das ist das Motiv aus meiner Vision. Aber … etwas stimmt nicht. Was ich sah, war eher eine Zeichnung.« Sein Blick gleitet zu einer grünen Tür in der Wand gegenüber. »Da.«

Wir eilen zu der Tür. Daran hängt ein Schild, dass dieser Raum der Öffentlichkeit momentan nicht zur Verfügung steht. Ich schaue mich um. Da ich keine Aufsichtsperson sehe, drehe ich versuchsweise am Knauf.

Die Tür geht auf.

Als Dan den Raum sieht, leuchtet sein Gesicht auf. Hier hängen Werke desselben Malers, aber kleinere: Bleistift- und Kreidezeichnungen. »Vorstudien«, sagt Dan. »Von denen wusste ich noch gar nichts.«

Er sieht sich die Zeichnungen an und bleibt vor einer goldgerahmten Skizze stehen, unter der zu lesen ist: *Schwarze Kreide mit weißen Höhungen auf blauem Papier.* Es ist die Szene mit Psyche, Persephone und Hades.

»Das hier?«, frage ich. »Sollen wir es abnehmen?«

Aber Dan hört mir nicht zu. Er starrt wie gebannt auf das Bild. »Ich kannte bisher nur die fertigen Gemälde. Ich hatte ja keine Ahnung …«

»Was?« Ich versuche seinem Blick zu folgen. »Wovon hattest du keine Ahnung?«

Dan zeigt auf den Sockel von Hades' Thron. »Da ist er.«

Ich beuge mich vor und untersuche die Kreidestriche. Sie sehen tatsächlich ein bisschen aus wie ein Pfeil. Ich trete zurück. »Ist das ein Hinweis? Ist der Pfeil hinter dem Bild versteckt? Vielleicht an den Rahmen geklebt?« Ich werfe einen Blick zur Tür, ob auch niemand kommt, und taste die Rückseite des Rahmens ab. »Da scheint nichts zu sein. Wollen wir es herunterheben? Vielleicht steckt er zwischen Leinwand und Rahmen?«

Aber Dan bewegt sich nicht. Er starrt den Pfeil an. »So hat er also all die Jahrhunderte überdauert.«

Ich schaue zu dem Bild, dann zu Dan, dann wieder zum Bild. »Was meinst du damit?«

Er nimmt meine Hände. Als seine Haut in Kontakt mit meiner kommt, ist da etwas wie ein Kribbeln, ein kurzes Aufflackern, doch bei seinen nächsten Worten sind meine Gedanken schon wieder völlig woanders.

»Der Pfeil ist gar nicht auf der Erde«, sagt er. »Er ist in der Unterwelt.«

13

Der Pfeil ist nicht hier im Museum. Meine Probleme werden nicht heute oder morgen oder in absehbarer Zeit vorbei sein. Die Enttäuschung ist so groß, dass es sich anfühlt, als zerquetsche mir ein Schraubstock die Brust.

»Ich dachte, die Vision sagte dir, dass der Pfeil hier ist«, sage ich gepresst.

Dans Blick ist in weiter Ferne. »Nein, ich sagte nur, dass wir ihn hier finden würden. Und wir haben ihn gefunden.«

»Also hast du gelogen.«

»Nein.« Er zuckt mit den Schultern. »Vielleicht hab ich mich nicht eindeutig ausgedrückt. Aber so ist das eben bei Orakeln.«

»Okay, der Pfeil ist also in der Unterwelt? Das heißt, er ist für immer verloren? Er war auch nur ein Mythos? Oder was?« Da sehe ich Dans Gesichtsausdruck und verstumme. »Sag mir jetzt nicht, dass die Unterwelt wirklich existiert. Nein.«

»Natürlich existiert sie. Genau wie der Olymp und die Erde.«

Wir schauen das Bild an.

»Es ist nur Gekrakel«, protestiere ich. »Vielleicht ist ihm die Kreide ausgerutscht.«

»Es ist der Pfeil«, sagt Dan unbeirrt. »Nun, da ich ihn sehe, wird es mir klar. Ich weiß nicht, warum ich noch nie an diese Möglichkeit gedacht hatte. Kennst du die Geschichte von Hades und Persephone?«

»Mehr oder weniger.« Ehrlich gesagt: nein. Wahrscheinlich stand sie in einem von Dans vielen Büchern, aber allzu viel habe ich von denen nicht behalten. Dan hat gut reden – in seiner Familie wurden diese Storys ständig herumerzählt. Meine Kenntnisse der griechischen Mythen beschränken sich auf den Film *Kampf der Titanen*, und da hab ich die meiste Zeit Sam Worthingtons Oberschenkel angestarrt. »Wie ging die noch mal genau?«

»Also, eines Tages langweilte sich Anteros, und da schoss er Hades einen Pfeil ins Herz, sodass der sich Hals über Kopf in Persephone verliebte, ja? So sehr, dass er sie kidnappte, in die Unterwelt verschleppte und zu seiner Königin machte.«

»Aha. Und?«

»Nun ja, Hades muss den Pfeil behalten haben, vielleicht als eine Art Andenken. So hat er all die Zeit dort überdauert.«

»Meine Güte. Schlagzeile des Tages: Die Romantik ist buchstäblich tot und begraben.«

Aber Dan ist noch immer mit seinen eigenen Gedanken beschäftigt. »Okay, das wird schwierig, aber nicht unmöglich. Allerdings brauchen wir definitiv Hilfe. Es gab nur wenige, die in der Unterwelt waren und zurückkehrten. Odysseus natürlich. Herakles. Und Orpheus, der hinabstieg, um Eurydike zu retten …«

»Und versagte«, versetze ich. Dan schaut mich überrascht an. »Was denn?«, sage ich. »Ich hab die Oper gesehen.«

»Die bringen uns sowieso nichts«, überlegt er weiter. »Sie sind alle tot oder verschollen. Wir brauchen jemanden, der dort war und uns noch davon erzählen kann, aber es muss jemand sein, der auch ein Interesse daran hat, Anteros zu stoppen.«

»Ja, klar. Kandidaten bitte hier anstellen. Ich meine, wen soll es da schon geben?«, frage ich. Aber insgeheim freue ich mich: das schaffen wir nie. Und das bedeutet, ich bin keinerlei Gefahr für Anteros, was wiederum bedeutet, er muss mich in Ruhe lassen. Oder?

Aber Dan dreht sich wieder zu der Zeichnung um, und seine Augen funkeln. »Du siehst sie hier.«

14

Ich starre die Kreidezeichnung von meiner wunderschönen Urahnin an. »Was – Psyche? Lebt sie etwa noch?«

Dan scheint nicht zu bemerken, wie ungeheuerlich seine Enthüllung ist. »Wenn der Pfeil in der Unterwelt ist, kann Natoire nur davon erfahren haben, wenn Psyche das erwähnt hat, während sie ihm Modell stand.«

Mir wird leicht schwindelig. Ich hebe die Hand. »Moment mal. Psyche hat ihm selbst Modell gestanden?«

Er zuckt mit den Schultern. »Soweit ich gehört habe, war sie die Muse vieler Männer. Du weißt, sie war so schön, dass selbst Aphrodite eifersüchtig wurde. Natoire nahm wahrscheinlich an, dass sein Modell sich nur ein bisschen in die Sache hineinsteigerte, aber das Detail mit dem Pfeil hat ihm offenbar gefallen, und er hat ihn in die Skizze mit aufgenommen, ehe er beschloss, ihn auf dem späteren Gemälde doch nicht abzubilden. Deshalb habe ich ihn in meinen Recherchen nie entdeckt. Diese Zeichnungen müssen jahrhundertelang ungesehen irgendwo gelegen haben.«

»Okay.« Mir tut langsam echt der Kopf weh. »Nur damit ich das recht verstehe: Psyche, meine Ur-ur-bitte-entsprechende-Anzahl-einfügen-Urgroßmutter, ist noch irgendwo am Leben?« In mir steigt etwas auf, und ich erkenne: es ist Wut darüber, schon wieder überrumpelt zu werden, nachdem ich gerade das Gefühl hatte, diese verrückte Situation halbwegs in den Griff zu kriegen. Ich hasse es, nicht zu wissen, womit ich es zu tun habe. Und noch viel mehr, angelogen zu werden. Und gerade komme ich mir schon etwas für dumm verkauft vor.

Irritiert über die Ablenkung runzelt Dan die Stirn. »Natürlich. Hast du die Bücher nicht gelesen? Sie ist unsterblich.«

»Das weiß ich! Aber ich dachte …« Ich halte inne. Was habe ich denn gedacht? Gar nichts. Mir wäre schlicht im Traum nicht eingefallen, dass jemand aus meiner Familie, der etwas über all diese Sachen weiß, noch am Leben sein könnte. Ich setze neu an. »Ich finde, du hättest ruhig mal erwähnen können, dass eine unsterbliche Vorfahrin von mir noch irgendwo durch die Weltgeschichte schwirrt!«

Dan schaut mich an, und etwas an seinem Blick gefällt mir nicht. »Ich erzähle dir das, was du wissen musst, Frida. Ich hab keine Zeit, dir einen Grundkurs in Mythologie zu geben, während die Welt in Gefahr ist.«

Seine Worte treffen mich wie ein Schwall kaltes Wasser. »Wie bitte?«

Sichtlich um einen versöhnlicheren Ton bemüht sagt er: »Hör zu. Wir haben jetzt endlich ein Ergebnis. Wir wissen, wo der Pfeil ist und wie wir an ihn rankommen. Du solltest dich freuen, dass du die Sache endlich hinter dich bringen und zu deinem schönen normalen Leben zurückkehren kannst, von dem du dauernd redest.«

Ich funkele ihn an und sage mit zusammengebissenen Zähnen: »Natürlich bin ich froh, dass wir den Pfeil gefunden haben. Aber ist es wirklich so schwer einzusehen, dass ich keine große Lust habe, in die Hölle runterzusteigen, um ihn zu holen?« Ich verschränke die Arme. Wut überläuft mich in heißen Wogen, bis ich mich nicht mehr beherrschen kann. »Glaub mir, ich bin ebenso scharf darauf, aus deiner verratzten kleinen Bude rauszukommen, wie du, mich loszuwerden. Aber ich wurde jetzt schon zweimal entführt. Ich weiß nicht, ob du's verstehst, aber ich kann darauf verzichten, die nächsten paar Jahrtausende als Hades' neue Spielgefährtin zu verbringen!«

»Musst du aus allem so ein Drama machen?«

»Drama? Du platzt in mein Büro, erzählst mir, ich sei *auserwählt*, und ziehst mich in diesen Affenzirkus hinein, und *ich* mache ein Drama? Schau doch mal in den Spiegel!«

»Ja, und wenn du mir in deinem Büro zugehört hättest, wärst du gar nicht entführt worden«, schleudert mir Dan entgegen.

»Und wenn du mich einfach in Frieden gelassen hättest, wäre mir überhaupt nichts von all dem Mist zugestoßen!«, brülle ich zurück.

Einen Moment lang starren wir uns wutentbrannt an, keiner von uns willens, einzulenken.

Da öffnet sich die Tür, und eine Frau mit langen Zöpfen und einer Schildpattbrille steckt den Kopf herein. »Was machen Sie denn hier drin?«, fragt sie streng über die Gläser hinweg. »Dieser Raum ist erst ab nächster Woche freigegeben. Bitte gehen Sie wieder in die Galerie zurück.«

»Ich brauche sowieso frische Luft«, brumme ich und marschiere hinaus.

Ich bin fast am Museumsausgang, da spüre ich Dans Hand auf der Schulter. Ich drehe mich um und erschrecke: Er sieht furchtbar bleich und müde aus.

»Es tut mir leid«, sagt er.

Ich antworte nicht.

»Hör zu, ich bin ein Idiot«, sagt er. »Ich war einfach froh, dass wir endlich eine Spur haben, aber es ist völlig legitim, dass du Angst hast. Natürlich hast du Angst. Du musst auch nicht in die Unterwelt gehen. Ich kann den Pfeil allein holen. Das kriege ich schon hin.«

Ich atme tief durch. Dieser Wutanfall kam auch für mich total unerwartet. Aber ist es ein Wunder? Ich bin emotional völlig fertig. Ich habe große Angst, und die einzige Person, an die ich mich wenden kann, ist praktisch ein Fremder – schlimmer noch, ein Fremder, der mir Dinge verschweigt. Ich betrachte Dans reuige Miene und erwäge, die Auseinandersetzung noch ein bisschen in die Länge zu ziehen, ihm klarzumachen, dass er so nicht mit mir reden kann. Auch wenn diese Welt mir noch neu und fremd ist, ich bin kein dummes kleines Mädchen.

Aber er sieht so erschöpft aus. Schon ich bin total erledigt, und ich stecke erst ein paar Tage lang in dieser Sache mit drin. Er schlägt sich schon jahrelang damit herum. Zudem hatte er heute diese schreckliche, brutal aussehende Vision. Eine Weile streiten sich das Engelchen und das Teufelchen auf meinen Schultern, aber schließlich macht der Engel das Rennen, und ich lenke ein. Es hat keinen Sinn, die Dinge noch schlimmer zu machen, als sie schon sind.

»Schauen wir, ob wir Psyche finden, und dann sehen

wir weiter«, sage ich steif. Er ist sichtlich froh, dass die Friedensverhandlungen erfolgreich waren, und auf dem Weg zurück zu seiner Wohnung ist er ungewöhnlich gesprächig, erzählt von der langen Bekanntschaft seiner Familie mit Psyche, dass aber vor ein paar Generationen der Kontakt abbrach, und wie spannend es sein wird, sie endlich zu treffen. Ich lächle und nicke, aber seine Worte gehen mir nicht aus dem Kopf: *Ich erzähle dir das, was du wissen musst.*

An diesem Abend sitze ich in Dans Küche und trinke heiße Schokolade, während er mal wieder Nudeln kocht. Er ist ganz besonders nett und aufmerksam mir gegenüber, und ich habe nichts dagegen. Wurde auch Zeit, die Machtverhältnisse zurechtzurücken. Ich schaue zu, wie er Salz in den Topf streut, die Rigatoni ins kochende Wasser schüttet und einen mit Knoblauch und Rosmarin gespickten Camembert in den Ofen schiebt – alles Sachen, von denen er weiß, dass ich sie gern mag. Es ist schon ein bisschen unheimlich, wie viel er über mich weiß, verglichen damit, wie wenig ich über ihn oder diese bizarre Welt weiß, in die ich hineingezogen wurde.

Das Essen vergeht in fast völligem Schweigen. Hin und wieder wirft Dan mir einen forschenden Blick zu. Nachdem wir das Geschirr in die Spüle gestellt haben, sagt er, er werde jetzt in Griechenland anrufen und in Erfahrung bringen, was seine Familie über Psyches letzten bekannten Aufenthaltsort weiß. Eine Weile höre ich zu, wie er auf Griechisch telefoniert, und staune wieder, wie wenig ich diesen Typen eigentlich kenne. Dann gehe ich in mein Zimmer.

Nach dem, was heute passiert ist, ist mir klar geworden, wie passiv und jämmerlich ich mich die letzten Tage verhalten habe. Ich habe nicht den kleinsten Versuch unternommen, die Welt der Götter zu verstehen, weil all die Mythen so kompliziert und widersprüchlich sind und mein Verstand sich gern an Logik und Ordnung hält. Aber da ist noch etwas anderes, etwas, was ich ungern vor mir selbst zugebe. Wie ich manchmal werde. Irgendwie weich und rückgratlos, jemand, den ich kaum wiedererkenne.

Aber das bin ich nicht. Nicht mehr. Ich muss mein Schicksal wieder selbst in die Hand nehmen. Ich darf mich nicht so völlig auf Dan verlassen. Ich habe keine Lust auf noch mehr Überraschungen.

Ich setze mich aufs Bett, ziehe mir die Decke über die Knie und schlage ein Buch über Eros und Psyche auf. Den Anfang überblättere ich – mir kommt es auf die dritte Prüfung an. Da steht, dass schon allein die Reise in die Unterwelt einige Gefahren barg. Zuerst musste Psyche Charon, den Fährmann der Toten, überreden, sie über den Fluss Styx zu bringen. Dann begegnete sie drei Geistern, die sie von ihrer Mission ablenken sollten. Schließlich musste sie den dreiköpfigen Hund Kerberos betäuben, um in den Palast von Hades und Persephone hineinzukommen und ihre Bitte an Persephone zu richten.

Der Geschichte zufolge gab Persephone Psyche zwar die Büchse mit dem Schönheitselixier, aber als Psyche wieder die Welt der Lebenden erreicht hatte, machte sie einen Fehler: Sie wollte sich selbst etwas von dem Elixier abzweigen, um für ihr Wiedersehen mit Eros so schön wie möglich auszusehen, und öffnete die Büchse. Doch anstelle von Schönheit enthielt diese ewigen Schlaf, und Psyche fiel in einen todesähnlichen Schlummer. Sie wäre wohl niemals aufgewacht, wäre nicht Eros wieder aufgetaucht und, nachdem er erfahren hatte, was Aphrodite getan hatte, zur Erde geflogen. Er rettete Psyche, indem er ihr den höllischen Schlaf aus den Augen wischte. Dann nahm er sie mit auf den Olymp, sie wurde unsterblich gemacht, die beiden heirateten und bekamen ein Kind. Nettes Happy End – wenn da nicht die Sache mit dem sich plötzlich schließenden Portal zwischen den Welten wäre.

Ich sinke in die Kissen zurück und ziehe die Decke höher um mich. Wie das wohl gewesen sein muss, fast dreitausend Jahre lang auf dieser Welt festzusitzen? Psyche muss so einiges erlebt haben, Wundersames wie Schreckliches. Sie musste mit ansehen, wie ihre sterbliche Tochter alt wurde und starb. Und sie musste mit ansehen, wie der Feind – der Bruder ihres Mannes – sein Exil zur Rache an ihrem Volk nutzte.

Und sie ist verwandt mit mir.

In diesem Moment klopft es leise an der Tür.

Ich klappe das Buch zu und schiebe es unter die Decke. »Komm rein.«

Dan strahlt. »Ich hab sie gefunden. Sie wohnt nur hundert Kilometer weit weg!«

»So ein Zufall«, sage ich.

»Zufälle gibt es nicht.«

»Ich weiß.« Ich hebe die Augenbrauen. »Das war ironisch gemeint.«

»Oh. Okay.«

Eine unbehagliche Stille entsteht.

»Und was jetzt?«, frage ich. »Hast du ihre Telefonnummer? Oder ihre Mailadresse?«

»Nein. Ich dachte, wir könnten morgen früh gleich mal hinfahren.«

»Morgen?«

»Nun ja«, sagt Dan, »je schneller wir Psyche überzeugen können, uns bei der Suche nach dem Pfeil zu helfen, desto schneller können wir beide wieder in unser normales Leben zurückkehren, nicht?«

Ich starre ihn an. »Stimmt.«

Er steht immer noch im Türrahmen. »Im Wohnzimmer ist ein Glas Wein für dich, wenn du möchtest.«

Ich kann seinen Gesichtsausdruck nicht deuten. Noch immer Reue? Furcht? Irgendwas anderes? Ich bin zu müde, um darüber nachzudenken. Ich muss meine Kräfte schonen.

»Ich würde lieber früh ins Bett gehen. Wenn ich meine dreitausend Jahre alte Urahnin treffe, wäre ich gern so fit wie möglich.«

»Okay«, sagt Dan wieder. »Verstehe. Dann also gute Nacht, Frida.«

»Gute Nacht, Dan.«

Ich schalte das Licht aus, liege im Dunkeln da und denke über den heutigen Streit und den morgigen Ausflug nach. Egal was Dan denkt, ich bin durchaus froh, dass wir wissen, wo der Pfeil ist. Ich muss das hinter mich bringen. Weil mir ernstliche Sorgen bereitet, was mit mir passiert. Zuerst fühlte sich diese Situation wie ein Traum an, aus dem ich das Gefühl hatte, jeden Moment erwachen zu müssen. Aber mit jedem Tag, den ich hier verbringe, ist es zunehmend mein altes Leben – mein Beruf, meine Wohnung, mein Büro, meine Klienten und Freunde – das mir unwirklich erscheint. Wie etwas, das ich mir ausgedacht habe. Ein Leben, zu schön, um wahr zu sein.

15

»Ist dir warm genug?«, fragt Dan und dreht an der Heizung seines Autos herum, das auch ziemlich antik wirkt.

»Ja. Danke.«

Wir sind auf dem Weg zu unserem Besuch bei – oder besser, Überfall auf – Psyche. Nach dem gestrigen hitzigen Streit und dem folgenden Unbehagen herrscht allmählich wieder Tauwetter zwischen uns. Ich würde die Sache eigentlich gern offen ansprechen, aber dazu bin ich im Moment zu durcheinander. Ich darf die Dinge nicht zu kompliziert machen. Dan und ich brauchen einander nur so lange zu ertragen, bis wir mit Psyches Hilfe den Pfeil gefunden und zerstört haben. In der Zwischenzeit werde ich einfach professionelle Distanz halten und freundlich sein. Höflich.

Dan wirft einen Blick in den Rückspiegel.

Ich wende den Kopf. »Folgt uns jemand?«

»Nein, keine Sorge. Sie können uns nicht folgen.«

»Woher weißt du das?«

»Weil wir den Schutzzauber haben.«

»Aber wie ist es mit Psyche? Meinst du nicht, er überwacht sie? Anteros hätte doch bestimmt Spaß daran, Eros' Frau zu quälen.«

»Hätte er wahrscheinlich, aber sie ist ja schon genauso

lange hier wie er und kennt sicher ein paar Tricks. Meine Tante sagt, dass Psyche die gleichen Schutzzauber verwendet wie wir Orakel. So kann Anteros sie nicht finden, solange sie sich unauffällig verhält.«

Ich schweige nachdenklich. So hätte ich auch leben müssen, wenn ich beschlossen hätte, wegzulaufen. Immer mit einem wachsamen Blick über die Schulter. In der Erwartung des Unvermeidlichen. Unwillkürlich erschauere ich. Dan wirft mir einen Blick zu und dreht wieder an der Heizung.

Ich sehe aus dem Fenster auf die grauen Wolken, die den Himmel sprenkeln. Wahrscheinlich können wir froh sein, dass es in der Nacht nicht geschneit hat. Dan nimmt eine Ausfahrt, und wir fahren an weißen Feldern vorbei; bereifte Heuballen und gelegentlich ein einsames Pferd sind darauf verteilt wie Schachfiguren auf einem fast leeren Brett.

Mich überkommt jähes Heimweh. Vor unserem Aufbruch habe ich Bryony eine Karte geschickt, ich sei für einige Zeit bei einem Freund und würde mich bald wieder melden. Ich wünschte, ich könnte sie anrufen. Sei es auch nur, um über ganz normale Sachen zu quatschen. Aber das geht nicht. Dan hat recht, die Menschen sind nicht dazu geschaffen, an Magie zu glauben. Und selbst wenn es ungefährlich wäre, sie anzurufen – mit ihr zu reden und ihr dabei all das hier verschweigen zu müssen, würde nur dazu führen, dass ich mich einsamer fühlen würde als zuvor. Verstohlen schiele ich zu Dan hinüber. Vielleicht deshalb fühle ich mich – abgesehen von dem gestrigen Zwischenfall – in seiner Gesellschaft eigentlich ziemlich wohl. Er ist der Einzige, der es versteht.

»Wann hast du erkannt, dass du das Orakel bist?«, frage ich.

Er schaut mich überrascht an, dann konzentriert er sich wieder auf die Straße. Ich sehe, wie seine Kiefer sich anspannen. Interessant. Also nicht die freudigste Erinnerung.

Nach einer Weile sagt er: »Meine erste Vision hatte ich bei der Beerdigung meiner Großmutter, in Griechenland. Niemand hatte damit gerechnet, dass ich es sein würde.« Er lacht leise. »Das Orakel ist normalerweise eine Frau.«

»Und was passierte, als du's herausgefunden hattest?«

Er schweigt einen Moment. »Ich konnte es nicht glauben. Ich hatte ein so gutes Leben gehabt, davor. Ich hatte ein Haus, ich war verheiratet –«

Ich falle aus allen Wolken. »Du warst verheiratet?«

Er nickt. »Meine Familie versuchte mich zu überreden, zurück nach Delphi zu ziehen. Es war bei uns immer noch Tradition, Leuten, die uns aufsuchten, Weissagungen zu geben, und sie bestanden darauf, dass ich das auch tun sollte.«

»Und warum hast du's nicht getan?«

Er zuckt mit den Schultern. »Weil ich vorhatte, die Visionen zu ignorieren und mein Leben weiterzuleben.«

Diese Information muss ich erst mal schlucken. Bei dem Feuereifer, mit dem Dan dieses Prophezeiungszeugs betreibt, wäre mir nie der Gedanke gekommen, dass er einmal anders darüber dachte. »Und dann?«

»Mir wurde irgendwann klar, dass das keine Option war. Wenn ich die Visionen ignoriere, kommen sie umso häufiger. Und werden schmerzhafter.«

»Hast du deiner Frau die Wahrheit gesagt?«, frage ich neugierig.

»Natürlich.«

»Und das war zu viel für sie?«

Mit ausdruckslosem Gesicht starrt er geradeaus. »So ungefähr.«

»Und wie ging es weiter?«

»Ich fing an, meiner Familie den Inhalt meiner Visionen zu schildern. Sie wurden sehr aufgeregt und erzählten mir von der alten Prophezeiung. Also las ich alles über Anteros, was ich finden konnte, und machte mich ein bisschen schlau über NeoStar. Und begriff, dass die Sache tatsächlich ins Rollen gekommen war.« Ein schiefes Lächeln. »Nachdem wir jahrhundertelang nichts als zweitklassige Wahrsager gewesen waren, die ihren Kunden winzige Fetzchen der Zukunft verkauften, die die Götter zwischen den Welten durchschoben, um das Orakelgeschlecht am Leben zu erhalten.«

»Und warum taten sie das?«

»Damit wir für dich bereit wären, wenn du kämst.«

Diese Information nehme ich stumm auf. Dann sage ich: »War wohl ein bisschen wie die Reise nach Jerusalem, oder? Welches Orakel steht mit der Prophezeiung da, wenn die Musik aufhört?«

Dan lacht. »So könnte man's beschreiben.«

»Das heißt also, damals hast du mich gesehen? In diesen Visionen?«

»Zuerst nur Anteros und den Pfeil. Dann, später, auch dich. Und nachdem ich unsere Überlieferungen gelesen hatte, begriff ich, was es bedeutete. Was da passierte. Und mir wurde klar, dass ich dich finden musste.«

»Wie lange ist das her?«

»Zwei Jahre.«

Ich mache große Augen. »Du hast mich zwei Jahre lang gesucht?«

»Ja. Alles, was ich wusste, war, wie du aussiehst. In einer meiner Visionen sah ich, wie du in die NeoStar-Zentrale hineingingst, daraus schloss ich, dass du irgendwo in der Nähe wohnen musstest oder zumindest irgendwann dorthin kommen würdest. Also gab ich meinen Job auf, zog in die Wohnung über dem Café und begann Ausschau nach dir zu halten. In der Hoffnung, dass ich dich vor Anteros finden würde.«

In mir regen sich leise Schuldgefühle. In meiner Wut darüber, abrupt aus meinem schönen perfekten Leben gerissen worden zu sein, war mir überhaupt nicht der Gedanke gekommen, dass auch Dan einmal ein ganz normaler Typ mit einem ganz normalen Leben gewesen sein könnte.

»Und wie *hast* du mich schließlich gefunden?«

»Ich sah ein Foto von dir in einem Online-Artikel über einen aufsehenerregenden Prozess, den du gerade für jemanden gewonnen hattest.«

»Oh.« Die Erklärung trifft mich schmerzhaft, wie eine Splitterbombe aus meinem alten Leben. Solche Artikel gab es ziemlich oft. Eine Weile herrscht Schweigen; ich lausche dem Summen des Motors. Dann hole ich tief Luft und frage ihn, was ich ihn seit dem ersten Tag im Café fragen wollte.

»Was genau hast du über mich und den Pfeil gesehen?«

Er zögert einen Sekundenbruchteil lang. »Es ist ziemlich undeutlich.« Sein Blick meidet mich. »Was ich weiß, ist, dass du den Pfeil finden kannst und dass das die Voraussetzung ist, um Anteros zu stoppen.«

Ich will weiter in ihn dringen, ihm sagen, dass ich alles wissen muss, was es zu wissen gibt. Aber Dan biegt scharf links ab, fährt eine lange gekieste Auffahrt entlang, bleibt vor einem Wall aus Dornenranken stehen und schaltet den Motor ab.

»Wir sind da.«

16

Beim Aussteigen fährt uns eisiger Wind in die Glieder. Ich ziehe meinen Mantel an und starre perplex auf die Mauer aus Brombeerranken vor uns, die aussieht wie aus Dornröschen.

Das hier ist kein Märchen, Frida. Ich ziehe meine Handschuhe über, trete vor das Dickicht und schiebe die Zweige etwas auseinander. Das durch die Lücke sichtbare Haus ist riesig, gräulich-weiß und auf den ersten Blick ziemlich verfallen.

Wir finden tatsächlich eine Öffnung zwischen den Dornen, durch die wir das Grundstück betreten können. »Bist du sicher, dass wir hier richtig sind?«, frage ich.

»Ziemlich sicher.« Er hört sich allerdings ganz und gar nicht so an.

»Sieht unbewohnt aus.«

Seine Stirn ist gerunzelt. »Mhm.«

Wir gehen zur Haustür. Dan nimmt den Türklopfer (einen Löwenkopf, auch dieser ausnehmend antik) und hämmert schwungvoll auf die Tür ein. Als sich drinnen nichts regt, hämmert er noch einmal. Weiterhin nichts.

Ich trete ein paar Schritte zurück. »Versuch's noch mal.«

Als er gehorcht, sehe ich an einem der oberen Fenster eine winzige Bewegung.

»Da drin ist jemand.« Ich kehre zur Tür zurück und öffne den Briefschlitz. Er lässt sich nur schwer bewegen, und die herabrieselnden Rostflocken bestätigen, dass ich seit langer Zeit die Erste bin, die das tut.

»Psyche«, rufe ich hindurch. »Wir wissen, dass du da drin bist. Ich bin Frida, eine entfernte Verwandte von dir. Und das ist Dan, das Orakel. Wir müssen mit dir reden, es ist enorm wichtig.«

Nichts.

»Die Welt der Sterblichen steht auf dem Spiel.« Es hört sich extrem lächerlich an.

Neuerliche Stille.

Ich richte mich auf und verziehe das Gesicht. »Scheint keine Lust zu haben.«

Dan bringt ein Lächeln zustande. »Offensichtlich nicht.«

Zum Glück mag ich Herausforderungen, und überzeugendes Argumentieren ist mein täglich Brot. Ich beuge mich wieder zu dem Briefschlitz. »Psyche«, sage ich freundlich, »wir würden dich nicht stören, wenn es nicht unglaublich wichtig wäre. Wir müssen den verlorenen Pfeil finden, und wir glauben, dass du uns dabei helfen kannst. Wir müssen Anteros aufhalten. Das willst du doch auch, oder?« Ich halte inne. Die Luft ist voll angespanntem Schweigen. Ich sehe sie vor mir, wie sie oben auf der Treppe steht und lauscht. Ich mache einen letzten Versuch. »Hätte Eros nicht auch gewollt, dass du das tust? Die Sterblichen vor seinem Bruder retten?«

Wir warten. Immer noch nichts. Ich zucke mit den Schultern. »Wir können sie nicht zwingen …« Da höre ich es. Das Klicken eines Schlosses, das Rasseln einer Türkette.

Mit angehaltenem Atem sehe ich, wie die Tür sich einen Spalt öffnet.

»Psyche?«, fragt Dan in das Dunkel zwischen Tür und Rahmen hinein.

»Psyche«, sage ich, »ich bin Frida, das hier ist Dan, wir –«

Die Tür öffnet sich etwas weiter. Ich erspähe ein Paar dunkelgraue Augen in einem blassen herzförmigen Gesicht. Eines steht fest: wie eine Urahnin sieht sie nicht aus.

»Hi, Psyche«, sagt Dan. »Ich bin das neue Orakel. Und Frida ist diejenige, von der die Prophezeiung handelt. Die, auf die wir alle gewartet haben.«

Ich komme mir etwas dämlich vor, als er das sagt, und noch mehr, als Psyches Blick sich geringschätzig auf mich richtet. »Eine Frau!«, sagt sie. Ihre Stimme ist tief und rauchig.

Damit hat sich die Vorstellung von einer rührenden Familienzusammenführung für mich erledigt. Meine allzeit bereite Wut kocht wieder hoch. »Ja, eine Frau! Und? Was ist das Problem?«

Jetzt öffnet Psyche die Tür ganz, und wir, nun ja, anders kann man es nicht beschreiben: wir gaffen sie an. Denn dieser Frau kann kein Gemälde gerecht werden. Psyche ist atemberaubend, unvergleichlich schön. Zarte, glatte Haut, auf den Wangen ein natürlicher rosiger Hauch. Die grauen Augen spielen ins Tiefblaue: die Farbe des Himmels kurz vor einem Gewitter. Langes, glänzendes weißblondes Haar. Ein Rosenmund, gegenwärtig skeptisch geschürzt.

Sie trägt einen engen weißen Pullover und indigoblaue Jeans. Ihre Füße sind trotz des kahlen Betonbodens nackt.

Ihr einziges Zugeständnis an Kosmetik sind ihre weinrot lackierten Zehennägel. Sie sieht aus wie ein Supermodel in seiner Freizeit – nach ausgiebigem Photoshoppen. Unwillkürlich fahre ich mir mit der Hand durchs Haar, versuche, die Locken etwas zu glätten, und wünschte, ich hätte ein Kleid angezogen.

Um Psyches abfälligem Blick zu entgehen, schaue ich nervös zu Dan. Ich bin sicher, dass Psyche uns die Tür gleich wieder vor der Nase zuschlagen wird, aber stattdessen dreht sie sich um und verschwindet im Haus. Dan und ich wechseln einen Blick. Er zuckt mit den Schultern, und wir folgen ihr.

Das Hausinnere ist sogar in noch schlechterem Zustand als die Fassade. In jeder verfügbaren Ecke hängen Spinnweben, und in dem riesigen Wohnzimmer stehen verloren ein paar abgenutzte Möbel herum: ein kleines, verblichenes Gobelinsofa und ein mit cremefarbenem Leder bezogener Lehnstuhl. Die einzigen aufmunternden Elemente sind der orange Schein des prasselnden Kaminfeuers und der Hund, der zusammengerollt auf dem Teppich davor liegt und tief schläft.

Ziemlich ungnädig deutet Psyche auf die Couch. Als Dan sich setzt, wirbelt er eine Staubwolke auf, sodass ich niesen muss. Vorsichtig lasse ich mich neben ihm nieder. Psyche nimmt im Lehnstuhl Platz und schlägt graziös die Beine übereinander. Jede ihrer Bewegungen ist herrlich anzusehen. Und all diese Schönheit hier, versteckt und ganz allein, wo weit und breit niemand ist, der sie bewundern könnte. Welche Verschwendung. Ich würde mir an ihrer Stelle wenigstens einen Sockel anschaffen.

Sie zieht eine fein geschwungene Augenbraue hoch und sagt: »Du bist also die Eine, hm?«

Ich kann nicht anders als im gleichen beiläufigen Ton zu antworten. »Sagt man zumindest.«

Dan wirft mir einen ärgerlichen Blick zu. »Ja, das ist sie«, sagt er fest. »Anteros hat versucht, sie aus dem Verkehr zu ziehen, aber sie konnte fliehen.«

Psyche nimmt den Becher, der neben ihr steht, und nippt an der Flüssigkeit, die aussieht wie Kaffee. Uns hat sie nichts zu trinken angeboten. Wirklich ein nettes Treffen.

»Wie lange hast du dich auf deine Aufgabe vorbereitet?«, fragt sie.

Ich werde rot. »Ich weiß erst seit ein paar Tagen, was ich bin.«

Psyches Augen weiten sich. Sie blickt Dan an. »Und du bist das neue Orakel?«

Er nickt.

»Bist du auch so ein Grünschnabel?«

»Ich weiß seit drei Jahren von meiner Gabe. Und von der Familiengeschichte weiß ich schon mein ganzes Leben lang. Aber das ist unwichtig.« In grimmigerem Ton fährt er fort: »Wir sind nicht hier, damit du sehen kannst, ob wir deinen Anforderungen genügen, Psyche. Wir sind hier, weil wir glauben, dass du weißt, wo sich der letzte Pfeil der Liebesgötter befindet. Es liegt in deiner Verantwortung, uns zu helfen, ihn zu vernichten, ehe Anteros ihn in die Hände bekommt. Du hast den Pfeil in der Unterwelt gesehen, oder?«

Sie zuckt mit den Schultern. »Ich habe dort so einiges gesehen.«

»Den Pfeil aber auch?«, mische ich mich ein. »Wir glauben, dass du ihn einem Maler gegenüber erwähnt haben musst. Wir haben Zeichnungen gesehen.«

Sie wendet mir ihre Gewitteraugen zu. »Kannst du dir vorstellen, mit wie vielen Leuten ich mich in meinem Leben schon unterhalten habe, Kind?« Sie schüttelt den Kopf. »Mit viel zu vielen. Ihr könnt nicht erwarten, dass ich mich genau erinnere, was ich wem erzählt habe.«

Es ist zugleich ätzend und befremdlich, von jemandem, der zehn Jahre jünger aussieht als ich, als Kind bezeichnet zu werden. »Bitte, wir müssen einfach nur wissen: hast du den Pfeil gesehen oder nicht?«

Sie schaut mir in die Augen, ihr Blick kalt wie Marmor, meiner bettelnd wie der eines Cockerspaniels. Dann seufzt sie und nickt. »Ja, na gut. Er ist da unten.«

Ich schiele zu Dan. Auf seinem Gesicht liegt vorsichtiges Frohlocken. »Wo?«, fragt er.

Psyche hebt eine Augenbraue. »Ah, jetzt bin ich dran damit, geprüft zu werden, Orakel?« Sie nimmt wieder einen Schluck aus ihrem Becher und hebt die Schultern. »Ich hatte Natoire erzählt, er sei in Hades' Thron eingelassen. Aber da ist er nicht.« Ein bitterer Zug erscheint um ihren Mund. »Er steckt an seinem und Persephones Bett. Der Kerl war schon immer verdammt romantisch.«

Dan und ich wechseln einen Blick.

»Psyche«, sage ich, »du musst uns helfen, diesen Pfeil zu holen.«

»Ich bin unsterblich, meine Liebe. Kein Unsterblicher kann die Unterwelt betreten. Um Charon zu täuschen, muss man schon ein Mensch aus Fleisch und Blut sein.

Was sollte ein Unsterblicher auch dort unten?« Sie verzieht das Gesicht. »Wir sterben ja nicht.«

»Es waren schon einige Unsterbliche in der Unterwelt«, widerspricht Dan. »Was ist mit Hermes?«

Sie winkt ab. »Ach, mit Hermes ist das was anderes. Der kam mit seinen geflügelten Schuhen schon immer überallhin. Aber auch er war dort, ehe Hades Angst bekam, dass ihm ein anderer Gott seine Braut stehlen könnte, und den Einreisestopp für Unsterbliche verhängte. Nein, mich nimmt Charon nicht mehr mit rüber. Er würde meine Unsterblichkeit aus einem Kilometer Entfernung riechen.« Kopfschüttelnd betrachtet sie Dan. »Das wusstest du nicht? Was für ein Orakel bist du überhaupt? Du solltest in Delphi sein, wo du hingehörst. Hat heute niemand mehr Respekt für die Traditionen?«

Dan verteidigt sich: »Ich musste Frida finden. Um sie vor der Prophezeiung zu warnen. Sie wusste ja nicht, wer sie ist.«

»Wie alt ist diese Prophezeiung? Seit Tausenden von Jahren wird uns ein Held versprochen, der gegen Anteros kämpfen wird.« Wieder schaut sie mich an und verdreht die Augen. »All das Warten. Und jetzt? Hättest du mir nicht wenigstens einen Mann bringen können, einen wie Achilles oder Perseus, mit Muskeln? Ich bewundere ja deinen Glauben daran, dass jemand Anteros aufhalten kann, aber mal ehrlich, das soll der Held sein? Dieses Kind, das aussieht, als würde es sich vor Angst gleich in die Hose machen?«

»Ich bin neunundzwanzig!«, quieke ich in einem Ton, der sich nicht unbedingt vorteilhaft auf die Überzeugungskraft meines Einwands auswirkt.

»Neunundzwanzig!«, sagte Psyche trocken. »Da musst du in deinem langen, langen Leben ja schon eine Menge erlebt haben.«

Dan steht auf. Er sieht zutiefst niedergeschlagen aus. »Tut mir leid, Frida. Das war verschwendete Zeit. Wir müssen uns was anderes ausdenken. Gehen wir.«

Ein kleiner Teil von mir sieht das als Zeichen: Psyche kann die Unterwelt nicht betreten, und ohne Führer können wir das Ganze vergessen. Doch nachdem wir so weit gekommen sind, will ich jetzt nicht einfach aufgeben. Psyche ist unser einziger Anhaltspunkt. Wenn wir den Pfeil nicht finden, ist es nur eine Frage der Zeit, bis Anteros ihn in die Finger kriegt. Dans schreckliche Zeichnungen stehen mir wieder vor Augen. Ich bleibe sitzen. »Aber du weißt doch noch, wie es dort aussah, oder?«, frage ich Psyche. »Könntest du es uns wenigstens beschreiben oder uns eine Karte zeichnen?«

Psyche bedenkt mich mit ihrem Sturmblick. »Ich werde meine Erlebnisse in der Unterwelt niemals vergessen.« In ihrer Miene liegt nun etwas mehr Interesse, doch dann schüttelt sie den Kopf. »Du bist nicht bereit dafür. Du hast Angst. Du begreifst nicht, worauf du dich eingelassen hast.«

Ruhig begegne ich ihrem Blick. »Ich bin bereit.« Zugleich frage ich mich, warum ich ihr eigentlich widerspreche, wo ich ihr doch im Grunde zustimme. Ich bin *nicht* bereit, ich *habe* Angst, und ich weiß wirklich nicht, was mich in der Unterwelt erwartet. Aber gerade weil mich niemand der Aufgabe für gewachsen hält – und zwar auch, weil ich eine Frau bin –, bin ich nun entschlossen, es ihnen allen zu zeigen. Ich muss Psyche dazu bringen, die Sache so zu sehen wie ich.

Ich schaue mich um. Mein Blick fällt auf den Hund am Kamin. Er hat sich nicht einen Millimeter bewegt, seit wir gekommen sind, und plötzlich verstehe ich. Warum dieses Haus so verfallen und kahl ist. Warum der Hund am Feuer so reglos daliegt. Warum sie uns nicht helfen will.

»Ich bin vielleicht jung«, sage ich vorsichtig, »aber ich habe schon genug Sterbliche mit gebrochenem Herzen getroffen, um zu erkennen, wenn jemand in Trauer erstarrt ist.« Ich nicke zum Kamin hin. »Wie viele Hunde sind in deinen Armen gestorben, ehe du beschlossen hast, dass es genug ist?«

Ich spreche nicht nur von dem ausgestopften Hund. Ich denke daran, dass sie Eros und ihr Leben auf dem Olymp verloren hat und dann ihre Tochter. Ihre Enkel. Ihre Urenkel. All jene, die ihr etwas bedeutet haben und die sie alt werden und sterben sehen musste, ehe sie begriff, dass zu lieben für sie auf ewig bedeuten würde, jemanden zu verlieren. »Hör zu, ich hab's kapiert«, sage ich. »Du willst uns nicht helfen, weil du Angst hast, wieder Hoffnung zu schöpfen, die dann doch enttäuscht wird. Du hast Angst, Menschen wieder nahezukommen. Aber wir können das schaffen. Ich weiß es. Du musst uns nur vertrauen.«

Ich halte den Atem an. Psyches Gesicht wird leer, wie eine geschlossene Tür.

Dan schaut mich an und nickt auffordernd. Zeit zu gehen. Wir haben getan, was wir konnten, und es hat nicht funktioniert.

Doch da lächelt Psyche, und zum ersten Mal wird mir klar, warum sie so verehrt wurde. Ihr Lächeln ist wie ein Sonnenstrahl auf dem Gesicht nach einem langen Winter.

»Na, vielleicht hast du doch was von deinem Großvater in dir«, sagt sie.

Sie steht auf und streckt die schlanken Glieder, wobei kurz etwas von ihrer nackten, perfekt geformten Taille sichtbar wird. Dann nickt sie mir zu. »Machen wir einen Spaziergang.«

17

Wir lassen Dan glücklich in Psyches Bibliothek voll alter Erstausgaben zurück und schlendern hinaus auf die Felder. Psyche zündet sich eine Zigarette an, und wir folgen einem Bach durch ihre verwilderten Ländereien. Unter unseren Schritten knirscht das gefrorene Gras.

»Wie schön es hier ist«, sage ich. »So ruhig.«

»Ja. Ruhe und Frieden – das ist in diesen Zeiten schwer zu finden.« Sie nimmt einen langen Zug an der Zigarette, lässt den Rauch aus dem Mundwinkel quellen. »Früher konnte ich untertauchen, einfach indem ich nicht in Städte ging, mich von Medien, Technik und den Menschen fernhielt. Aber heute hat Anteros seine Augen und Ohren überall. Es gibt nichts, wo er nicht seine Finger drin hätte.« Sie seufzt. »Er hat die Menschheit versklavt, und die ist zu blöd, um es überhaupt zu bemerken.«

»Das ist aber ein ziemlich hartes Urteil«, sage ich. »Woher hätten wir es auch wissen sollen?«

»Die Welt ist hart, Frida. Dafür hat Anteros gesorgt. Aber das hält euch nicht davon ab, ihn anzubeten.«

»Wir beten ihn doch nicht an! Wir wissen nicht mal, dass er existiert.«

»Natürlich betet ihr ihn an. Wie sonst würdest du die

Ehrfurcht bezeichnen, die ihr alle seinem Logo mit dem Pfeil entgegenbringt?«

Das gibt mir zu denken. Mir fällt die Werbung ein. Das NeoONE, wie es in dem goldenen Lichtstrahl erscheint. Die Aufmerksamkeit, die das Ding weltweit erregt, der Eifer, mit dem die Menschen es gewinnen wollen, sich als sein auserwählter Besitzer fühlen wollen. Und wie wir dazu gebracht wurden, genau so auch über die Liebe zu denken. Als etwas, was man kaufen oder erringen kann. Und was jederzeit erneuerbar ist. Das war *sein* Werk.

»Aber vor NeoStar? Wie war es da?«

»Oh, früher waren es Fernsehgesellschaften, Verlage, Regierungsämter, die Kirche.« Sie zuckt mit den Schultern. »Immer dort, wo man am meisten Einfluss auf die Menschen ausüben konnte, tauchte er auf. Ich habe ihn seine Tricks tausende Male ausspielen sehen, Frida, und jedes Mal haben die Sterblichen ihm aus der Hand gefressen.«

»Mein Gott«, sage ich.

Psyche nickt. »Anfangs hatte er kaum Macht. Mal konnte er hier ein Geheimnis verraten, mal da einen Verdacht streuen. Er konnte nur so weit gehen, wie die gesellschaftlichen Konventionen es ihm erlaubten. Aber je freier die Welt wurde, desto mehr wuchs Anteros' Einfluss. Er lebte unter euch. Er lernte alles über euch. Und er benutzte eure sogenannte Freiheit, um euch Ketten daraus zu schmieden.«

»Aber dafür kann man uns nicht die Schuld geben«, sage ich. »Wir wussten doch nicht, dass er es war!«

»Das wisst ihr nie. So fing das Ganze ja überhaupt an.«

»Wie meinst du das?«

Sie bleibt eine Weile stumm. Schweigend gehen wir durch ein Gatter, neben uns murmelt der Bach, ein sanftes, unschuldiges Geräusch. Ich verstehe, warum Psyche diesen Ort mag. Hier fühlt man sich auf eine Art frei, wie man es in der beengten, immer aktiven Stadt niemals könnte. Psyche macht eine Kopfbewegung zurück zu ihrem Haus. »Was hat dir dein Freund darüber erzählt, warum Anteros tut, was er tut?«

Ich denke nach. Detaillierte Erklärungen sind nicht gerade Dans Stärke. »Er hat nur gesagt, dass Anteros dieses Spiel liebt.«

»Aber das ist nicht die ganze Wahrheit. Anteros war nicht immer so wie heute. Einst waren Eros und er Partner, Gleichgesinnte. Eros als Gott der Liebe und Anteros als Gott der erwiderten Liebe, der jene strafte, die sich der Liebe gegenüber geringschätzig zeigten.«

Das ist mir neu. »Was ist passiert?«

»Die Sterblichen sind passiert. Von Anfang an liebten sie Eros. Sangen ihm Lieder, schufen ihm Statuen, brachten Opfer zu seinen Ehren. Von Anteros sprachen sie nie.« Psyche zieht ein letztes Mal an der Zigarette und wirft den Stummel auf den Boden, wo er im vereisten Schilf nachglimmt. »Irgendwann war Anteros es leid, ignoriert zu werden, und beschloss, sie seine Präsenz spüren zu lassen. Mit Hilfe seiner Pfeile strafte er die Menschen und die anderen Götter – er besaß solche mit goldener Spitze, die obsessives Verlangen erweckten, und solche mit bleierner Spitze, die Hass und Gleichgültigkeit hervorriefen.« Bitter lacht sie auf. »Aber rate mal – selbst angesichts all ihrer Qualen schenkten die Sterblichen Anteros immer noch keine Beachtung. Sie schrieben seine schrecklichen Taten einfach seinem Bruder zu und begannen Eros als launisch, mutwillig oder blind zu bezeichnen.«

Ich nicke. Das passt zu den Geschichten an Dans Wand. Und es erklärt, warum ich bis vor einer Woche noch nie von Anteros gehört hatte.

Psyche zieht das Zigarettenpäckchen aus der Tasche, klopft eine heraus und zündet sie an. Den Blick in die Ferne gerichtet, nimmt sie einen tiefen Zug. »Schlussendlich gab Anteros es auf, zu versuchen, den Sterblichen die Augen zu öffnen. Er erfand sich eine neue Identität – als Anti-Liebesgott«, sie blickt mich aus tiefdunklen Augen an, »und machte sich daran, sie leiden zu lassen.«

Im Weitergehen versuche ich diese Informationen zu verarbeiten. Wie viel Psyche weiß! Wie viel sie mir beibringen könnte. Zum ersten Mal habe ich das Gefühl, dass ich das vielleicht wirklich schaffen kann – mit ihr an meiner Seite. Sie ist verwandt mit mir, denke ich, und bei diesem Gedanken durchströmt mich Wärme.

»Wie war Eros?«, frage ich.

Psyche lächelt, aber darunter ist Trauer. »Er war voller Freude«, sagt sie. »Voller Licht. Eros sah immer das Beste in jedem, einschließlich seines jüngeren Bruders. Er war überzeugt, dass Anteros nur fehlgeleitet war, dass sie sich im Kern aber beide glichen.« Sie lacht. »Er hätte es besser wissen müssen. Sicher, sie hatten dieselbe Mutter, aber Eros' Vater war Hermes, der Gott der sozialen Beziehungen. Anteros wurde von Ares gezeugt, war also das Produkt von –«

»Liebe und Krieg«, ergänze ich grimmig. Allmählich ergibt all das auf schreckliche Weise Sinn.

»Genau. Als Eros endlich klar wurde, wozu sein Bruder fähig war, war der Trojanische Krieg schon ausgebrochen. Zehn Jahre gnadenloser, unbarmherziger Brutalität, bis die Stadt dem Erdboden gleichgemacht war.« Sie senkt den Blick auf die bereiften Grashalme. »Ich hatte noch nie so viel Blut gesehen.«

»Und deshalb wurde er auf die Erde verbannt? Und dann schloss sich das Portal?«

»Ja. Und da sind wir nun«, sie breitet die Arme aus, »in einer Welt der Marionetten, die sich frei glauben.«

Einen Moment bin ich stumm. »Das ist einfach … entsetzlich.«

»Ja.« Gedankenvoll schnippt Psyche den Turm aus Asche von ihrer Zigarette. »Natürlich wissen die Menschen tief drinnen, dass mit ihrer Art zu lieben etwas nicht stimmt. Aber sie kennen keine Alternative. Anteros hat ihnen statt des Herzens ein schwarzes Loch gegeben, das durch nichts je gefüllt werden kann. Ganz ehrlich, ich glaube, nicht einmal Anteros selbst hätte sich träumen lassen, dass seine Herrschaft über die Erde so erfolgreich werden würde.« Sie schüttelt den Kopf. »Unterschätze nie die Fähigkeit der Menschen, Schmerz zu ertragen, zu akzeptieren, schließlich sogar zu suchen, Frida. Es ist eine Krankheit.«

Lange Zeit sagt keine von uns ein Wort. Wir gehen den kalten, gefrorenen Pfad entlang, atmen die Luft ein, die so eisig ist, dass mir die Lungen schmerzen. Der Bach erweitert sich zu einem kleinen See, in den Zweigen einer kahlen Eiche singt ein Vogel. Das ist *unsere* Welt, denke ich, sie war nie dazu bestimmt, seine zu sein.

»Was wäre gewesen, wenn Anteros niemals hier gefangengesetzt worden wäre?«, frage ich. »Wären wir anders geworden? Besser?«

Psyche hebt die Schultern. »Eros hat immer an die Sterblichen geglaubt, daran, dass sie über eine angeborene Güte verfügten, die ihnen in gewisser Weise Macht verleihe.« Sie lacht kurz auf. »Ich wüsste nicht, dass mir das je aufgefallen wäre. Aber es ist ohnehin unwichtig, Frida. Man kann nichts ungeschehen machen. Alles, was man tun kann, ist Schlimmeres zu verhindern.«

Bei ihren Worten fallen mir wieder Dans grausige Zeichnungen ein. All die gequälten, manischen Gesichter. Schlimmer als Troja – viel, viel schlimmer. »Weißt du denn, was kommen soll?«, frage ich. »Was er plant?«

»Ich will's gar nicht wissen.« Psyche wirft den zweiten Zigarettenstummel weg und zerquetscht ihn unter dem Stiefelabsatz. Dann wendet sie sich mir zu und wechselt abrupt das Thema. »Sag mal. Wie lange kennst du Dan eigentlich schon?«

»Ein paar Tage«, sage ich etwas verwundert.

»Vertraust du ihm?«

Ich denke an seine Worte in der Galerie. *Ich erzähle dir das, was du wissen musst.* Dann schüttle ich den Gedanken ab. Er hat mich zweimal vor Anteros gerettet. Er bereitet sich seit Jahren auf diese Mission vor. Egal was meine Tendenz zur Kontrollsucht davon hält, nicht über alles aufgeklärt zu werden, er verdient meine Loyalität. »Ja. Er steht auf der richtigen Seite.«

Sie nickt und deutet auf eine Bank am Seeufer. »Setz dich.« Auf der Bank zündet sie sich noch eine Zigarette an und raucht sie schweigend. Ich sehe einem Rotkehlchen zu, das am vereisten Ufer herumhüpft und nach Beeren pickt. Ein Fisch streckt den Kopf aus dem Wasser, dann taucht er mit einem leisen Platschen wieder unter.

»Ich habe mein ganzes Leben damit zugebracht, mich vor Anteros zu verstecken«, sagt Psyche. »Wenn es eine Chance gibt, ihn aufzuhalten, helfe ich euch, aber wenn es schiefgeht, gerate ich in große Gefahr.«

»Ich verstehe.«

Sie legt den Kopf schief. »Wirklich? In der Unterwelt erwarten euch Prüfungen, Verwirrspiele und Schrecken, wie ihr sie euch niemals ausmalen könntet. Bist du bereit, dich ihnen zu stellen?«

»Wenn ich nur auf diese Weise Anteros aufhalten kann, dann muss ich. Was habe ich denn für eine Wahl?«

»Man hat immer die Wahl, Frida.«

»Okay. Dann *wähle* ich eben diesen Weg.«

Einen langen Moment sieht Psyche mich an. Schließlich nickt sie. »Gut, ich helfe dir.«

»Danke! Wenn du uns zum Beispiel eine Karte zeichnen könntest, dann …«

Sie schüttelt den Kopf. »Eine Karte würde nichts bringen. Ihr würdet den Weg trotzdem schnell verlieren. Aber …« Sie denkt kurz nach. »Funkgeräte wären vielleicht eine Idee.«

»Wirklich?!«

»Natürlich. Funk arbeitet mit Wellen. Wellen sind Energie. Und Energie ist grenzenlos.«

»Ja, stimmt.« Mit einem weisen Nicken versuche ich den Eindruck zu erwecken, ich wüsste, wovon sie redet.

»Wir werden die ganze Zeit über in Kontakt sein. So kann ich euch Schritt für Schritt weiterhelfen.«

»Psyche, das ist fantastisch. Ich danke dir.«

Sie winkt ab. »Aber wir sollten es bald tun. Bevor sie erfahren, dass ihr mich gefunden habt. Über dem Haus und dem Grundstück liegen Schutzzauber, aber bei der Technik, die NeoStar zur Verfügung steht, darf man sich nie in Sicherheit wiegen.«

»Bald wäre gut«, sage ich. »Weißt du, wie man da runterkommt?«

»Die Unterwelt ist nur eine andere Dimension, wie der Olymp auch. Ich habe einen Schlüssel zum Eingang. Aber zuvor müsst ihr die Funkgeräte und ein paar andere Dinge beschaffen. Was für einen Tag haben wir heute?«

»Dienstag.«

»Okay. Seid am Donnerstag kurz nach Sonnenaufgang wieder hier. So müsstet ihr genug Zeit haben, die Sachen zu besorgen und ... äh ... alles zu klären, was zu klären ist.«

Ich blinzle sie verwirrt an. Dann verstehe ich. »Oh. Ach so. Falls wir sterben, ja?«

Sie legt mir sanft die Hand auf die Schulter. »Ich werde alles in meiner Macht Stehende tun, damit du diesen Pfeil findest und heil wieder aus der Unterwelt herauskommst, Frida. Das verspreche ich dir.«

Erleichterung durchströmt mich. »Danke. Ich weiß, du hattest dir mehr so jemanden mit Schwert und Sandalen erhofft, aber ich schwöre, ich bin zäher als ich aussehe.«

Sie lächelt. »Das liegt in der Familie.«

Schweigend fahren Dan und ich zurück zur Autobahn. In meinem Kopf wirbeln die Gedanken. Immer wieder schaut Dan mich von der Seite an.

»Was ist?«, frage ich schließlich.

»Du musst nicht mit mir da runtergehen, das weißt du.

Ich hatte nicht erwartet, dass du dich bereiterklären würdest.«

»Aber ich will es«, sage ich. Und das stimmt. Das Gespräch mit Psyche hat etwas in mir zurechtgerückt. Es ist mir bestimmt, das hier zu tun; diese verrückte Mission ist tatsächlich mein Schicksal. So schwer das einzusehen ist – ständig zu versuchen, es von mir wegzuschieben, wäre noch schwerer.

Dan stößt einen Seufzer aus, der sowohl Erleichterung als auch Besorgnis ausdrücken könnte. »Dann beschaffen wir morgen alles, was wir brauchen. Und fahren Donnerstag früh wieder hierher.«

»Genau.«

»Und du bist dir wirklich sicher?«, erkundigt er sich.

»Ich weiß nicht genau. Angst habe ich natürlich, aber ich fühle mich auch irgendwie …«

»Ja?«

»Hört sich vielleicht dumm an, aber ich fühle mich … fast glücklich. Ich habe eine Mordsangst, ja, aber zugleich bin ich seltsam zufrieden. Klingt das jetzt total durchgeknallt?«

Er lächelt. »Überhaupt nicht. So habe ich mich auch gefühlt, als ich endlich anfing, meinen Visionen Beachtung zu schenken. Du hast eine Bestimmung, Frida. Alle Wege führen dich zu ihr. Und es gibt kein besseres Gefühl auf der Welt, als zu tun, wozu man geboren ist.«

»Auch wenn man dabei vielleicht von einem dreiköpfigen Riesenhund gefressen wird?«

Dan lacht. »Sieht so aus.«

Und er hat recht. Ich spüre es in mir: das Sirren von Adrenalin gepaart mit dem Gefühl, dass das alles richtig so ist. »So fühlt es sich also an, genau da zu sein, wo man sein soll.« Dan wirft mir einen amüsierten Blick zu, und ich erröte. »Ich meine nicht die alte Klapperkiste hier. In der Hinsicht stehe ich mehr auf Mercedes.«

»Ich weiß, was du meinst«, sagt er leise, und ich weiß: das stimmt. Und davon wird mir innen ganz warm.

»Bevor wir wieder hinfahren, würde ich mich gern mit jemandem treffen. Meinst du, das geht, ohne dass was passiert?«

Dan schaut mich an. »Ja. Das kriegen wir hin.«

Er fragt nicht, mit wem ich mich treffen will. Ich blicke aus dem Fenster. Wie grünliche Schemen huschen Bäume und Wiesen vorbei; als wir uns der Stadt nähern, mischt sich immer mehr Grau hinein. Ich hole tief Luft. Wenn ich schon alles riskiere, indem ich in die Unterwelt hinabsteige, sollte ich mich zuvor einer ganz persönlichen Herausforderung stellen.

18

Es gibt ein berühmtes Zitat: Zuhause ist dort, wo sie dich hereinlassen müssen, wann immer du kommst. Auf mich traf das nie zu. Zuhause, das war für mich mein Zimmer im Studentenwohnheim. Meine WG. Mein Zuhause ist jetzt meine wunderschöne Wohnung. Zuhause fühle ich mich in meinem Büro, im Gericht, in den Straßen der Stadt, die ich liebe. Zuhause ist etwas, was ich mir selbst schaffen und dann mit mir tragen musste.

Vor der weißen Doppelhaushälfte bleibe ich einen Moment stehen. So lange war dieses Haus nicht mehr mein Zuhause. Und doch bin ich hier.

Mit pochendem Herzen klingle ich. Ich habe vorher angerufen, um sie vorzuwarnen, dass ich komme, trotzdem setzt meine Mutter ihr überraschtes Gesicht auf, als sie die Tür öffnet, weil sie nicht die Absicht hat, es mir jemals leicht zu machen. Da sie es ja immer so schwer hatte.

»Frida!«, sagt sie in diesem Ton, den ich seit jeher hasse – ein Drittel Misstrauen, zwei Drittel Missbilligung.

»Hi, Mum«, sage ich, »schön, dich zu sehen.«

Sie führt mich ins Wohnzimmer. Dort stehen Tee und Kekse bereit. Alles sehr adrett. Ich setze mich in den hochlehnigen Sessel mit den Stickerei-Polstern und sehe zu, wie sie uns beiden eine Tasse dünnen Earl Grey einschenkt.

»Danke.« Ich nehme Tasse und Untertasse.

Bang beäugt sie mich. Auch ich mustere sie befangen, versuche zu erkennen, wie es ihr geht. Seit ich sie zum letzten Mal gesehen habe, hat sie sich kaum verändert: kurze Lockenfrisur, die immer grauer wird, leuchtend blaue Augen, die niemals stillstehen, nervöse vogelartige Bewegungen. Schon allein davon, in ihrer Nähe zu sein, bekomme ich Herzrasen. Seit jeher überträgt sich ihre Spannung auf mich wie auf eine Stimmgabel.

»Was ist?«, fragt sie jetzt.

Ich schaue verwundert. »Was ist was?«

»Warum bist du hier?«

»Oh, einfach so. Ich … ich fahre nur in Urlaub und wollte davor noch kurz vorbeikommen.«

»Und die Arbeit, Frida?«, fragt sie kritisch.

»Alles in Ordnung, Mum.«

»Was ist mit Billy? Fahrt ihr gemeinsam?«

Ich schließe die Augen. *Jetzt ernsthaft?* Ich schwöre, das macht sie absichtlich. »Wir sind doch schon lange nicht mehr zusammen, das weißt du.«

»O je.« Sie nippt ein paarmal hastig an ihrem Tee. »Ich weiß nicht, was mit dir nicht stimmt, Frida. Wirklich nicht.«

Ich schüttle den Kopf. Ich auch nicht, aber wenn ich raten müsste, hätte ich eine Idee. »Wie geht's denn dir?«, frage ich.

»Ach, wie es halt so ist.« Sie wedelt ungelenk mit der Hand. »Es geht schon. Seit letztem Jahr habe ich ja diese Probleme mit dem Rücken, immer wieder so schreckliche

Schmerzen. Ganz schrecklich …« Sie seufzt tapfer. »Aber ich halte mich. Und natürlich ist immer noch nicht geklärt, was mit meinem Auge los ist. Es tränt und tränt. Ich habe gelesen, das könnte ein erstes Anzeichen für einen Gehirntumor sein.«

Ich verziehe das Gesicht. Wenn sie mal anfängt, kann sie den ganzen Tag über ihre Zipperlein reden, und falls ihr die eigenen ausgehen, macht sie mit denen von jemand anderem weiter. Ein düsteres Gefühl sagt mir, dass das hier nicht meine beste Idee war. Was habe ich eigentlich erwartet? Dass wir die spröde Distanz, die seit meiner Teenagerzeit zwischen uns herrscht, plötzlich überwinden und anfangen würden, auf echte, menschliche Art miteinander umzugehen? Da mache ich mir doch etwas vor. Meine Mutter hat sich von mir – ach was, von der ganzen Welt – abgekapselt. Um sie herum ist eine gläserne Wand, und genau so will sie es haben.

Ich nippe an meinem Tee und nehme mir einen Keks. Dieser Besuch war ein Fehler. Für meine Reise in die Unterwelt muss ich stark und entschlossen sein, aber meine Mutter entzieht mir die Energie wie ein Vampir. Ich will zurück zu Dan, mit ihm gemeinsam die Funkgeräte, die Kuchen und die Münzen besorgen. Ich will weg von hier, wo mir das bisschen Selbstvertrauen, das ich noch habe, zu Sand zermahlen wird.

Ich schaue mich im Zimmer um. Es ist mindestens zwei Jahre her, dass ich zuletzt hier war, aber nichts hat sich verändert. Die Messingpferde. Die Porzellanfigürchen. Die Wandstickerei »Home sweet home«, noch so eine hübsche Lüge. Natürlich gibt es keine Bilder von Dad. Über ihn darf ich mit ihr nicht einmal reden. Und zwischen den Fotos der Kinder ihrer Schwester – alles Überflieger, richtige Goldjungen und -mädchen – nur ein einziges von mir, und das hängt da nur, damit es nicht komisch wirkt, wenn sie gefragt wird, ob sie auch Kinder hat.

Auf dem Foto bin ich etwa acht Jahre alt, trage ein hübsches rosa Kleidchen und die Haare in zwei Rattenschwänzen. Meine Mum erzählt inzwischen davon, dass die Hecke des Nachbargrundstücks ihr Hautausschläge verursacht, aber ich blende ihre Stimme aus. Das Foto zieht meine Aufmerksamkeit auf sich. Darauf ist etwas, was ich nie zuvor bemerkt habe. Ich stehe auf und schaue es mir genauer an. Ich trage eine Kette. Eine goldene Kette mit einem Anhänger.

Meine Brust zieht sich zusammen. Denn der Anhänger hat die Form eines Herzens mit einem Pfeil hindurch. Ich schlucke schwer und falle meiner Mum ins Wort. »Was ist das?«

»Was, meine Liebe?«

»Das.« Ich zeige auf das Foto. »Was trage ich da um den Hals?«

Mum schaut nicht einmal hin. »Ach, keine Ahnung. Irgendein billiges Kinderkettchen wahrscheinlich.«

Ich sehe sie scharf an, und sie wendet den Blick ab. Es fiel mir noch nie schwer, zu erkennen, wenn jemand mich anlügt. Auch diesmal nicht.

»Es sieht aus wie ein Herz mit einem Pfeil hindurch«, sage ich. Meine Stimme zittert. »Stimmt's?« Ruhig bleiben. Die Kette könnte ein Zufall sein.

Zufälle gibt es nicht.

»Frida, ich weiß wirklich nicht, wovon du sprichst!«

Ich habe keine Erinnerung daran, wann das Foto entstanden ist. Auch an das Kleid kann ich mich nicht erinnern. Oder an die Kette.

»Hat Dad sie mir geschenkt?«

»Frida, wirklich! Was soll dieses Thema?«

Ich betrachte sie. Auf ihren Wangen sind rote Flecke, und ihr Blick zuckt überallhin, außer zu mir.

Ich hole tief Luft. »Ich will mehr über Dad erfahren, Mum.«

»Da gibt es nichts zu erfahren.« Sie steht auf und geht daran, die Kekse abzuräumen. Ich habe ihn erwähnt – ich habe das ultimative Tabu gebrochen. Aber ich will nicht mehr den Regeln meiner Mutter gehorchen. Zu viel steht auf dem Spiel. Die Welt ist größer, als ich dachte.

»Habe ich nicht ein Recht darauf, zu wissen, wer er war? Wie er war? All die Jahre weigerst du dich, über ihn zu reden – hast du dir noch nie überlegt, wie das für mich gewesen sein muss?«

Sie ignoriert mich. Als sie nach einer Teetasse greift, packe ich sie am Arm. Die Tasse fällt klirrend zu Boden. In Mums Augen steht Furcht. Ich komme mir mies vor, aber es geht nicht anders, ich muss sie drängen.

»Was weißt du über diese Kette, Mum?«

Sie schüttelt den Kopf. »Nichts.«

»Und über Dad?«

Sie blickt finster. »Dein Vater war ein Spinner. Er hatte wirre Ansichten.«

Mein Herz schlägt wild. »Was für Ansichten?«

Ihre Lippen werden schmal. »Ist das nicht egal?«, bricht es aus ihr heraus. »Das sind alte Geschichten, Frida, du hast doch ein gutes, erfolgreiches Leben, reicht dir das nicht?«

»Mum.« Ich bemühe mich, ruhig und vernünftig zu bleiben – nur so kann sie mich seit jeher ertragen. »Mir sind Sachen zu Ohren gekommen. Über Dad. Wer er war. Seltsame Sachen, die sich anhören wie Verrücktheiten, aber ich weiß, dass sie stimmen. Wenn du also etwas über ihn weißt, dann sag es mir bitte. Ich verspreche dir, ich werde nicht ausrasten.«

Endlich begegnet sie meinem Blick. In ihrem ist bodenlose Finsternis. »Es war nur zu deinem Besten«, sagt sie dumpf.

Und mir dämmert eine schreckliche Erkenntnis. Da stehe ich, versuche sie vor der Wahrheit zu beschützen, vor dieser grauenvollen Welt, in die ich plötzlich geworfen wurde, aber sie weiß es schon.

Sie hat es immer gewusst.

»O Gott, Mum«, sage ich. »Was hast du getan?«

19

»Als ich deinen Vater kennenlernte«, sagt Mum, »erzählte er immer so merkwürdige Geschichten. Dafür hielt ich sie jedenfalls. Zuerst machte es mir nichts aus, ich dachte, er sei einfach fantasiebegabt und ein bisschen ein Witzbold, aber allmählich bekam ich den Verdacht, dass es mehr war. Und seine Familie war auch so seltsam. Irgendwann hörte er damit auf, weil er wusste, dass es mir nicht gefiel, wenn er redete, als hätte er bisher in einer Art Märchenwelt gelebt.« Trübe sieht sie mich an. »Ich dachte, er hätte es überwunden. Aber dem war nicht so. Er hielt es nur verborgen. Dann bekamen wir dich.«

»Und?«

Sie blickt zu Boden. »Da fing es wieder an, schlimmer als je zuvor. Dein Vater war so bestrebt, dich mit in seine Fantasien hineinzuziehen, dass ihm völlig egal war, was ich dachte. Wie es mich aufregte, ja krank machte. Ich sagte ihm, wenn er weiter so deine Gedanken vergiftete, würde ich ihn einweisen lassen«, sagt sie heftig.

»Mein Gott, Mum!« Ich denke an meinen Vater, wie ihn das Wissen über sein Erbe belastet haben muss. Und dann eine Frau, die ihm nicht glaubte, und eine Tochter, an die er die Bürde weitervererbt hatte …

»Er war krank, Frida«, sagt meine Mutter düster, die

Hände säuberlich im Schoß gefaltet. »Er erzählte ständig diese Schauergeschichten, immer von einem großen bösen Feind, wie in einem Märchen.«

»Anteros«, sage ich.

»Sprich diesen Namen nicht aus!«, ruft sie. »Dein Dad war gestört. Paranoid.«

»Die Kette habe ich von ihm?«

Sie nickt.

»Und du hast sie mir weggenommen.«

Sie schüttelt den Kopf. »Nein. Nein. Ich weiß nicht, wo sie hingekommen ist. Du musst sie verloren haben.«

»Und Dad? Hab ich den auch einfach verloren? Vielleicht hinter dem Sofa oder auf dem Speicher, ja?« Ich bin den Tränen nahe. Da wollte ich Frieden mit meiner Mutter schließen, und plötzlich bin ich wieder das kleine, verletzliche, verlorene Mädchen mit den Rattenschwänzen.

Meine Mum nimmt ihre Porzellantasse und hält sie vor sich, als könnte sie damit alles Unangenehme abwehren. »Ich sagte deinem Vater, er müsse sich entscheiden. Entweder er würde all das hinter sich lassen, oder ich würde mich wegen seines Geisteszustands an die zuständigen Stellen wenden und dafür sorgen, dass er dich nie wiedersehen darf.«

Mein Herz rast. »Wie hat er sich entschieden?«

Ausnahmsweise begegnet der aufgewühlte blaue Blick meiner Mutter dem meinen. »Er ist einfach gegangen. Das war das letzte Mal, dass ich ihn sah.«

Ich lasse mich zurücksinken. Unglaublich, dass sich all das in meiner Kindheit abgespielt hat und ich mich kein bisschen daran erinnern kann.

»Als er nicht zurückkam, dachte ich, diese grässlichen Sachen seien vorbei. Aber das waren sie nicht. Verstehst du, er hatte es dir vererbt. Diese Krankheit. Du wolltest ständig mehr von diesen Geschichten hören. Über die Götter, über dein Erbe. Ich dachte, mit der Zeit würdest du es vergessen – schließlich waren es nur dumme Geschichten –, aber wenn überhaupt, wurdest du immer hartnäckiger.« Sie sieht mich an. »Du warst nur ein Kind, Frida. Er hätte dich nicht mit diesen schlimmen Dingen anstecken dürfen. Also tat ich, was ich tun musste.«

Mein Blick wird scharf. »Nämlich was?«

»Eine Frau in deiner Schule, eine Gesundheitsinspektorin, sagte mir, es gäbe da eine Stelle, wo man dir helfen könne, zu erkennen, dass es nur Geschichten seien. Ich war verzweifelt«, sagt sie. »Ich wollte nicht, dass du endest wie dein Dad.«

»Was war das für eine Stelle?«

Sie wedelt mit der Hand. »Ach Frida, das ist so lange her.«

»Was für eine Stelle?«

»Irgendwo in der Stadt. Ganz harmlos. Sie haben dort nur ein paar Minuten allein mit dir geredet. Mir sagte man, ich solle die Geschichten dir gegenüber nie wieder erwähnen; wenn du nicht daran erinnert würdest, würdest du sie vergessen. Und tatsächlich: du hast nie mehr davon gesprochen.«

NeoStar. Sie muss mit mir bei NeoStar gewesen sein. Diese Akten über mich wurden begonnen, als ich neun war. Meine eigene Mutter hat mich ihnen ausgeliefert.

Ich zittere am ganzen Leib. »Wie konntest du das tun, Mum? Wie konntest du mir vorenthalten, wer ich bin?

Wer Dad war?« Und wie konnte er mich verlassen, denke ich, wo er doch wusste, was ich war?

»Ich wollte einfach nur, dass du normal bist!«, stößt sie hervor. »Ich weiß nicht, warum du all das jetzt wieder aufs Tapet bringst, Frida. Warum kannst du es nicht ruhen lassen?«

Und ich sehe etwas in ihren Augen, etwas viel Schlimmeres als was sie mir gerade enthüllt hat.

»Du wusstest es«, sage ich ungläubig. »Du wusstest, dass er die Wahrheit sagt, und hast das trotzdem getan.«

Aber für meine Mutter ist das Gespräch beendet. Sie räumt das restliche Geschirr ab und gibt mir keine Antwort mehr, egal wie ich sie anflehe. Ich starre ihr nach, wie sie sich in die Küche flüchtet, der Welt den gebeugten Rücken zukehrt, sich vor allem verschließt außer der Scheinwirklichkeit, die sie sich zusammengeschustert hat. Jetzt verstehe ich, warum es ihr all die Jahre so schwerfiel, mich um sich zu haben, wie zerbrechlich ihr ihre sichere, ordentliche Welt immer vorkam. Wie hart sie gegen die Wahrheit angekämpft hat. Schließlich ist sie nur ein Mensch, denke ich bitter.

»Wiedersehen, Mum«, sage ich.

Sie schaut nicht auf, als ich gehe.

Draußen wartet Dan auf mich. Als ich mich auf den Beifahrersitz fallen lasse, fragt er lächelnd: »Und, wie war's?«

Ich will etwas erwidern, aber mir versagt die Stimme.

»Alles in Ordnung?«

»Ich …« Ich atme tief durch. »Doch. Ja. Alles in Ordnung.«

»Wirklich?« Er mustert mich. »Meine Güte, Frida, wenn

du so aussiehst, wenn du von deiner Mutter kommst, dürfte die Unterwelt auch keine Schrecken mehr für dich haben.«

Ich bringe ein schwaches Lächeln zustande. »Sie wusste es.«

»Was?«

»Wer mein Dad war. Sie hat ihm ein Ultimatum gestellt, und er hat uns verlassen. Und dann hat sie mich zu NeoStar geschleppt und die mein Gehirn waschen lassen, damit ich alles vergaß.« Ich drehe mich ihm zu. »Hast du jemals etwas von einer Goldkette mit Herzanhänger gehört? Hat sie was mit der Prophezeiung zu tun?«

Er schüttelt den Kopf. »Keine Ahnung. Gehört habe ich davon noch nichts. Soll ich meine Familie fragen?«

Mit einem Seufzer lasse ich mich an die Rückenlehne sinken. »Ja, vielleicht. Aber die Frage ist sowieso rein akademisch, weil die Kette verlorengegangen ist. – Und, hast du die Sachen bekommen?«, frage ich, um das Thema zu wechseln.

Er nickt. »Alles außer den Münzen.«

»Gut«, sage ich knapp. »Dann lass sie uns besorgen und nach Hause fahren.«

Nach Hause. Es drückt mir das Herz ab, dass ich mich bei diesem Mann, den ich kaum kenne, mehr zu Hause fühle als je bei meiner Mutter. Jetzt weiß ich, warum.

Während wir zurück in die Stadt fahren, dreht sich alles in meinem Kopf. Noch ist es zu viel für mein armes Gehirn: umzudenken von dem Glauben, mein Dad hätte sich nichts aus uns gemacht, zu der Erkenntnis, dass er die ganze Zeit von seinem Erbe wusste. Und zu erfahren, dass ich Erinnerungen an seine magische Welt hatte, die einfach ausgelöscht wurden. Ich schiebe die Gedanken weg. Dafür habe ich jetzt keine Zeit. Ich muss mich auf das, was kommt, konzentrieren.

In einem Antiquitätengeschäft kaufen wir vier antike Drachmen, aber als wir uns zum Gehen wenden, bleibe ich stehen. Irgendwie habe ich ein komisches Gefühl.

Ich schaue auf die Münzen in meiner Hand, die jede ein Porträt von Zeus tragen. »Sollten wir vielleicht ein paar als Ersatz kaufen?«

Dan hebt die Augenbrauen. »Warum?«

»Weiß nicht. Falls wir eine verlieren oder so.«

Er zuckt mit den Schultern und geht wieder zum Verkaufstresen. Währenddessen schaue ich aus dem Fenster – und sehe etwas, was mir den Magen in die Kniekehlen sinken lässt.

»Dan?«, rufe ich leise, um keine Aufmerksamkeit zu erregen. »Dan!«

Er dreht sich wieder um. »Meine Güte, könntest du dich vielleicht mal entschei–« Mitten im Wort bricht er ab, als er es auch sieht. »Scheiße«, murmelt er, »die müssen die Antiquitätengeschäfte überwacht haben.«

»Glaubst du, sie ahnen, was wir vorhaben?« Ich starre zu dem Van hinüber. Dessen Türen öffnen sich, und zwei schwarz gekleidete Sicherheitsleute steigen aus. Innerlich sehe ich Clives Insektenaugen vor mir. Mein Herz beginnt zu hämmern. Mir ist übel.

»Ich weiß es nicht.«

»Was machen wir jetzt?«

Die Eingangstür kommt nicht in Frage. Wir kämen keine fünf Meter weit. Dan wirft einen Blick auf den Ladenbesitzer. Dieser steht mit dem Rücken zu uns in einer Ecke und zeigt einem anderen Kunden eine silberne Schnupftabaksdose.

»Komm mit.« Dan öffnet und schließt die Eingangstür, sodass ein Bimmeln ertönt und der Besitzer hoffentlich glaubt, wir wären gegangen. Dann huschen wir geduckt hinter den Tresen und durch die Tür dahinter. Sie führt in einen großen Lagerraum, von dem eine schwere hölzerne Tür nach draußen geht. Dan versucht sie zu öffnen.

»Verschlossen«, sagt er.

Ich überlege fieberhaft. Um sie aufzubrechen, reicht die Zeit nicht aus. Und erst recht nicht, um zum Vordereingang hinaus zu fliehen. »Hast du was von dem Pulver dabei, das du damals im Van benutzt hast?«

»Liegt zu Hause in meiner Wohnung.«

»Was machen wir dann?«

»Ich weiß nicht. Lass mich nachdenken.« Ich begreife nicht, warum Dan nichts unternimmt. Er ist bleich; sein Anblick erinnert mich an etwas, aber in meiner Panik denke ich nicht genauer darüber nach. Gleich wird Clive in den Laden kommen. Ich schaue mich um. Alle möglichen Antiquitäten stehen und liegen herum: Teppiche, Gemälde, Dekorationsstücke, Standuhren.

»Komm schon, Frida«, murmle ich. »Denk nach!«

Mir fällt eine enorme Mahagonitruhe ins Auge. Ich flitze hinüber und hebe den schweren Deckel an.

»Da rein!«, zische ich Dan zu.

»Wie bitte?«

»Willst du lieber ein nettes Schwätzchen mit Clive halten?«

Dan schaut die Truhe an, dann mich. Aus seinem Gesicht ist jede Farbe gewichen. Es ist das erste Mal, dass er nicht Herr der Lage zu sein scheint. Das gefällt mir nicht.

»Okay«, sagt er undeutlich.

Während er in die Truhe steigt, sehe ich mich um und schnappe mir einen großen Webteppich. Dann steige ich zu Dan in die Truhe. Es ist ein bisschen eng, aber wenn wir uns dicht aneinanderlegen, geht es. »Hilf mir damit!« Gemeinsam breiten wir den Teppich über uns in die Truhe, dann packe ich den Deckel und lasse ihn vorsichtig herab.

Schwer atmend und eng aneinandergeschmiegt liegen wir im Finstern unter dem muffigen Teppich. Nur zu deutlich spüre ich jede Stelle, wo sich unsere Körper berühren – und das sind ziemlich viele. Dann höre ich die Ladentür bimmeln und erstarre.

Mit gespitzten Ohren kann ich gerade so Clives Stimme hören. Worte werden gewechselt, sehr zivilisiert und ruhig. Dann knarrt die Tür zum Lagerraum. Er ist hier. Ich halte den Atem an, bin mir Dans Körper neben mir und meines eigenen Herzschlags extrem bewusst – den muss doch auch Clive dort draußen hören. Still wie Statuen lauschen wir, wie Clive im Lagerraum umhergeht und so tut, als bewundere er die Waren. Über das Rauschen des Bluts in meinen Ohren höre ich seine Schritte näherkommen, und dann steht er genau vor uns. Dans Hand schließt sich über meiner, sein Daumen streichelt die weiche Stelle zwischen meinem Daumen und Zeigefinger. *Alles wird gut.*

Geh weg, Clive, denke ich. Verschwinde endlich.

Und wirklich, Clives Stimme entfernt sich, er ist im Begriff zu gehen. Meine Anspannung löst sich ein winziges bisschen.

Und in diesem Moment fängt Dan unerklärlicherweise an, sich zu bewegen – kleine gleichförmige Bewegungen, als wippte er mit dem Knie oder dem Fuß. Ungläubig wende ich mich im Finstern zu ihm um. Will er, dass wir erwischt werden? Dann wird mir mit Entsetzen klar, woran sein bleiches Gesicht mich erinnert hat.

O nein. Nicht jetzt.

Statt sich zu entfernen, kommt Clives Stimme wieder näher. Panik überflutet mich. Ich muss dafür sorgen, dass Dan still ist, oder wir sind erledigt. Ich wälze mich halb auf ihn, um seine Bewegungen zu ersticken. Und presse ihm die Hand auf den Mund. Es ist grotesk intim, so auf ihm zu liegen, zu spüren, wie sein warmer Körper sich unter mir bewegt, zu wissen, dass seine Augen blicklos und vor Qual aufgerissen sind. Ich halte ihn so still ich kann und bete, dass seine Vision bald endet.

Es kommt mir wie eine Ewigkeit vor, aber tatsächlich sind es nur Sekunden, bis Dans Körper still liegt. Doch es ist zu spät. Mit einem dumpfen Geräusch lässt Clive die Hand auf den Deckel der Truhe fallen (nein, es ist ein Sarg, etwas, worin man stirbt), und langsam, mit quietschenden Scharnieren, hebt sich dieser. Ich versteife mich, packe Dans Hand, und –

Ein Handy klingelt.

Der Deckel verharrt. »Ja?«, knurrt Clive. »Sicher? Okay. Ich komme.« Krachend fällt der Deckel zurück, und Clives Schritte entfernen sich nun endgültig.

Ich atme tief aus und hebe den Kopf. Dan schüttelt den Kopf. *Noch nicht.*

Noch etwa fünf Minuten lang liegen wir aneinandergeschmiegt da. Dann regt sich Dan.

»Jetzt sollte es gehen«, wispert er.

Er hebt die Arme und drückt den Deckel hoch. Wir kämpfen uns unter dem Teppich hervor und blinzeln einander an.

»Das war … eng«, sagt er.

Ich spüre, dass meine Wangen knallrot sind, während ich aus dem Sarg steige. Ja, denke ich. Allerdings.

Vor seiner Wohnung hält Dan an und gibt mir die Wohnungsschlüssel. »Bestellst du uns eine Pizza? Ich muss schnell noch was erledigen.«

Unsicher schaue ich ihn an. »Klar. Brauchst du Hilfe?« Das Geschehene steckt mir noch in den Knochen. Ich wünschte mir, wir würden wie zuvor witzeln und sarkastische Bemerkungen austauschen. Aber ich weiß nicht, wie ich uns zu diesem normalen Verhältnis zurückbringen kann.

»Nein, kein Problem«, sagt er. »Dauert nicht lange.« Kein Wort darüber, wohin er will.

»Okay.«

Ich nehme die Schlüssel und unsere Ausbeute und gehe in die Wohnung. An der Pinnwand in der Küche hängt ein Pizzaflyer. Ich denke an die Vision. Er hat mir nicht gesagt, was er gesehen hat. Oder wohin er jetzt geht. Das sind mir ein paar Geheimnisse zu viel für zwei Leute, die zusammen ihr Leben riskieren wollen.

Ich setze Kaffeewasser auf. Rufe beim Pizzaservice an. Dann schaue ich in den Kühlschrank, und meine Laune bessert sich ein wenig. Was soll's, ich lasse den Kaffee Kaffee sein, schenke mir ein Glas Weißwein ein und setze mich vor den Fernseher.

Als Dan zurückkehrt und das Glas Wein in meiner Hand sieht, grinst er. »Ich glaube, da schließe ich mich an.«

»Pizza ist unterwegs.«

»Danke«, sagt er. Noch immer kein Wort darüber, wo er war. Ich beobachte, wie er in die Küche geht, sich ein Bier nimmt und den Deckel abhebelt.

»Hast du bekommen, was du wolltest?« Ich will beiläufig klingen, aber es gerät etwas gepresst. Ich erröte. Ich komme mir vor wie die misstrauische Partnerin, die überall Untreue wittert. Leider haben sowohl die Partnerin als auch die Anwältin in mir die Erfahrung gemacht, dass man nur ausdauernd genug graben muss, dann stößt man fast immer auf Untreue.

Er schaut zu mir herüber. Sein Lächeln wirkt entspannt. »Es ist etwas zum Vernichten des Pfeils. Ein spezielles Pulver, das wir darüberstreuen müssen, um die Magie zu entfernen. Das müssen wir aber in dieser Welt erledigen. In der Unterwelt funktioniert es nicht.«

Ich starre ihn an. Ist das die Wahrheit? Ja? Nein? Da klingelt es an der Tür. »Pizza!«, ruft er. »Na endlich. Ich bin am Verhungern!«

Ich bringe das Thema nicht noch einmal auf.

Nach der Pizza gehe ich in mein Zimmer und packe die Kleidung aus, die Dan für mich gekauft hat. Schwarzes T-Shirt, schwarzes Hoodie, schwarze Cargohose, schwarze Turnschuhe, schwarzer Rucksack. Um uns besser verstecken zu können. Kaum zu glauben, dass wir das wirklich tun werden. Es kommt mir immer noch vor wie ein Scherz. Spontan ziehe ich mir die Sachen an. Betrachte mich im Spiegel. Ich sehe aus, als hätte ich mich verkleidet. Total bescheuert. In meiner Kosmetiktasche finde ich ein Haargummi und raffe mir das Haar zu einem hoch angesetzten Pferdeschwanz zusammen, dann wische ich mir den größten Teil des Make-up ab. Schon besser.

Ich beschließe, mich Dan als Lara-Croft-Verschnitt vorzustellen – vielleicht liefert uns das die dringend benötigte Leichtigkeit. Als ich ins Wohnzimmer komme, sitzt er lesend auf dem Sofa. Er schaut auf, und seine Augen weiten sich.

»Und?«, frage ich. »Bin ich schick genug für die Unterwelt?«

Er lächelt. »Ohne Frage.«

Ich drehe mich ein paarmal um mich selbst.

»Steht dir«, sagt er.

Ich lache. »Klar, ich bin der Traum jedes Mannes, der auf Spezialkommandos steht.«

Unbehagliche Stille.

»Noch was zu trinken?«

»Oh ja«, sage ich erleichtert.

Während Dan in die Küche verschwindet, lasse ich mich aufs Sofa fallen. Als er zurückkommt, reicht er mir mein Glas, setzt sich aber nicht neben mich, sondern in den Lehnsessel. Ich muss daran denken, wie nahe wir uns vor so wenigen Stunden waren, und Röte steigt mir in die Wangen.

»Willst du darüber reden?«, fragt er.

Ich zucke zusammen. »Was? Nein! Worüber?«

»Deine Mum. Die Sache mit deinem Dad.«

Ich beiße mir auf die Lippe. »Daran will ich gerade nicht denken.«

Er nickt. »Okay, verstehe.«

Ich proste ihm zu. »Egal. Zum Wohl. Darauf, dass wir Anteros noch lange genug entgehen, um vor ihm in die Hölle zu kommen.«

»*Yamas*«, gibt Dan zurück. »Das heißt Prost auf griechisch.«

Ich trinke. Der Wein schmeckt wie Sonnenschein. Wie Glück. Wie das Leben. Dan legt Musik ein, und wir trinken noch etwas mehr. Ich habe Durst, und bald ist mein Glas leer. Dann wieder voll.

»Ich dachte, ich rufe heute Abend vielleicht noch mal Psyche an«, sage ich. »Nur um mich zu vergewissern, dass es ihr gut geht und sie weiterhin dabei ist.« Vielleicht liegt es daran, wie es heute mit meiner Mum war, aber gerade spüre ich mein Band zu Psyche noch stärker. Ich wünsche mir, dass wir uns nahe sind. Wie echte Verwandte. Ich brauche sie.

Dan sieht mich an. »Ach, lass uns das doch morgen machen.«

Ich zucke mit den Schultern. Na gut, warum nicht.

»Du hast verdammt schnell reagiert heute, Frida. Tut mir leid, was passiert ist.«

»Schon okay. Wir haben's ja überstanden.«

Sein Gesicht verdüstert sich. »Schon. Aber … ich weiß nicht. Tut mir leid, dass ich dich da reingezogen habe. Ich weiß, dass du Angst hast.« Er nimmt einen Schluck Bier. »Ich hab auch Angst.«

Ich blicke ihm in die Augen. »Wirklich?«

»Wirklich.«

»Ich hätte nicht gedacht, dass dir das Angst macht. Du wirkst so …« Ich suche nach dem richtigen Wort. »Kompetent.«

»Das hier ist meine Bestimmung, ich habe sie schon lange akzeptiert. Aber du bist noch dabei, dich daran zu gewöhnen. Du bist unglaublich tapfer. Ich wünschte nur …«

»Was?«

Ein Seitenblick. »Dass wir mehr Zeit gehabt hätten, um uns kennenzulernen«, sagt er leichthin. »Sicher, ich habe das Gefühl, dich schon gut zu kennen. Aber ich vergesse immer wieder, dass du mich ja überhaupt nicht kennst.«

Ich nehme einen Schluck Wein und spüre, wie der Alkohol sich gegen mein Blut durchzusetzen beginnt. Ich sollte langsam machen. Sollte.

»Ich kenne dich, Dan.« Und das stimmt. Der Alkohol weicht meine Paranoia auf. Meine Intuition übernimmt, und sie sagt mir, dass alles, was Dan tut, zum Besten unserer Mission ist. »Du hast dir dieses Leben auch nicht ausgesucht«, sage ich leise. »Tut mir leid, wie ich dich anfangs behandelt habe.«

»Damals vor all diesen vielen Tagen!« Er fängt an zu lachen. Ich falle ein – tatsächlich kommt es mir vor wie Monate, Jahre, obwohl es in Wirklichkeit nur Tage sind.

Lachend sage ich: »Mann, war ich damals ätzend. Als ich noch eine arme naive Sterbliche war.«

»Nein, warst du nicht!« Dann grinst er listig. »Oder nur ein bisschen.«

»Ziemlich.«

Dan lacht. »Frida, glaub mir, ich weiß noch genau, wie es war, als ich erkannte, dass ich Teil dieser anderen Realität war. Dass ich nach dem, was ich gesehen hatte, nie wieder zu meinem normalen Leben zurückkehren könnte, egal wie ich mich bemühen würde.«

»Dazu kann ich nichts sagen. Wenn wir den Pfeil erst vernichtet haben, habe ich vor, wieder zu leben, als wäre all das nie passiert.«

»Oh, ich bin dabei. Wir könnten uns beide langweilige Jobs suchen und uns über Hypotheken und verspätete Busse beklagen wie alle anderen.«

Wir grinsen uns an. Die Stimmung wird wärmer, unser Gespräch schwankt nun zwischen flapsig und tief. Vage ist mir bewusst, dass mein Denken langsamer und entspannter wird. Es fühlt sich angenehm an.

»Alles wird gut, Frida«, sagt Dan. »Wir müssen nur zusammenhalten, das ist es, was zählt.«

Unsere Blicke treffen sich, und da ist wieder dieses Knistern, unbestreitbar. Irgendwo tief in mir sirrt ein Alarm. Gedämpft, aber er ist da.

»Also«, sage ich in geschäftsmäßigem Ton. »Dieses Pulver, um den Pfeil zu vernichten. Nimmst du es mit zu Psyche, damit wir es gleich zur Hand haben, wenn wir mit dem Pfeil rauskommen?«

Dan nickt. »Glaubst du an Liebe, Frida?«

Ich verschlucke mich an meinem Wein und muss wild husten. »Oh Mann«, sage ich, als ich endlich wieder sprechen kann. »Du hast es nicht so mit sanften Überleitungen, oder?« Dann fülle ich mein Glas auf, hauptsächlich, um Zeit zu schinden. Weil ich nicht weiß, was ich darauf antworten soll. Ich denke an Bryony und Justin. Sie sind verliebt und glücklich, aber glückliche Paare wie sie sind heutzutage so selten. Ich denke an meinen Dad, der meine Mum verließ, und wie schlecht es ihr seither geht, auch wenn sich jetzt herausstellt, dass sie ihn vertrieben hat. Ich denke an meine Klientinnen, die sich so viel erhofften und so sehr betrogen wurden.

Ich schaue Dan in die Augen. »Etwas, was Psyche gesagt hat, lässt mich nicht los«, sage ich. »Sie sagte, die Sterblichen ahnen in gewisser Weise, dass etwas daran, wie sie zu lieben versuchen, grundfalsch ist, aber sie können nicht anders. Ihre Herzen seien wie schwarze Löcher, die nichts je füllen kann.«

»Und du?«, fragt er. »Was denkst du?«

»Ich glaube, sie hat recht.« Ja, so ist es. Weil ich es so oft erlebt habe. Wenn die Leute zu mir kommen, weil sie meine Hilfe brauchen, ist das schwarze Loch in ihnen größer denn je. Und wenn ich ihnen so viel vom Vermögen des Expartners erstritten habe, wie sie wollten, oder verhindert habe, dass dieser etwas von ihrem bekommt, oder wenn sie die Kinder, das Haus, die Yacht oder was auch immer haben, dann sehe ich es in ihrem Gesicht – dieses elende Gefühl, wenn ihnen klar wird, dass das nicht genug ist.

»Das ist es, was Anteros uns angetan hat.« Ich blicke in mein Glas und lasse die blassgoldene Flüssigkeit darin kreisen. »Er hat es uns so schwer gemacht, allein zufrieden zu sein, aber genauso schwer, eine glückliche Beziehung zu führen. Es ist, als zappelten wir in einem Knoten, der sich immer enger zusammenzieht, je mehr man sich dagegen wehrt.« Meine Gedanken wandern zu Billy. All die Male, da ich hätte gehen sollen und es nicht getan habe. War daran Anteros schuld oder ich selbst? Ich schaue wieder zu Dan auf. In seinem Gesichtsausdruck ist etwas, was in mir die Frage weckt, wie viel er darüber weiß – über mich, über Billy –, und das schmerzt.

»Und doch«, fahre ich fort, »trotz allem geben wir nie auf, oder? Wir versuchen es weiter, egal wie oft wir enttäuscht werden. Klar, ich weiß, dass das Anteros nützt, weil wir süchtig nach seinem Spiel bleiben, aber ich frage mich«, sage ich langsam, »ob es nicht auch daran liegt, dass wir irgendwie ahnen, dass es etwas Besseres, Wahreres geben muss als die Art Liebe, die er uns verkaufen will.« Ich verstumme. Puh, was für eine Rede. Ich muss betrunkener sein, als ich dachte. »Und was ist mir dir?«, frage ich eilig.

»Mit mir?«

»Du hast gesagt, du wärst verheiratet gewesen?«

Er nickt.

»Hast du deine Frau geliebt? Wart ihr glücklich?«

Langsam nimmt er einen Schluck Bier. »Ja, ich habe sie sehr geliebt.«

»Erzähl mir von ihr.«

Ernst blickt er mir in die Augen. »Ich habe sie bei einem Musikfestival kennengelernt. Sie war die Freundin einer Freundin. Sie war – ist – wundervoll. Liebenswert und großzügig und gütig.«

»Aber sie kam nicht mit deiner … äh … Gabe klar?«

»Daran lag es nicht wirklich.«

»Woran lag es dann wirklich?«

Er senkt den Blick. Zuckt mit den Schultern. »Da war eine andere.«

»Oh!« Nie im Leben hätte ich Dan zugetraut, fremdzugehen. Einen Moment lang bin ich schockiert. Ich frage mich, ob mir die Enttäuschung anzusehen ist.

Aber dann schaut er mich mit einem Blick an, der mich erschauern lässt.

»Nein, Frida. Ich meine, da warst du.«

20

Mit offenem Mund starre ich Dan an. »Ich hoffe, du erzählst mir jetzt keinen abgefahrenen Scheiß von Zeitreisen oder so. *Damit* komme ich im Moment definitiv nicht klar.«

Er lacht. »Nein. Ich meine damit, dass du in meinen Visionen aufgetaucht bist.«

Ich atme aus. »Ah. Okay.«

Er spricht weiter und lässt mich nicht aus den Augen. »Zuerst versuchte Janie mir zu helfen. Sie verschaffte sich sogar einen Job bei NeoStar und half mir, das Handy und die Strickleiter für dich zu verstecken. Ich glaube, sie sagte sich, wenn sie mir aktiv helfen würde, käme ich vielleicht wieder davon los.«

»Aber?« Ich halte den Atem an.

Dan zuckt mit den Schultern. »Wenn es nur die Visionen gewesen wären, hätte es wahrscheinlich klappen können. Aber es war auch das Wissen, was auf mich zukam. Ich sah nur noch dein Gesicht vor mir. Ich konnte an nichts anderes mehr denken. Ich träumte von dir, beschäftigte mich ständig in Gedanken mit dir. Und sie musste damit leben.« Er dreht die Flasche in seiner Hand, beginnt am Etikett zu zupfen, reißt Streifen davon ab. »Das war schlimm für sie.«

»Das klingt total … übel.« Fast hätte ich gesagt »romantisch«. Plötzlich ist mir heiß, und ich kann nicht verhindern, dass wieder tiefe Röte meine Wangen überzieht.

Dan wirkt verlegen. »Tut mir leid, Frida. Das hätte ich dir nicht erzählen sollen. *In vino veritas.*« Er hebt sein Bier in meine Richtung. »Ich will nicht, dass du denkst …« Er beendet den Satz nicht.

Ich stoße mit meinem Glas gegen die Flasche. Unsere Finger streifen einander. Und das löst etwas in mir. Ich will ihn berühren, mit den Händen über seine Schultern streichen, meine Arme um seinen Hals legen, seine Lippen auf meinen spüren. Er scheint ähnliche Gedanken zu haben, sein Blick verhakt sich in meinem, intensiv, sexy, er beugt sich vor, ganz dicht zu mir, und ich habe das Gefühl, Funken zu sprühen, und weiß: gleich wird er mich küssen.

Dann seufzt er, reibt sich übers Gesicht und lehnt sich zurück. »Es wird spät. Wir sollten noch etwas Schlaf bekommen.«

Es ist, als hätte er einen Eimer eiskaltes Wasser über mich ausgegossen. Ich verschränke die Arme und lehne mich meinerseits zurück. Atme tief durch.

»Ja«, sage ich. »Sollten wir.«

Brav und pflichtbewusst füllen wir unsere Gläser mit Wasser, nehmen unsere Handys. In der Luft hängt noch schwer das, was wir gesagt haben, und das, was wir nicht getan haben. Während ich Dan den engen Flur entlang folge, spüre ich stärker denn je diese Verbindung zwischen uns, wie zwei unter Strom stehende Drähte, die nur darauf warten, sich zu berühren. Aber er hat recht. Das ist gar keine gute Idee. Nein. Ich werde ihn nicht mehr berühren.

Mit gesenktem Blick, um meine lodernden Emotionen unter Kontrolle zu bekommen, gehe ich hinter ihm her – und als er vor seiner Schlafzimmertür stehenbleibt, laufe ich mit Schwung in ihn hinein.

»O Gott, sorry«, sage ich und muss mich an ihm festhalten, weil mein Gleichgewichtssinn nicht in Bestform ist. Sein Körper unter seinem dünnen T-Shirt fühlt sich verdammt gut an. Verflucht sei der Mann und seine Muskulatur. Hastig ziehe ich die Hände weg und verschränke sie hinter dem Rücken.

»Also dann«, sagt er.

»Ja.« Ich klinge heiser. Ich habe das Bedürfnis, zumindest die Pheromone aus der Luft zu vertreiben, vielleicht auch diese Verlegenheit. »Hör mal, danke, dass du mir das erzählt hast. Es ist gut zu wissen, dass ich nicht allein mit alledem bin.«

»Du bist nicht allein, Frida.«

»Aber du hast mir noch nicht erzählt, was am Ende passiert ist. Mit deiner Frau. Habt ihr euch einvernehmlich getrennt? Hat sie dich verlassen?« Ich rede mir ein, dass ich es wissen will, weil sie mir leid tut. So ist es auch – bis zu einem gewissen Grad. Aber das ist nicht alles.

Dans Blick legt sich auf meine Lippen, meine Wangenknochen, mein Haar. Es fühlt sich an, als berühre er mich, auch wenn wir sehr darauf achten, körperlich Distanz zu halten.

»Sie hat verlangt, dass ich mich entscheide. Zwischen ihr und dir.«

Vage bin ich mir bewusst, dass wir näher aneinander herangerückt sind. Meine Augen sind geweitet. Diese zwei Drähte müssen sich einfach berühren.

»Oh.«

Jetzt ist auch seine Stimme heiser. »Ich habe mich für dich entschieden.«

Oh, will ich wieder sagen, aber als ich den Mund öffne, sind plötzlich seine Lippen auf meinen oder meine auf seinen, und die Drähte sind verbunden, und ja, es ist so leicht und richtig, erregend und vertraut und süß und schmerzhaft, und ich lasse es geschehen, wir stolpern in sein Zimmer, ich will, dass es nie endet, und irgendwo ganz hinten in meinem Gehirn ist mir klar, dass wir das nicht tun sollten, dass es nur am Alkohol und der Angst liegt, weil wir in die Unterwelt gehen und nicht wissen, ob wir lebend wieder zurückkommen.

Aber in diesem Moment fühle ich mich lebendig, und das ist alles, was zählt.

21

Als ich mitten in der Nacht in Dans Bett aufwache, habe ich leichte Kopfschmerzen, einen Mordsdurst und das dumpfe Gefühl, dass ich eine ziemliche Dummheit begangen habe. Ich schaue an mir herunter und sehe erleichtert, dass ich noch einigermaßen bekleidet bin. Dan schläft tief und fest. Ich betrachte ihn, und eine tiefe Zuneigung zu diesem Mann steigt in mir auf. Später werden wir hierüber wohl lachen. Wahrscheinlich. Oder vielleicht werden wir es wiederholen. Bei dem Gedanken kribbelt es in mir. Ich beuge mich vor, hauche ihm einen Kuss auf die Wange, hebe mein Handy auf, das auf den Boden gefallen ist, und gehe in die Küche, um nach einem Paracetamol zu suchen.

Mit zwei Gläsern Wasser spüle ich zwei Kopfschmerztabletten hinunter, und da ich spüre, dass ich nicht so schnell wieder werde einschlafen können, gebe ich auf und koche mir einen Kaffee. Während ich warte, dass er durchläuft, nehme ich mir das Buch über die Eros-Psyche-Geschichte und blättere darin. Charon. Dreiköpfiger Hund. Hades. Persephone. Ich verziehe das Gesicht. Egal wie oft ich es noch lesen werde, es kommt mir nicht realer vor.

Ich klappe das Buch zu. Bald wird es nur zu real werden.

Im Dämmerlicht blinkt plötzlich mein Handy auf. Erwartungsvoll nehme ich es – ist Dan aufgewacht und hat gesehen, dass ich weg bin? Aber die Nachricht ist von Psyche.

Ich bin draußen. Weck Dan nicht auf.

Was zum Henker will sie hier? Ehe ich mich entschieden habe, ob ich rausgehen will oder nicht, blinkt es schon wieder.

Garten.

Ich schlüpfe in Jacke und Turnschuhe und schleiche lautlos die Treppe hinunter. Vorsichtig öffne ich die Hintertür und spähe mit zusammengekniffenen Augen ins Dunkel hinaus. Ein paar Sekunden lang erkenne ich nichts, dann sehe ich sie: Sie lehnt, eine Zigarette im Mund, fast unsichtbar am Gartenschuppen.

Ich ziehe den Reißverschluss meiner Jacke zu und gehe zu ihr hinüber. »Alles in Ordnung? Was machst du hier? Ich dachte, wir sollten zu dir kommen?«

Sie betrachtet mich – forschend, als bemühe sie sich, etwas in mir zu lesen. »Das war, bevor ich merkte, dass mein Haus verwanzt ist.«

»Was?«

Sie zieht an der Zigarette. »Ich frage mich, wer das wohl war.« Ihr Blick richtet sich aufs Obergeschoss, wo Dan schläft.

Ich brauche einen Augenblick, um zu begreifen, was sie meint. »Das ist doch lächerlich«, sage ich geradeheraus.

»Schläft er?« Psyche tritt ihre Kippe aus, zieht das Päckchen aus der Tasche und zündet sich die nächste an. Etwas daran, wie sie es sagt, lässt mich aufhorchen. »Ja, er schläft. Warum?«

Sie zuckt mit den Schultern. »Hab ihm was ins Bier getan, während ihr weg wart. Wirkt ganz langsam. Aber morgen geht's ihm wieder gut.«

Entsetzt starre ich sie an. »Psyche, was soll das?«

Sie betrachtet mich, ihr schönes Gesicht von schrecklicher Trauer erfüllt. »Es tut mir sehr leid, dir das sagen zu müssen, Liebes, aber dein Orakel arbeitet für Anteros.«

22

»Unmöglich.«

Es ist schweinekalt, ich stehe im Garten und versuche Psyche zu erklären, dass das absurd ist, dass sie komplett falschliegt. Sie zieht ungeduldig an ihrer Zigarette. »Glaub's mir, Frida.«

»Aber er ist das Orakel. Er kam zu *mir*!«

Psyche, die zunächst fast mitfühlend war, wird zunehmend genervt. »Hör zu, Schätzchen. Ich weiß das alles. Ich bin gekommen, um dich zu warnen, denn wir sind ja nun mal verwandt miteinander. Ich hätte es auch bleiben lassen können. Also lass mich sagen, was ich zu sagen habe, ja? Danach kannst du machen, was du willst, mir ist es egal.«

»Okay«, sage ich. »Sag's mir.« Nicht weil ich ihr auch nur ein Wort glaube, sondern weil ich anhand der Fakten, die sie zu haben meint, herauskriegen will, was wirklich los ist.

»Schon als ihr zwei zu mir kamt«, beginnt Psyche, »hatte ich bei Dan ein komisches Gefühl. Über die Jahre habe ich diverse Orakel aufgesucht. Wenn man so lange lebt wie ich, passiert das zwangsläufig. Aber noch nie ist ein Orakel zu mir gekommen. Das gehört sich einfach nicht.«

Ich will protestieren. Dan hat mir ja erzählt, dass seine Familie mit seinem Vorgehen nicht einverstanden war. Aber ich beherrsche mich. Psyche ist im Grunde altmodisch, egal wie sie aussieht. Wie schwierig es schon für sie war, eine weibliche Heldin zu akzeptieren. Also tue ich, was ich auch im Beruf tue: ich lasse jeden seine Version erzählen und destilliere daraus die Fakten. Die Wahrheit wird sich von selbst enthüllen.

Psyche drückt die Zigarette aus und zündet sich sofort eine neue an. »Nachdem ihr weg wart, habe ich also ein paar Nachforschungen über euch beide angestellt. Und ein Kontakt von mir hat das hier gefunden.« Sie hält mir ihr Handy hin. Der Bildschirm zeigt einen abfotografierten Firmenausweis von NeoStar. Das Foto darauf zeigt Dan. Um Jahre jünger, aber er ist es unleugbar.

»Und was ist damit?« Ich ignoriere das ungute Gefühl in meiner Magengrube. »Das beweist gar nichts.«

»Sie haben jede Spur von Dan aus ihren Akten getilgt«, sagte Psyche. »Das hier hat mein Freund nur gefunden, weil er wusste, wo er graben muss.«

»Und?«

»Und ihm zufolge hat Dan die letzten zehn Jahre für NeoStar gearbeitet. Er arbeitet *immer noch* für sie.«

»Unmöglich.«

»Ach? Wie lange kennst du ihn schon – eine Woche?« Spöttisch wirft sie den Kopf zurück. »Übrigens habe ich noch mehr.« Sie wischt zum nächsten Bild, dem Startbild eines Videos. Darauf ist Dan zu sehen, wie er heute aussieht. Er versteht sich offenbar sehr gut mit der Person ihm gegenüber. Als ich diese erkenne, verstärkt sich meine Übelkeit.

Dass Dan Clive schon mal getroffen hat, hat er mir verschwiegen.

In der kalten Nachtluft bin ich plötzlich stocknüchtern, meine Sinne sind hellwach.

Psyche tippt auf *Play*. Ich will es gar nicht sehen, aber ich kann die Augen nicht abwenden.

»Alles bereit?«, sagt Clive im Video.

Dan lächelt. »Natürlich.«

»Was ist mit dem Zettel?«

»An Ort und Stelle. Das Handy auch. Mal schauen, was sie macht – aber egal ob über euren oder meinen Weg, sie wird uns den Pfeil beschaffen.« Sein Gesichtsausdruck ist mir so unvertraut, dass ich eine Weile brauche, bis ich ihn identifizieren kann: Verschlagenheit. Dann sagt Dan etwas, was mir das Blut in den Adern gefrieren lässt. »Niemand kann seiner Bestimmung entgehen, nicht wahr?«

»Könnte das gefälscht sein?«, frage ich.

Psyche schüttelt den Kopf. »Ich verstecke mich schon sehr lange vor Anteros. Ich vertraue genau zwei Personen auf dieser Welt, und eine davon ist meine Quelle.«

»Das ergibt alles keinen Sinn. Warum sollte Dan mich retten, wenn er für Anteros arbeitet? Warum hat er nicht einfach zugeschaut, wie die mich in ihre Gewalt bringen?«

Sie zuckt mit den Schultern. »Anteros ist ein Meister der Manipulation. Er weiß alles über dich, was man wissen kann. Ich denke, das war ein Kniff, um die Sache ins Rollen zu bringen. Wenn Dan zu dir gekommen wäre und dann keinerlei Bedrohung von Anteros ausgegangen wäre, hättest du ihm geglaubt?«

Ich denke kurz nach. »Nein.« Ich hatte ihm ja tatsächlich nicht geglaubt.

»Siehst du. Die glauben, dass du die Person aus der Prophezeiung bist, Frida. Und sie wollen dich dazu bringen, den Pfeil für sie zu holen. Am einfachsten können sie das erreichen, indem du einem von ihnen vertraust. Also kidnappt Anteros dich, lässt einen alternativen ›Retter‹ auftauchen, und du verbündest dich mit dem vermeintlich Guten. Weißt du übrigens, dass Anteros hier oben zwar keinen Menschen töten darf, dir da unten aber antun kann, was er will? Dort bist du auf jenseitigem Terrain, da herrschen andere Regeln.«

Mir ist schlecht.

Psyche sieht zu den Fenstern der Wohnung hinauf. »Ganz schön mirakulös übrigens, wie Dan es geschafft haben will, ein Handy in einem Gebäude zu deponieren, das weithin für seine unüberwindlichen Sicherheitsmaßnahmen bekannt ist.«

»Das war seine Frau«, sage ich schwach. »Sie hatte sich einen Job bei NeoStar verschafft.«

»Was für eine Frau? Ich habe seine Akte gesehen. Er war nie verheiratet.«

»Das kann nicht –«, will ich protestieren, aber Psyche redet sich in Schwung.

»Dann kriegt er dich dazu, dich hier bei ihm zu verkriechen, unfähig, jemanden aus deinem alten Leben zu kontaktieren, all deines Besitzes beraubt. Natürlich vertraust du ihm da, wen hast du denn sonst noch? Das klassische Stockholm-Syndrom.«

»Nein«, sage ich. »Jetzt wirklich, Psyche. Ja, es spricht viel gegen ihn, aber dafür muss es eine andere Erklärung geben.«

An einem Nachbarhaus geht die Außenbeleuchtung an

und erhellt kurz unsere Gesichter. Und da muss Psyche etwas in meinem gesehen haben, denn sie unterbricht sich und schüttelt traurig den Kopf. »Oh, Frida.«

»Was denn?«

»Du hegst Gefühle für ihn, ja? Ach Schätzchen, ich hätte gedacht, ausgerechnet du müsstest es besser wissen! Das ist doch der älteste Trick der Welt!«

Ich brenne vor Scham und Zorn. Das kann nicht wahr sein! Nein! Aber dann muss ich an Chris denken. Mit dem ich zwei Jahre lang befreundet war, gelegentlich war es auch mehr. Ich dachte, ich wäre ihm wichtig. Und er hat mich verraten und verkauft. Ich hole tief Luft. Langsam und überlegt schiebe ich meine Gefühle beiseite und betrachte nur die Fakten. Ist es möglich, dass Dan mich getäuscht hat? Ein harter, stählerner Kern in mir sagt: Ja, das ist möglich, sehr gut möglich.

Darauf gründet schließlich Anteros' Herrschaft. Die Schwächen der Menschen zu finden und sie auszunutzen. Und meine Schwäche? Ein attraktiver Mann, dem ich so wichtig bin, dass er Jahre seines Lebens – und seine *Frau* – für mich aufgab, noch bevor er mich überhaupt kannte. Ein Mann, der feinfühlig und witzig ist und zudem ein Held, sogar mit Muskeln. Ein Mann, der bereit ist, mit mir zusammen zu sterben, um die Welt zu retten. Der perfekte Köder für eine Dramaqueen wie mich.

Mein Herz bekommt Risse und Sprünge, weigert sich aber immer noch, es zu fassen. Es hört nun mal nicht auf Vernunft. »Aber, Psyche. Heute im Antiquitätengeschäft hätten sie uns fast erwischt. Wozu das, wenn sie alle unter einer Decke stecken?«

Sie zuckt mit den Schultern. »Vielleicht wissen sie, dass

ich es jetzt weiß. Vielleicht wollten sie zu Plan B übergehen und dich gegen deinen Willen da runterzwingen.«

Ich denke daran, wie Dan schlappmachte, als wir uns vor Clive verstecken mussten. An die »Vision« genau im richtigen Moment, die fast dazu geführt hätte, dass Clive uns doch noch entdeckte. Und über die Dan danach kein Wort verloren hat. Vielleicht weil es sie nie gab? Dann fällt mir ein, wie er mich davon abbrachte, Psyche anzurufen, und mein Herz wird geradezu zerrieben.

»Ich kann einfach nicht glauben, dass er mir so was antun würde«, sage ich – und da, endlich, geht mein Scheidungsphrasen-Alarm los. Wie viele Male habe ich diesen Satz in meinem Büro gehört? Dutzende. Hunderte. All diese Leute, die auch glaubten, ihre Beziehung sei wahr und echt. Weil sie es glauben *wollten*. Und der Wille ist mächtig. Wenn man etwas nur stark genug will, verbiegt man die Tatsachen so lange, bis man es hat.

Trotzdem kann etwas in mir noch nicht von der Nähe zwischen uns beiden, die ich gerade erlebt habe, lassen. Ich atme noch einmal tief durch und versuche meine Gedanken zu ordnen. Mit kühlem Blick lasse ich die Ereignisse der letzten vierundzwanzig Stunden Revue passieren und sehe, was die Anwältin in mir sehen würde: Dan, der mir ein Kompliment macht und gleich darauf wieder auf Abstand geht, indem er sich in den Lehnstuhl setzt. Das klassische Schema: Vorstoß, dann Rückzug. Dan, wie er mich betrunken macht, sich mir scheinbar öffnet, sich dann zurückzieht, mich in seinem Netz zappeln lässt, damit *ich* den nächsten Schritt mache. Dan, der mich lenkt wie eine Marionette; ich ahnungslos und willfährig. Er mit der Macht auf seiner Seite, ich passiv und schwach.

Genau mein Typ. Wie leicht es war, mich zu manipulieren.

Ich blicke zu den dunklen Fenstern der Wohnung hoch, in der Dan betäubt schlummert.

»Ich dachte, er gehört zu den Guten«, sage ich mit kalter, harter Stimme, die ich kaum als meine erkenne.

»Manchmal ist es schwer, die Guten von den Bösen zu unterscheiden.« Psyche hält inne. »Jetzt muss ich nur noch eines wissen.« Plötzlich packt sie mich an beiden Armen, drückt mich gegen die Schuppenwand, ihr Unterarm presst sich hart gegen meine Kehle. »Haben sie dich auch schon am Haken?«

»Himmel, nein, Psyche!«, keuche ich. »Ich schwöre dir, ich hab nichts mit Anteros zu schaffen!«

Sie lockert ihren Griff nicht. »Ich muss sicher sein. In diesem Spiel kann man wirklich niemandem trauen.«

Ich versuche mich minimal zu bewegen, damit ihr Gewicht mir nicht den Kehlkopf eindrückt. »Warum sollte ich Anteros helfen wollen, die Menschen zu quälen?« Ich kann kaum noch krächzen.

Sie zuckt mit den Schultern. »Aus denselben Gründen wie dein Loverboy. Macht. Geld. Rache. Liebe.« Sie starrt mich mit dunklen Sturmaugen an. »Irgendwas gibt es immer, Frida, was das Herz sich wünscht. Wofür ein Mensch alles tun würde. Anteros ist ein Meister darin, diesen Wunsch zu entdecken.« Aber ihr Griff wird etwas weniger fest.

»Psyche«, sage ich so beschwichtigend wie möglich, »Geld und Macht hatte ich schon vorher – na ja, zumindest ein bisschen. Und Rache an der Menschheit brauche ich nicht. Ich habe einen prima Job, in dem ich den Leuten helfe, Rache an anderen zu nehmen, das reicht mir völlig. Und was Liebe betrifft …« Wieder denke ich an Dan – den Dan, den es gar nicht gibt –, und in dem Zorn, der in mir auflodert und der hauptsächlich gegen mich selbst gerichtet ist, wird auch das letzte bisschen Hoffnung in mir zu Asche. »Sagen wir es so, die habe ich gerade endgültig abgeschrieben.«

Sie schaut mir tief in die Augen, und wieder ist mir, als versuchte sie in meiner Seele zu lesen. Dann entspannt sich ihr Griff, und sie tritt einen Schritt zurück.

»Okay. Es tut mir leid. Das hat mich nur ziemlich aufgeregt – dass Anteros mich in meinem eigenen Haus bespitzelt. Das heißt, ich muss wieder mal umziehen.« Sie schüttelt den Kopf. »Du weißt nicht, wie schwer das ist. Immer auf der Flucht zu sein.«

Ich bin völlig geknickt. Wie konnte ich so naiv sein? Ich reibe mir den Hals. »Es tut mir so leid, Psyche. Was soll ich jetzt tun?«

Sie hebt die Schultern. »Lass es sein. Tauch unter. Ich kann dir einen Schutzzauber geben. Er hält zwar nur noch einen Monat, aber in der Zeit kannst du dir ein Versteck suchen, dein Äußeres verändern.«

Es sein lassen. Noch vor wenigen Stunden war das alles, was ich wollte. Jetzt frage ich mich, wie mein Leben dann aussehen wird. Immer auf der Hut sein. Niemals in Sicherheit. Wissen, dass Anteros nicht ruhen wird, bis er mich gefunden hat. Und wie Psyche selbst gesagt hat: NeoStar ist überall. Wo könnte ich mich verstecken?

»Natürlich«, sagt sie, als könnte sie meine Gedanken lesen, »würdest du ihm damit in die Hände spielen, denn ohne dich gäbe es niemanden mehr, der sich ihm in den

Weg stellt. Und ein Leben auf der Flucht vor Anteros und NeoStar ist kein Zuckerschlecken, das kannst du mir glauben.«

Ich nicke. »Andererseits, was habe ich für eine Wahl?«

Sie zündet sich noch eine Zigarette an. Ein paar Minuten stehen wir schweigend da. Ich denke an Dan, der selig bedröhnt oben liegt. Wird auch er womöglich nur manipuliert? Aber im Grunde meines Herzens weiß ich, dass Psyche recht hat. Ich habe es zu oft mit eigenen Augen gesehen. Die Heiratsschwindler. Wie viele Unschuldige fallen auf gespielte Leidenschaft herein, nur um dann mit Entsetzen festzustellen, dass der Mann oder die Frau, denen sie verfallen sind, bloß ein Konstrukt war, eigens dazu erschaffen, sie schwach zu machen und ihnen dann etwas Wertvolles zu rauben. Geld. Loyalität. Vertrauen.

Einen magischen Pfeil.

Je mehr ich darüber nachdenke, wie Anteros und Dan mich zur Marionette gemacht haben, desto wütender werde ich.

»Psyche, weißt du, wie man an das Pulver kommt, mit dem der Pfeil zerstört werden muss?« Denn dasjenige, das Dan heute »besorgt« hat, kann ich vergessen. Das existiert nicht, so viel ist mir klar.

Sie mustert mich zurückhaltend. »Ich glaube schon.«

»Dann lasse ich es nicht sein.«

Als sie meinen Gesichtsausdruck sieht, lacht sie auf. »Was? Du willst es allein machen?«

»Nicht allein, wenn du weiterhin bereit bist, mich zu führen. Und ich bin die Nachfahrin eines Gottes – zumindest erzählen mir das ständig alle. Zu irgendwas muss das doch gut sein. Und überhaupt ist es *mir* bestimmt, den

Pfeil zu finden. Nicht Dan. Ich kann das. Wenn du mir hilfst.« Ich blicke sie fest an. »Psyche, wir müssen diesen Mistkerlen zeigen, dass sie nicht bis in alle Ewigkeit mit uns spielen können. Dass wir selbst die Kontrolle übernehmen können.«

Psyche scheint unschlüssig. »Ich würde dich gern davon abbringen«, sagt sie. »Aber in einem stimme ich dir zu. Anteros wird weitermachen bis in alle Ewigkeit – außer du hältst ihn auf.«

»Dann tue ich das.«

Sie beißt sich auf die Lippe. »Wir müssen sofort handeln. Ich habe hier einen Schutzzauber aktiviert, deshalb können sie uns jetzt nicht sehen. Aber sobald Dan aufwacht, wird ihnen schnell klar werden, was los ist.«

»Wie lange wirkt dein Betäubungsmittel?«

Sie schaut auf die Uhr. »Es ist jetzt zwei. Die Dosis sollte bis um zehn anhalten.«

»Acht Stunden. Meinst du, das reicht?«

Sie nickt. »Das dürfte üppig reichen.«

Ich stehe da, die Arme um mich geschlungen, und blicke zum Mond auf. Ich werde allein in die Unterwelt gehen. Wahrscheinlich werde ich sterben. Fast hätten sie es geschafft, mich für dumm zu verkaufen. Was für eine Idiotin ich bin. Was für eine blöde, lenkbare Sterbliche.

Aber immerhin habe ich jetzt begriffen, wie dieses Spiel läuft. Es besteht aus Manipulation, List, Psychologie. Nun, in diesem Spiel habe auch ich Erfahrung. Da kann ich es mit den Besten aufnehmen.

Doch mein Herz ist schwer, als ich mich in die Wohnung hinaufschleiche. An Dans Tür lausche ich, aber natürlich schläft er ahnungslos. Ich husche in mein Zimmer und ziehe frische Unterwäsche an, darüber das Spezialeinheit-Outfit. Ziehe den Reißverschluss des schwarzen Hoodie ganz hoch. Schwarze Socken, schwarze Turnschuhe, schwarzer Rucksack. Dann betrachte ich mich im Spiegel. Noch vor ein paar Stunden lag auf meinem Gesicht ein frisch verliebter rosiger Hauch. Jetzt ist in meinen Augen ein harter Ausdruck. Ein resignierter Zynismus. Ich binde mir die Haare straff zurück und schiebe den Unterkiefer vor. Okay, ich wurde reingelegt. Na und? Ich brauche Dan nicht. Ich komme auch allein zurecht.

Die Ausrüstung stopfe ich in den Rucksack, das Handy, das Dan mir gegeben hat, lasse ich auf dem Bett liegen. Das wird garantiert auch überwacht. Wenn er es findet, wird es zu spät sein. Dann schleiche ich mich leise aus der Wohnung.

Psyche erwartet mich vor der Seitentür des Cafés, die auf eine Nebenstraße hinausgeht; so ziehen wir weniger Aufmerksamkeit auf uns.

Als ich dort ankomme, beginne ich zu zittern.

»Reiß dich zusammen«, sagt Psyche, als sie meine verstörte Miene bemerkt. »Ich bin bei dir. Du kannst das.«

Ich hole tief Atem. »Okay.«

»Na also. Hast du die Ausrüstung?«

Stück für Stück nehme ich die Sachen aus dem Rucksack. Den Plastikbeutel mit den honiggetränkten Gerstenkuchen und die Münzen stecke ich in die Hosentaschen. Die Taschenlampe hänge ich mir um den Hals. Das Funkgerät kommt an meinen Gürtel, der Ohrclip in mein Ohr. Psyche gebe ich das andere Funkgerät, und wir testen die Verbindung.

Sie nickt. »Sehr gut. Du bist fast fertig.« Damit reicht sie mir eine kleine Dose. Auf meinen fragenden Blick sagt sie: »Wenn du dort bist, verstehst du schon.« Dann greift sie in ihre Gesäßtasche und holt zwei schwarze Kieselsteine heraus. Vor meinen Augen wandelt sich ihre Farbe: zu Blau, Lila, Weiß, Grau, dann wieder zu Schwarz. »Wenn du einen davon vor eine beliebige Türöffnung wirfst, wird diese zu einem Tor in die Unterwelt – oder wieder heraus. Klar?«

»Ja.« Ich nehme sie und verstaue einen davon sicher in einer winzigen Tasche auf meinem Oberschenkel. Der andere liegt kühl in meiner Hand.

»Bereit?«

O Gott. Nein. Mir dreht sich der Magen um. »Psyche, ich weiß nicht …«

Sie legt mir die Hand auf den Arm. »Ich werde die ganze Zeit mit dir in Kontakt sein, Frida. Beschreib mir einfach alles, was du siehst, ich führe dich.«

»Okay.«

Unsere Blicke treffen sich. Plötzlich kommt eine seltsame Ruhe über mich. Ich *kann* das. Wenn Psyche das konnte, so jung und verängstigt wie sie damals war, dann kann ich das auch. Ich darf es nicht länger hinauszögern. Ich drehe mich zur Cafétür um, unter deren abblätternder blauer Farbe das aufgetriebene, rissige Holz zum Vorschein kommt.

»Ich bin bereit«, sage ich und werfe den Stein davor.

Gespannt beobachte ich die Tür. Einen Moment lang passiert gar nichts, und ich verspüre unendliche Erleichterung – wir haben's versucht, hat leider nicht geklappt, vielleicht ist weglaufen doch die beste Lösung –, dann sehe ich es. Die Luft vor mir verändert sich, als fingen die Atome an zu tanzen. Die Cafétür schillert, ein Kaleidoskop, das sich zu einer neuen Realität zusammensetzt. Ich starre dorthin, wo sie gerade noch war. Jetzt ist da keine Tür mehr. Jetzt ist es ein finsterer Höhleneingang.

»Viel Glück«, sagt Psyche.

Ich schalte die Taschenlampe ein. Mein Blick klebt an ihrem dünnen Lichtstrahl, der sich in die Finsternis bohrt. Dann tue ich einen Schritt vor und betrete die Unterwelt.

23

Ich befinde mich in einem langen, pechschwarzen Tunnel. Die Taschenlampe vor mir auf den Boden gerichtet, gehe ich los. In der völligen Finsternis kommt mir das Licht sehr schwach vor.

»Psyche?«, sage ich. Meine Stimme zittert leicht und hallt von den Wänden wider; sie klingt überhaupt nicht wie ich. »Kannst du mich hören? Psyche?« In meinem Ohr knistert es und beginnt dann zu rauschen. Mein Herz hämmert so laut, dass ich es in der Stille hören kann. Wenn das mit den Funkgeräten nun doch nicht klappt? Wenn ich hier unten allein festsitze? Ich habe zwar den anderen Kieselstein, aber dafür brauche ich eine Türöffnung, und alles, was ich momentan sehe, ist massiver schwarzer Stein. »Psyche? Bitte, Psyche, bitte«, flehe ich unverstellt.

Noch ein Knistern. »Frida?«

Erleichterung durchschießt mich. »Ja!«, rufe ich lachend vor Freude. »Ich bin's, ich bin hier!«

»Sehr gut.« Auch Psyche klingt erleichtert. »Was siehst du?«

»Nur Stein und Schwärze. Ich bin in einem Tunnel.«

»Okay. Geh weiter. Pass auf, wohin du trittst. Leuchte dir mit der Taschenlampe. Du brauchst jetzt nichts mehr zu sagen, bis du Wasser siehst.«

Ich tue wie befohlen. Nach ein paar Minuten scheint sich die Finsternis auf einen Schlag zu vertiefen. In meinem Licht blitzt etwas auf, was sich bewegt. Ich halte an und lasse den Schein der Lampe darübergleiten. Wasser.

»Vor mir ist ein Fluss«, sage ich.

»Hörst du etwas?«

Ich bleibe ganz still und lausche. »Nein, nichts.«

»Hör genauer hin.«

Ich lausche wieder. Und da höre ich es, das leise *schhh, schhh* eintauchender Ruderblätter.

»Ein Boot.«

Psyche holt scharf Luft. »Steck dir eine Münze in den Mund.«

Ich gehorche und verziehe das Gesicht wegen des schmierig-metallischen Geschmacks.

»Schalte die Taschenlampe aus. Du brauchst sie nicht; das Boot ist erleuchtet.«

»Okay«, flüstere ich, etwas gedämpft wegen der Münze.

»Frida, hör zu. Wenn Charon das Boot anlandet, geh auf ihn zu, aber sag kein Wort. Versuch auch nicht, ihm ins Gesicht zu sehen. Steig einfach ins Boot, und egal was passiert oder was du siehst, gib keinen Laut von dir. Du bist tot. Das wird Charon jedenfalls glauben – aber nur, solange du nichts sagst.«

»Okay«, flüstere ich wieder.

»Gib mir Bescheid, wenn du wieder aus dem Boot gestiegen bist; aber bis dahin kein Wort! Ich bin bei dir.«

Ich hätte ihr ohnehin nichts antworten können – meine Kehle ist wie zugefroren. Knarrend und ächzend nähert sich das Boot. Es ist riesig und sieht so alt aus wie die Götter selbst. Und dann schlägt mir das Herz bis zum Hals, weil im Schatten zwischen den Bootslampen Charons geisterhafte Gestalt sichtbar wird.

Er trägt ein zerrissenes, schmutziges Gewand mit tiefer Kapuze, unter der kein Gesicht zu sehen ist. Mit einem riesigen doppelseitigen Paddel durchpflügt er stetig das Wasser, und das Boot kommt ächzend näher. Ich stehe dicht am Ufer und gebe mir alle Mühe, auszusehen wie eine verlorene Seele, während Charon das Boot mit einem kräftigen Paddelschlag auf den Sand treibt. Mit allen Fasern drängt es mich zu fliehen – Selbsterhaltungstrieb, biologische Instinkte, das Natürlichste der Welt, aber ich kämpfe mit aller Macht dagegen an. Ich starre stur geradeaus. Versuche vorzutreten, aber meine Füße bewegen sich nicht. Charon richtet seinen grauenvoll leeren Blick auf mich, ich kann mich gerade noch beherrschen, nicht zurückzuzucken. Ich richte die Augen ins Nirgendwo und zwinge mich, in das monströse Boot zu steigen.

Nicht hinschauen. Nicht hinschauen, rezitiere ich innerlich wie ein Mantra, während Charon die schmutzige Hand nach mir ausstreckt. Mit Mühe bleibe ich unbeweglich stehen. Seine ekelhaften Finger, an denen jahrhundertealte Spuren von Tod und Verwesung kleben, bewegen sich auf mich zu wie Spinnenbeine, und dann sind sie in meinem Mund, zwingen ihn auf, tasten darin herum, finden endlich, nach einer scheinbaren Ewigkeit, die Münze und ziehen sie heraus.

Am liebsten würde ich mir jetzt einen ganzen Tag lang die Zähne putzen. Und eine glühend heiße Dusche nehmen. Ich wäre gern überall, nur nicht hier, ich will, dass das nur ein langer, grässlicher Albtraum ist. Ich will, ich will … Aber das Einzige, was mir übrigbleibt, ist, mich nicht zu bewegen und zu versuchen, nicht zu schreien.

Halt aus, sage ich mir. Sei tapfer. Sei stark. Sei eine Heldin.

Plötzlich starrt Charon mich an, als könne er meine Gedanken spüren. Ich lasse meinen Blick so leer werden wie sein nicht vorhandenes Gesicht, und nach einigen schrecklichen Sekunden, in denen ich starr vor Angst dastehe und den Atem anhalte, dreht er sich um, taucht sein Paddel tief ins Wasser und steuert das andere Ufer des Flusses an.

Langsam und unhörbar atme ich aus. Auf dem Boden des Bootes steht Wasser, das aus Dutzenden winziger Lecks eindringt. Es stinkt nach Tod – der Geruch ist eine Mischung aus nassem Hund, verbranntem Haar und Exkrementen. Auch gut zu wissen.

»Frida«, haucht Psyche, »du machst das großartig. Ich kann ganz leise das verdammte Boot hören. Ich weiß, es ist scheußlich. *Er* ist scheußlich. Aber bald ist es vorbei. Verhalte dich nur weiter wie bisher.«

Ich sitze unbeweglich da. Ich warte und versuche fröhliche Gedanken zu denken. Unversehens trägt meine Erinnerung mich an einen Ort namens Happy Valley, wo mein Vater mit mir als Kind manchmal spazieren ging. Nur er und ich – meine Mutter war nicht gern an der frischen Luft, weil sie allergisch gegen alles Mögliche war. Wir wanderten durch den verwilderten Wald, er sagte mir, wie die Pflanzen und Bäume und Vögel und Insekten hießen, und zum Schluss kehrten wir in dem Café am anderen Ende ein und tranken einen Milchshake. Damals war ich glücklich. Ich weiß noch, wie sich das anfühlte. Wie lange ist es her, dass ich wirklich glücklich war?

Ein scharfer Ruck reißt mich zurück in die Gegenwart. Das Boot schwankt und kommt zum Halten. Ich zähle die Sekunden. Nach einer Minute, als ich sicher bin, dass wir unser Ziel erreicht haben, stehe ich auf. So geisterartig wie möglich steige ich aus dem Boot und bleibe am Ufer stehen, völlig reglos, bis ich höre, wie das schaurige, kummervolle Knarren und Ächzen sich weiter und weiter entfernt. Wenn ich das hier überlebe, werde ich dieses Ächzen in meinen Träumen hören, das weiß ich jetzt schon.

Die Geräusche des Bootes werden leiser. Wieder zähle ich die Sekunden. Nach sieben Minuten knie ich mich hin, beuge mich vor und spucke aus, bis ich keine Spucke mehr habe. Dann wische ich mir die Zunge am Ärmel ab.

Im Funkgerät knistert es. »Eklig, nicht wahr? Nimm dir ein Pfefferminzbonbon.«

Ich erinnere mich an die kleine Dose. »Oh, wie herrlich!« Und stecke mir gleich drei in den Mund.

»Was siehst du?«

Ich leuchte mit der Taschenlampe. »Schwarz. Felsen. Eigentlich nur schwarze Felsen.«

»Gut. Geh nach links, immer am Fluss entlang. Und Frida? Sei auf alles gefasst. Täuschungen, Stimmen, alle möglichen Tricks, damit du anhältst. Aber du darfst nicht anhalten, unter keinen Umständen, klar?«

»Verstanden.«

Ich gehe los. Noch nie habe ich etwas erlebt, was dieser Finsternis nahekommt. Sie ist wie etwas Greifbares, das schwer auf mir lastet. Der schmale Taschenlampenstrahl ist machtlos gegen diese Last und gegen den Eindruck, dass die Schwärze mich schlucken will, mich auslöschen. Einmal rutsche ich aus, stolpere heftig vorwärts, schlage fast der Länge nach hin.

»Was ist passiert?«

Ich beuge mich vor, die Hände auf die Knie gestützt, versuche meine panischen Atemzüge zu bändigen. »Alles okay. Bin nur ausgerutscht.«

»Sei vorsichtig.«

Ich richte mich wieder auf und konzentriere mich ganz darauf, einen Schritt nach dem anderen zu tun. Die öligen Fluten des Styx sehen aus wie Sirup. Dann bleibe ich stehen.

»Ich höre was.«

»Das ist die erste Prüfung«, sagt Psyche ruhig. »Sprich kein Wort, egal was er sagt.«

»Wer er?«, frage ich scharf.

Da wird in der Finsternis vor mir eine schlurfende Gestalt erkennbar.

24

Der Mann ist entsetzlich mager und zieht ein Bein nach. Er führt einen noch ausgemergelteren Esel hinter sich her, der mit Holz beladen ist, das sicher ebenso viel wiegt wie er selbst und dessen Augen fast aus den Höhlen treten. Der Blick des Mannes indessen ist unstet, verwirrt, flitzt irr durch die Gegend, dann richtet er sich auf mich.

»Hallo«, sagt der Mann mit bebender Stimme. »Hallo, gute Frau?«

»In Deckung«, rät Psyche.

Aber der Mann nimmt die ganze Breite des schmalen Pfads neben dem Fluss ein; auszuweichen ist unmöglich. Die Augen des Esels sind blutunterlaufen und wimmeln von Fliegen. Der Mann ist voller eitriger Wunden. Als er herankommt, dringt mir der faulige Gestank der beiden in die Nase.

»Ah«, sagt der Mann. »Ich habe mich verirrt. Weißt du, wo es zum Markt geht?«

Ich will mich ganz still verhalten, aber halb aus Instinkt, halb aus Ekel schüttelt sich mein Kopf. Bevor ich hier herunterkam, wusste ich nicht, dass mein Körper seine eigenen Regeln hat.

Der Mann packt mich am Arm. Mir kommt es vor, als schrumpfe meine Haut unter der verseuchten Berührung.

»Es ist so dunkel hier«, stöhnt der Mann. Aus dieser Nähe sehe ich, dass sich etwas unter seiner Haut bewegt, und mein Magen dreht sich um und um, bis ich sicher bin, dass ich gleich alles, was darin ist, nach draußen befördern werde.

»Mir ist kalt«, sagt der Mann. »Ich bin so müde. Mein Bein ist verletzt. Weißt du, wo es zum Markt geht?«

Mein Blick huscht zum Bein des Mannes. Darin ist eine klaffende Wunde, tief bis auf den Knochen, der freiliegt und fettig im Taschenlampenlicht glänzt.

»Willst du mir nicht helfen? Bitte hilf mir. Ich bin verletzt.«

Mich überkommt überwältigende Verzweiflung. Ich versuche dem Mann meinen Arm zu entziehen. Er hat nicht begriffen, dass er schon tot ist. Ich muss es ihm sagen; wie lange wird er sonst noch durch diese höllischen Felsengänge irren?

»Nichts sagen!«, holt mich Psyches warnende Stimme zurück. Ich erinnere mich, dass ich schweigen muss. Das ist ein Trick. Eine Falle. Der Mann zieht mich wieder am Ärmel. Meine Augen füllen sich mit Tränen, aber ich weigere mich, ihn anzusehen. Ich starre auf den feuchten Boden.

»Es ist so kalt«, sagt der Mann wieder, lässt aber meinen Ärmel los, und der Sog der Verzweiflung lässt etwas nach. »Es ist so dunkel und kalt, und ich bin so fern von zu Hause.« Da bricht die Bewegung unter seiner Haut nach außen durch – es sind Hunderte von Maden, die ihn von innen her auffressen.

Ich beiße mir in die Faust, um nicht aufzuschreien. Der Mann schlurft weiter, zieht an der Leine, und sein Esel folgt ihm. Noch immer höre ich ihn im Weitergehen vor sich hinmurmeln, es sei so kalt, er sei so weit fort von zu Hause. Zitternd und bebend schlinge ich die Arme um mich.

»Ist er weg?«, fragt Psyche.

»Ja«, gebe ich kaum hörbar zurück.

»Dann geh weiter. Du musst noch ziemlich weit.«

»Nur einen Moment.«

»Geh weiter.«

»Psyche, dieser Mann war dabei zu sterben!«, stoße ich hervor. »Er war schon tot, aber trotzdem starb er noch mal, wie kann ich da einfach …«

»Denk nicht mehr darüber nach. Verbanne es aus deinem Gedächtnis. Du hast das nie gesehen, es ist nie passiert. Geh weiter.«

Mir bleibt nichts anderes übrig. Ich gehe weiter, den träge dahinfließenden Fluss an meiner Seite. Jetzt bin ich dankbar für ihn, egal wie eklig und faulig er ist. Wasser ist Leben, oder? Ich bestehe aus Wasser. Es ist eine Verbindung zur Erde.

Plötzlich höre ich ein Klatschen, als ob ein großer Fisch springt. Ich bleibe stehen. Noch ein Klatschen in dem schwarzen Wasser, dann Stille.

»Psyche?«

»Ja, Frida?«

»Da ist was im Wasser.«

»Das ist die zweite Prüfung. Nicht beirren lassen.«

Eine Weile scheint nichts weiter zu passieren. Doch dann beginnt vor meinen entsetzten Augen das Wasser zu wogen und Blasen zu schlagen, und dann taucht aus der brodelnden Brühe ein Kopf auf. Das Gesicht ist vom Wasser aufgedunsen, rissig und bleich, aber die Augen blicken lebendig.

Trotz ihrer entstellten Züge erkenne ich sie sofort.

Bryony.

»Frida, hilf mir. Rette mich!« Sie reckt mir die Hand entgegen, weiß wie ein Fischbauch. Ihr offenes Haar treibt ihr wie Seetang um den Kopf. Ein kleiner, wie abgetrennter Teil meines Gehirns bemerkt, dass sie roten Nagellack trägt. Es muss Weihnachten sein.

»Bitte, Frida«, keucht die tote (o Gott, sie kann doch nicht tot sein) Bryony; eine Welle klatscht ihr in den offenen Mund. »Hilf mir hier raus, Frida. Ich ertrinke.«

Es ist grauenhaft. Ihre Augen in diesem schrecklichen Gesicht sind lebendig, leuchten voller Hoffnung. Ich beginne am ganzen Leib zu zittern. Das ist meine Schuld! Anteros hat Bryony getötet, und jetzt ist sie hier in der Unterwelt und ertrinkt in diesem ekelhaften Wasser.

»Frida!«, fleht Bryony. »Bitte! Hilf mir! Hilfe!« Ihr Arm reckt sich aus dem Wasser, weiter als es möglich sein dürfte, wie ein knorriger Ast. Wie in Trance strecke ich meinen eigenen aus, um ihre Hand zu packen. Ihre Finger sind nur noch Zentimeter von meinen entfernt, fast berühren sich unsere Fingerspitzen, ich –

»Das ist nicht deine Freundin«, sagt Psyche in meinem Ohr. Ganz ruhig, ohne jede Panik. Etwas in mir rückt sich zurecht, wie ein unterbrochener, plötzlich wieder funktionierender Kreislauf. Ich kneife die Augen zusammen und schaue Bryony an, sehe sie jetzt richtig – und ziehe mit einem Aufschrei des Ekels die Hand zurück. Die Frau im Wasser hat schwarze, tote Augen und ein Fischmaul mit nadelspitzen Zähnen, das weit offen klafft, bereit, mich zu verschlingen; das Rot stammt nicht von Nagellack, sondern daher, dass ihre Finger blutige Stümpfe sind. Es ist nicht Bryony, es ist der Fluss selbst, der nach mir giert.

Der Flussgeist heult auf, kreischt seine Wut heraus, und die Fluten des Styx schlagen über ihm zusammen.

Ich atme schwer: ein, aus, ein, aus.

»Frida? Alles okay?«

»Ich bin noch da«, keuche ich mühsam. Das ist nicht dasselbe, aber es muss reichen.

»Gut.« In diesem einen Wort liegt große Wärme. »Jetzt musst du –«

»Ich weiß. Weitergehen.«

Der Fluss verschwindet unter einer Felswand. Wie riesig ist diese Höhle eigentlich? Unnatürlich riesig. Aber das hier ist nicht die echte Welt, hier herrschen andere Regeln. Ich wünsche mir, dass jetzt alles so bleibt, wie es ist, aber schon Momente später sehe ich ein Stück voraus schattenhafte Gestalten. Und höre Singen.

»Hörst du das?«, frage ich Psyche.

»Ja. Das ist die dritte Prüfung. Frida, sei auf der Hut!«

»Schon okay. Ich weiß. Die sind auch nicht echt.« Ich gehe weiter. Verdammte Unterwelt. Aber diesmal falle ich nicht drauf rein.

Vor mir, mitten auf dem Pfad, sitzt eine Gruppe von Frauen. Sie weben. Ich habe keine Wahl, als mich zwischen ihnen hindurchzuschlängeln. Ich senke den Kopf: Ich werde nicht hinschauen. Egal, was passiert, ich werde nicht hinschauen.

»Ah, meine Liebe! Wir haben auf dich gewartet.«

Ich sage nichts. Sie riechen nach Talkumpuder, alten

Frauen und noch etwas. Etwas Metallischem, wie der Münze in meinem Mund …

»Willst du nicht anhalten und deine Kleine sehen?«

Ich erstarre – und schaue auf. Grauen breitet sich in mir aus. Ich stehe mitten in ihrem Kreis. Aber nicht allein. Neben mir steht noch etwas. Eine Wiege.

»Komm, schau sie dir an«, sagt eine der Frauen und lächelt. Statt Zähnen hat sie schwarze Lücken. »Sie ist eine ganz Süße.«

»Frida«, sagt Psyche drängend, »geh weiter.«

»Hast du gedacht, du hättest sie verloren?«, fragt eine andere Frau mit apfelroten Wangen und gemütlicher Figur in Strickjacke und Tweedrock. »O nein, du hast sie nie verloren. Sie hat die ganze Zeit hier auf dich gewartet.«

»Wirklich?«, flüstere ich.

»Frida«, sagt Psyche mit Panik in der Stimme. »Das ist nicht echt. Die nehmen das alles aus deinem Unbewussten.«

In der Wiege bewegt sich etwas, stößt ein leises Glucksen aus. Eine winzige Hand öffnet und schließt sich.

Ich mache einen Schritt darauf zu.

»Frida, geh weiter!«

Langsam hebe ich die Hand und nehme den Ohrclip heraus.

25

Ich trete an die Wiege. Schiebe die Decken weg, und da liegt sie, klein und rosa und pummelig.

»Willst du sie in den Arm nehmen?«, fragt eine der Weberinnen. »Sie hat so lange auf ihre Mama gewartet. Nimm sie! Streichle sie. Es ist deine Kleine, du hast sie nie verloren. Sie war immer hier.«

Ich kann meinen Blick nicht von dem Baby lösen. Ich weiß, das ist nicht mein Kind. Ich hatte nie ein Kind, nicht wirklich. Nur einen kleinen Zellhaufen, der eine Woche lang da war und dann nicht mehr. Dennoch – das hier ist das Kind, von dem ich mir vorgestellt hatte, dass Billy und ich es zusammen haben würden, und sie ist genau so, wie ich sie mir erträumt hatte: ein Mädchen mit meinem dunklen Haar, Billys blauen Augen und seinem bezaubernden Lächeln. Als ich ihn verlor, verlor ich auch jede Chance, dass es sie jemals geben würde.

Das Baby sieht aus unschuldigen blauen Augen zu mir auf. Eins seiner Händchen schließt und öffnet sich.

»Ja, meine Süße, alles ist gut«, sagt eine der Frauen. »Gleich wirst du in den Arm genommen, mein Kleines.«

Sie hat recht. Alles ist gut. Solange ich hier bleibe, wird alles gut sein.

Ich greife in die Wiege, lege die Hände um den winzigen Körper. Ich werde sie herausnehmen. Sie will nur im Arm gehalten werden. Geliebt werden.

Liebe.

Das Wort hallt in mir wider. War da nicht irgendwas? Etwas anderes, was ich tun sollte. Was war das gleich noch mal?

Ich schüttle den Kopf. Egal was, es kann nicht wichtig gewesen sein. Jetzt bin ich hier bei diesem kleinen Bündel Mensch – meinem Kind. Ich bin, wo ich sein sollte. Was soll es sonst noch geben?

Aber in mir ist immer noch dieses Wort.

Liebe.

Liebe.

Ihre winzige unschuldige Hand. Ich werde sie nur ganz kurz nehmen, sie ganz kurz ein bisschen knuddeln. Warum nicht?

Weil das wichtig war, oder? Ein Baby, so winzig wie dieses winzige, wichtige Wort.

Liebe.

Es donnert förmlich durch mich hindurch – nicht mit Psyches Stimme, nicht mit meiner eigenen, und erst recht nicht mit der dünnen, scharfen Stimme meiner Mutter. Es ist eine andere Stimme – eine weibliche Stimme voller Macht.

LIEBE –

Mit einem Ruck komme ich zu mir, blicke wild um mich, wie jemand, der soeben aus einem Albtraum erwacht ist. Aber im Gegenteil: der Albtraum ist das, was ich nun sehe. Die Frauen, die mir eben noch so warm und freundlich erschienen, sind nun runzlige Vetteln mit unendlich bösen Gesichtern. Ihre Webstühle bestehen aus dürren Stöcken, zwischen die Eingeweide gespannt sind. Ich kann kaum hinsehen – ich sollte gar nicht hinsehen. Aber mein Blick wird zu der Wiege gezogen.

Darin liegt eine tote Katze.

Ich verbeiße mir einen entsetzten Aufschrei. *Das ist ein Spiel. Ein krankes, bösartiges Spiel.* Aber die Weiber sind noch immer gefährlich. Sie wollen mich bei sich behalten. Plötzlich bin ich von ihnen umringt. Ich schlage heftig um mich, finde eine Lücke, reiße mich los. Und, scheiß aufs Weiter*gehen*, ich renne.

26

Ich renne und renne. Und weine, mein Gesicht ist nass von Schweiß und Rotz und Tränen, meine Brust schmerzt, droht zu zerspringen. Schließlich falle ich zu Boden, und erst da erinnere ich mich wieder an Psyche. Ich atme tief durch, fünfzigmal. Dann stecke ich den Ohrclip zurück an seinen Platz.

»Ich bin noch da«, sage ich. Meine Stimme klingt dumpf.

Zuerst ist Stille, so lange, dass ich schon denke, sie wäre weg, sie hätte mich aufgegeben.

Dann: »Alles okay?«

»Ja.« Nein, kein bisschen. Aber das wird vergehen.

»Ruh dich einen Moment aus.«

»Nein, mir geht's gut. Sag mir einfach, was ich jetzt tun muss.«

Weitergehen. Was sonst?

Die Minuten werden zu Stunden. Ich versuche eine Unterhaltung mit Psyche anzufangen, aber sie weigert sich; sie sagt, ich müsse jederzeit darauf vorbereitet sein, dass etwas passiert.

»Bist du sicher, dass ich auf dem richtigen Weg bin?«, frage ich in unregelmäßigen Abständen. »Bin ich nicht vielleicht falsch abgebogen?«

»In der Unterwelt gibt es keinen falschen Weg.«

Ich will schon eine sarkastische Bemerkung über mythische Klischees machen, da bleibe ich abrupt stehen und schnappe nach Luft.

»Was ist?«, fragt Psyche.

Weiter vorn höre ich ein Grollen – wie leisen Donner.

»Hol die Kuchen raus«, sagt Psyche grimmig.

Mit bebenden Händen wühle ich in meinen Taschen, bis ich sie finde.

»Jetzt musst du darauf zugehen.«

Ich mache einen Schritt vorwärts. Vor mir erhebt sich ein gigantischer Schatten. »Ich glaube, er schläft«, flüstere ich. »Er … sie … schnarchen.«

Ich mache noch zwei Schritte und lasse den Strahl der Lampe den Pfad entlanggleiten. Dort drüben – schwarzes verfilztes Fell mit ein, zwei … drei schnarchenden Schnauzen …

»Himmel hilf«, flüstere ich.

»Warum? Was passiert?«

Vorsichtig leuchte ich die drei monströsen Köpfe des Kerberos an. »Nichts. Sie schlafen. Ich habe nur nicht gedacht, dass sie so …« Ich starre die Klauen des Hundes an, jede so groß wie ein Grabstein.

»Groß sind? Ja, ich weiß. Ein Grund mehr, dich ungesehen vorbeizuschleichen. Und Frida? Ganz leise.«

Ach was. Darauf wäre ich jetzt gar nicht gekommen.

Ich hole noch einmal Luft und gehe langsam auf den Riesenhund zu. Zwei der Köpfe liegen schnarchend und schnaubend am Boden. Der dritte ist halb erhoben, die Augen leicht geöffnet, und döst mit tropfendem Maul vor sich hin. Über den hängenden Lefzen sehe ich zwei spitze, rasiermesserscharfe Zahnreihen. Was so ein Gebiss mit einem Menschen machen kann – und erst recht drei … Rasch verdränge ich den Gedanken. Wenn ich es unter diesem Kopf hindurchschaffe, komme ich hoffentlich an ihnen vorbei, ohne dass sie etwas merken.

Ich mache winzige, lautlose Schritte. Der Boden ist voller Vertiefungen, in denen schleimiges Wasser steht. Beim Übersteigen einer dieser Pfützen rutsche ich aus. Hastig strecke ich den Arm aus, um das Gleichgewicht zu halten, und hätte mich fast in das stinkende Fell des Hundes gekrallt – ich sehe mich schon lebhaft als kleinen Snack mit Fridageschmack vor mir –, ehe ich mich wieder fangen kann. Keuchend beuge ich mich vor. Das war knapp, verdammt knapp. Das klappt nie, das ist Wahnsinn.

»Ganz ruhig, Frida«, sagt Psyche. »Du hast es fast geschafft.«

Ich schüttle den Kopf, obwohl sie es ja nicht sehen kann. Der Hundekopf ist direkt über mir, so nahe, dass der Atem meinen Nacken streift. Ich gehe noch einen Schritt weiter, und noch einen – und plötzlich, wie durch ein Wunder, bin ich durch. Wie viele Jahre ist es her, dass ein lebender Mensch diese Grenze überschritten hat? Hunderte? Tausende? Und mir ist es gelungen! In mir wallt Adrenalin auf, während ich vorsichtig weitergehe, linker Fuß, rechter Fuß, links, rechts, dann bin ich wirklich an ihm vorbei, ich kann aufatmen, alles wird gut, und –

Da höre ich es. Oder besser: höre es nicht.

Kerberos hat aufgehört zu schnarchen.

Es ist wie in einem schlechten Horrorfilm. Ich sollte weglaufen, was sonst, aber wieder einmal gehorcht mein

Körper mir nicht, und statt zu rennen, schaue ich mich um. In meinem Magen formt sich ein Klumpen Furcht und droht mich zu ersticken. Denn ich blicke in drei Paar gelbe Augen. Riesige, wilde Augen. Hungrige Augen.

Scheiße.

Kerberos gibt ein dreifaches aufgeregtes Bellen von sich: *Wuff Wuff WUFF*! – da renne ich endlich los wie gestört, aber es ist zu spät, ich bin zu langsam, sie hetzen mir nach, alle drei Köpfe schnappen einer nach dem anderen nach mir: *Happ Happ HAPP*!

»Nicht wegrennen«, sagt Psyche – wie kann sie so ruhig klingen? »Wenn du wegrennst, zerreißen sie dich.«

»Ja?«, keuche ich im Sprint. »Super! Sonst Vorschläge?«

»Versteck dich. Versteck dich, oder du bist tot, tut mir leid, Frida.«

Im Rennen suche ich die Wände des Tunnels nach einem Versteck ab. Sie sind uneben und voller Vorsprünge, aber leider trotzdem zu glatt, um mir Schutz zu bieten.

Die Hunde sind jetzt hellwach und dicht hinter mir, und ich bin praktisch schon tot. Ihr Knurren ist unwahrscheinlich laut; die Höhle scheint davon zu beben. Als mir Hundesabber auf die Wange klatscht, reiße ich den Kopf nach rechts – und das Schnappen der Kiefer ertönt genau an der Stelle, wo eben noch mein Schädel war. Mein Haar ist pitschnass von Killermonsterschleim, und als ich aufschaue – o Gott.

Ich will nie wieder in diese Augen sehen. Dieser Hund ist tollwütig und tödlich. Das ist *Cujo* mal drei, und ich bin so, so tot.

Aber da sehe ich etwas – rasch blinzeln – ja, dort in der Höhlenwand ist ein Loch! Ohne einen bewussten Gedanken werfe ich mich hindurch. Pralle mit dem Kopf gegen etwas Scharfes, und mich umfängt gnädige Schwärze.

Als ich die Augen wieder öffne, starrt mich von außerhalb des Lochs ein riesiger Kopf an, der sich mit obszönem Enthusiasmus die Lefzen leckt.

»Frida?«, höre ich irgendwo eine winzige blecherne Stimme. Der Ohrclip ist mir herausgefallen. Ich hebe ihn auf. Er ist nass und etwas schleimig. Ich wische ihn an meiner Hose ab und stopfe ihn mir wieder ins Ohr.

»Psyche?«

Es knistert. »Gi … nen … k …chen.«

Ich schnalle das Funkgerät von meinem Gürtel los. Das grüne Licht flackert unstet. »Psyche, die Verbindung ist ganz schlecht. Oder ich habe eine Gehirnerschütterung. Oder beides. Kannst du das noch mal wiederholen?«

»KUCHEN!«, brüllt Psyche.

»Oh, ja, Kuchen, natürlich.« Vielleicht *habe* ich eine Gehirnerschütterung. Die hatte ich völlig vergessen. Ich taste meine Taschen ab. Nichts. Ich versuche keine Panik zu bekommen. Stülpe jede Tasche nach außen, was in der Enge des Lochs schwierig ist. Nichts. Mist! Dann fällt mir wieder ein, dass ich sie ja in der Hand gehalten hatte. Ich hebe die Taschenlampe auf, die zum Glück noch funktioniert, und leuchte in dem kleinen Spalt umher, in den ich mich gerettet habe. Der Hundekopf knurrt.

»Guter Hund«, sage ich. »Ich hab was für dich.«

Einen schrecklichen Moment lang denke ich, dass ich die Kuchen in meiner Panik vielleicht draußen verloren habe, aber dann glitzert etwas im Licht – der Plastikbeutel. Ich strecke den Arm aus und bekomme ihn zu fassen.

»Hab sie«, sage ich triumphierend. Zur Antwort knurren alle drei Hundeköpfe, tief und dröhnend.

»Musst ... alle ... damit ...«, verstehe ich durch die miese Verbindung.

»Was?«

»... drei, alle ... müssen ... sonst ... nzzz ...«

Ich kapiere. Ich muss alle drei Köpfe füttern, sonst. Was sonst? Das kann ich mir auch ohne Psyche denken. Sonst fressen mich die verbleibenden auf und verwenden meine Knochen als Zahnstocher.

Ich kämpfe mich auf die Knie. Sofort schnappt einer der Köpfe nach mir, in der nicht unbegründeten Hoffnung, einen Happen Frida-Tatar zu erwischen. Dann drängt sich ein identischer Kopf mit den gleichen trübgelben Augen davor. Doch dieser scheint wachsamer, intelligenter. Ich weiß nicht warum, aber der hier kommt mir wie der Rudelführer vor. Jedes Hunderudel hat einen Anführer, habe ich mal gelesen. Diese Hunde hier teilen sich zwar einen Körper, aber vielleicht verhalten sie sich ja trotzdem wie ein Rudel?

Ich nehme einen der Betäubungs-Honigkuchen heraus und werfe ihn vor den Einstieg meines Schlupflochs. Der Anführer schnuppert daran, schüttelt den gewaltigen Kopf und zieht ihn zurück. An seine Stelle tritt sofort einer der anderen Köpfe, beugt sich vor und schlingt den Kuchen hinunter, ohne auch nur mal probeweise daran zu lecken.

»Braves Hundchen«, sage ich. Einer wäre geschafft.

Ich werfe den zweiten Kuchen in den Tunnel. Der Anführer beobachtet mich mit zornentbranntem wildem Blick, weigert sich aber wiederum, den Kuchen anzurühren. Der zweite Nebenkopf ist etwas misstrauischer als der erste und schnuppert ein, zweimal prüfend daran – dann schnappt er zu, und weg ist der Kuchen.

Schon zwei. Das klappt besser, als ich erwartet hätte. Die mit Betäubungsmittel versetzten Kuchen sollten sie acht Stunden lang schlafen legen. *Wie Dan*, denke ich, schüttle den Gedanken an den hinterhältigen Mistkerl aber rasch ab. Mit dem letzten Kuchen schiebe ich mich näher an den Eingang, gerade noch außer Reichweite. Kerberos, Teil drei, reagiert sofort. Ich höre ihn schnaufen, in freudiger Erwartung, dass da gleich ein Häppchen Frischfleisch rauskommen wird, aber als ich den Kuchen an den Eingang lege und mit der Taschenlampe in seine Reichweite schiebe, schnuppert der letzte Kopf nur daran, dann noch einmal, und wendet sich ab.

Keine Chance.

Die beiden anderen Köpfe sehe ich nicht, aber ich höre, wie sich ihr Atem verlangsamt, nasal wird und sie leise zu schnarchen beginnen. Es wirkt!

Aber ich muss alle betäuben.

»Eigentlich ergibt das gar keinen Sinn«, sage ich laut. »Du blödes Viech hast doch nur ein Nervensystem.«

Der Hund knurrt.

Ich zucke mit den Schultern. Ich habe ja schon die Erfahrung gemacht, dass die irdischen Gesetze der Biologie an diesem Ort nicht gelten, es hat keinen Sinn, hier herumzudiskutieren. Ich überlege. Kerberos Alpha will keinen Kuchen. Er will frisches Fleisch. Meines. Ich starre ihn an. Er starrt zurück, weiter mit diesem tiefen Grollen in der Kehle. In seinen gelben Augen funkelt eine schreckliche Intelligenz. Und Hunger. Und ganz tief unten reiner

Wahnsinn. Dieses Monster wird nicht ruhen, bis es von mir gekostet hat.

Das bringt mich auf eine Idee.

Mit Hilfe der Schlaufe an meiner Taschenlampe ziehe ich den Kuchen zu mir zurück. Dann drehe ich mich mit dem Rücken zu dem Hund und schiebe den Kuchen in den Ärmel meines Hoodie. Das Vieh will mir nicht aus der Hand fressen, aber wenn es glaubt, es *sei* meine Hand …

Der Plan ist total lächerlich, nicht zuletzt, weil ich, wenn ich auch nur eine Millisekunde zu langsam bin, den Arm verlieren und in diesem, tja, Höllenloch grausam verbluten werde. Aber ich habe keine Wahl. Entweder er frisst den Kuchen, oder ich sterbe sowieso. Sei es, dass ich hier drin verhungere, sei es, dass ich zu fliehen versuche und gefressen werde. So sieht's aus.

Ich muss einfach schnell genug sein.

Zentimeterweise nähere ich mich dem riesigen knurrenden Kopf. Mein Herz hämmert in Protest. Von Kerberos geht eine ekelhaft stinkende, wilde Hitze aus, eine Art verseuchter Blutdurst.

Ich strecke die Hand aus. »Guter Hund.« Dabei mache ich eine tätschelnde Bewegung, die Finger um den Honigkuchen geschlossen. Ich glaube, ich habe so viel Angst, wie das überhaupt möglich ist, ohne dass man einen Herzinfarkt bekommt. Ich schaue dem Hund ins Gesicht und da höre ich wieder diese Frauenstimme – *LIEBE* – und ganz plötzlich bin ich ruhig.

Es passiert wie in Zeitlupe. Ich strecke die Hand nach Kerberos aus, dieser hebt den Kopf, die Zähne erfreut gefletscht, und genau im richtigen Moment werfe ich ihm den Kuchen zwischen die Kiefer und ziehe den Arm zurück. Die rasiermesserscharfen Reißzähne schrammen über meine Fingerknöchel, und meine Hand streift über die heißen, wabbeligen Lefzen. Ich werfe mich zurück und kauere mich mit hämmerndem Herzen ganz hinten zusammen.

Kerberos gibt ein gedämpftes, erstauntes *Wuff* von sich.

Ich betrachte meine Hand. Sie blutet. Na super – wenn ich hier lebend rauskomme, erledigt mich womöglich noch die Riesentollwut. Aber momentan ist mir das egal. Ich hab's geschafft!

Nun bin ich es, die abwartend beobachtet. Kerberos beäugt mich sauer: Ihm ist klar, dass da etwas nicht stimmt. Er hat sich Menschenfleisch erhofft, und stattdessen kriegt er Honigkuchen und muss früh ins Bett.

»Tja, du Bastard«, sage ich. »So wird der Jäger zum Gejagten.« Ein leichter Übermut hat mich erfasst. Vage ahne ich, dass ich wirklich eine Gehirnerschütterung habe. Gehirnerschütterung und Tollwut. Mann, Frida, du bist heute wirklich gut drauf. Ich lache auf, grell und ein bisschen irre. Kerberos' Augen weiten sich, ein wutentbranntes *GRRR*! entfährt ihm. Aber seine Pupillen fixieren mich nicht mehr, und reglos vor Spannung sehe ich, wie seine Augen sich tatsächlich nach oben verdrehen und das Weiße sichtbar wird.

Er wehrt sich dagegen. Er weiß, das habe ich ihm angetan, und wenn er das Glück hat, mich je wiederzusehen, habe ich keine schwanzwedelnde Begrüßung zu erwarten, aber schließlich gewinnt die Droge die Oberhand, und ganz langsam senkt sich der dritte Kopf.

Geschlagene zehn Minuten lang lausche ich dem dreifachen Schnarchen (*Chrrrr Chrrrr CHRRRRR*!), ehe ich mich bewege. Als ich mir ganz sicher bin, dass sie alle betäubt sind, nehme ich den Ohrclip heraus, wische ihn sorgfältig ab und stecke ihn mir wieder ins Ohr. Dann untersuche ich das Funkgerät. Dort blinkt ein rotes Licht – und wird dann stetig. »Psyche«, sage ich. »Psyche!« Aber sie ist weg. Das Funkgerät ist kaputt.

Ich bin auf mich allein gestellt.

Es hilft nichts. Ich muss wohl oder übel weitermachen. Ich krieche aus meinem Versteck, die Augen auf die drei schlummernden Monsterköpfe geheftet, dann hebe ich den Kopf, um zu sehen, was Kerberos eigentlich so scharf bewacht.

Der Anblick ist atemberaubend: ein glitzerndes, komplett mit Diamanten besetztes Tor, in der Mitte ein feuriger Ring, der lodert wie ein überirdisches Schmuckstück. Ich knipse die Lampe aus und trete näher, unfähig, dieser kalten Schönheit zu widerstehen. Es muss mit Hunderttausenden Juwelen geschmückt sein. Ich erwarte, dass es verschlossen ist, aber wozu braucht man ein Schloss, wenn man einen dreiköpfigen Hund hat? Ich öffne das Tor einen Spalt und spähe hindurch. Hinter dem juwelenbesetzten Eingang liegt ein weites Feld voller leuchtendroter Blumen. Mohn. Das muss Persephones Garten sein. Dahinter erhebt sich aus der Dunkelheit ein schwarzer Palast.

»Psyche?«, versuche ich es ein letztes Mal. Nichts als Rauschen.

Traue ich mir das zu?, frage ich mich. Allein? Mutterseelenallein?

Dann denke ich an Anteros, daran, was er mir angetan hat, was er uns allen antun will. Und an Dan, diesen elenden Schwindler, der auch nur alles nehmen will, was er kriegen kann. Und ich denke daran, dass ich gerade einen dreiköpfigen Hund besiegt habe.

Ja. Ich traue mir das zu. Und, noch mal ja: Ich werde es schaffen.

27

Mit knirschenden Schritten gehe ich einen Weg aus Asche entlang. Die Blumen mit den roten Köpfen und den schwarzen Herzen nicken mir irgendwie unheimlich in einer nicht vorhandenen Brise zu.

Vor den Blumen hat Psyche mich gewarnt. Ich werde sie nicht beachten. Ich werde einfach stur auf diesem Ascheweg geradeaus gehen, bis ich an mein Ziel gelange. Den Rand des Weges bilden glänzende schwarze Kieselsteine. Als ich mich bücke, um sie näher zu betrachten, erkenne ich erstaunt, dass es sich um die gleichen Steine handelt wie die beiden, die Psyche mir als Eintrittskarten in die Unterwelt gab. Zu Hunderten liegen sie hier einfach auf dem Boden herum. Ich wende einen davon in der Hand und schaue zu, wie er die Farbe wechselt.

Bleib doch stehen.

Ich lege den Kopf schief.

Bleib stehen und genieße die duftenden Blumen. Heutzutage nimmt sich niemand mehr die Zeit, um sich einfach an etwas Schönem zu erfreuen. Warum willst du das Leben aufschieben, bis du tot bist?

Es sind die Blumen, die mit bittersüßen, lockenden Stimmen flüstern.

Was sagte Psyche doch gleich über die Blumen?

Ich bleibe stehen und wende mich einer davon zu, die noch schöner zu sein scheint als die übrigen. Ihre Blätter sind tiefrot wie Blut, das Innere ist wie mit schwarzem Samt überzogen, und der Duft, der mir in die Nase dringt, ist schrecklich süß und würzig-scharf zugleich, ein verführerisches Aroma. Wenn ich nur an dieser einen Blüte riechen würde, wäre alles gut.

Genau. Nimm dir ein wenig Zeit und rieche an den Blumen …

Ich komme zu mir, weil ich auf die Knie gefallen bin. Ich kauere auf dem Aschenweg, die Finger um einen Mohnstängel geschlossen, im Begriff, die Blüte zur Nase zu ziehen. Ruckartig weiche ich zurück, lasse den Stängel los und kämpfe mich auf die Füße. Jetzt weiß ich es wieder. Diese Blumen sind magisch. Wenn ich ihren Duft einatme, werde ich vergessen, warum ich hier bin, und auf ewig in der Unterwelt umherirren.

Gibt es denn an diesem scheußlichen Ort nichts, was mir nicht ans Leder will?

Schwer atmend stecke ich die Hände tief in die Taschen und marschiere festen Schrittes auf der Asche weiter. Scheinbar nach Stunden – wahrscheinlich sind es nur Minuten – erreiche ich das Ende des Mohnfelds. Ich hebe den Blick. Vor mir ragt der Palast auf. Schwarz, riesig und ohne jedes Fenster, wie ein Gesicht ohne Gesichtszüge. Er wirkt falsch, unnatürlich, und verursacht mir ein höchst ungutes Gefühl.

Immerhin sehe ich keine Spur von Hades' Streitwagen, was mich enorm erleichtert. Psyche hat mir versichert, Hades sei meist die ganze Nacht unterwegs und kehre erst im Morgengrauen zurück. Falls meine Uhr nach dem Hundesabberbad noch richtig geht, sind es bis dahin noch etwas über drei Stunden.

Ich gehe zu der riesigen Eingangstür und drücke dagegen. Sie ist unverschlossen. Zögernd trete ich ein. Beim Anblick des Palastinneren muss ich unwillkürlich denken, dass ich hier wunderbar reinpasse – alles ist schwarz, und mit »alles« meine ich: alles. Schwarze Möbel. Schwarze Treppe. Schwarze Eichentüren. Ein schwarzer Kandelaber, der einen trüben Lichtschein auf den Boden aus poliertem schwarzem Marmor wirft. Es sieht ein bisschen aus, wie ich mir das Haus eines Darkwave-Clubbesitzers vorstellen würde.

Doch für Stilkritik habe ich im Moment keine Zeit. Von dem düster-prächtigen Foyer gehen mehrere Türen ab, aber eingedenk Psyches Anweisungen beachte ich sie gar nicht. Der Pfeil befindet sich an Hades' Bett, hat sie gesagt, und das steht im großen Schlafzimmer im Obergeschoss.

Ich gehe auf die elegant geschwungene Treppe zu, deren schwarze Stufen glänzen wie Klaviertasten, und hoffe inständig, dass Persephone nicht irgendwann mal in den letzten dreitausend Jahren die Möbel neu arrangiert hat. Von der Treppe aus erhasche ich kurze Einblicke in die Räume unten. Eine Bibliothek voller schwarz gebundener Bücher. Eine schwarze Chaiselongue in einem Zimmer mit schwarzen Wandbehängen. Eine klauenfüßige Badewanne auf einem schwarz gefliesten Boden. Leise und vorsichtig steige ich höher und höher, bis ich den Treppenabsatz erreiche.

Hier oben gibt es nur eine Tür.

»Na dann«, flüstere ich vor mich hin, »wird schon schiefgehen!«

Ich drücke die Klinke herunter.

Dunkelheit begrüßt mich, und es dauert eine Weile, bis meine Augen sich daran gewöhnt haben. Dann sehe ich es. Ein riesiges schwarzes schmiedeeisernes Bett, prunkvoll und monströs zugleich. Und da! In dem grässlichen Kopfteil steckt zwischen zwei schwarzen metallenen Schnörkeln ein goldener Pfeil.

Ich trete vor und schnappe unwillkürlich nach Luft. So viel habe ich jetzt schon von diesem Pfeil gehört (und ihn, um ehrlich zu sein, hassen gelernt), aber nichts hat mich darauf vorbereitet, wie wunderschön er ist oder was sein Anblick in mir auslöst. Er zieht mich hypnotisch, magisch an. Während ich mich nähere, ändert der Pfeil die Farbe. Er ist nicht wirklich golden. Er ist mehr als golden. Eine unglaubliche Farbe, die ich noch nie gesehen habe.

Um ihn zu erreichen, muss ich auf das scheußliche Bett klettern. Er zieht mich zu sich; ich strecke die Hand aus, berühre ihn schon fast –

»Ich habe gar keinen Besuch erwartet.«

Ich fahre herum und rutsche ein wenig auf den glatten Satinbezügen aus. Sie ruht auf einer Chaiselongue auf der anderen Seite des Zimmers. Persephone. Rotes Haar umfließt präraffaelitisch wild ihren Oberkörper bis zur Hüfte, weiße Blumen schmücken ihren Scheitel. Ihre Haut ist milchweiß. Sie trägt ein weißes Kleid, ihre Füße sind nackt. In dem düsteren Raum scheint sie zu leuchten wie eine aus schwarzer Erde hervorwachsende Blume.

»Persephone«, stottere ich. »Hallo. Ich komme von Psyche. Ich bin Frida.«

Sie zieht die Augenbrauen hoch. »Ich weiß, wer du bist.« Sie deutet auf einen mit schwarzem Samt bezogenen Sessel. »Setz dich doch einen Moment zu mir.«

Ich schaue auf den Sessel, dann wieder auf den Pfeil. Ich brauche ihn. Ich muss ihn haben.

»*Setz dich*«, befiehlt Persephone. Dann, sanfter: »Bitte. Ich habe so selten Gesellschaft.« Sie streckt mir eine schmale, blasse Hand hin. An ihren Fingern und Handgelenken glitzern schwarze Juwelen.

Sie bemerkt meinen Blick. »Hochzeitsgeschenke«, sagt sie mit einem Hauch Bitterkeit.

Oh, oh. Darauf gehe ich besser nicht ein. »Es ist mir eine Ehre, dich kennenzulernen«, sage ich stattdessen.

»Na, dann setz dich endlich.«

Ich gehe zu ihr hinüber und tue wie geheißen. Aus der Nähe ist sie noch viel atemberaubender. Ihr Haar hat die flammend orange Farbe eines Sonnenuntergangs, ihre Augen sind tiefgrün wie Sommergras. Ich erkenne ihr Parfüm: *Narcisse.*

»Du hast es also bis hierher geschafft«, sagt sie.

Ich nicke. »Du weißt, warum ich hier bin?«

»Man hört so einiges«, sagt sie träge. »Gerüchte, Mythen.« Ihr Blick ist herausfordernd. »Prophezeiungen.«

Ich nehme das Stichwort auf. »Dann weißt du, dass ich den Pfeil brauche, Persephone. Es geht um Leben und Tod.«

Der Blick der Königin wandert zu dem Bett mit dem

glänzenden Pfeil daran. »Er scheint dich zu erkennen«, sagt sie nachdenklich. »Das hat er noch nie gemacht. Die Farbe gewechselt.«

Ich schaue mich um. »Ist Hades da?«, frage ich leise.

Sie seufzt und winkt ab. »Nein. Warum sollte er hier herumsitzen und mir Gesellschaft leisten, wo er doch so viel Wichtiges zu tun hat?« Sie zuckt mit den Schultern und lächelt dann strahlend. »Das heißt, wir haben massenhaft Zeit, meine liebe Frida. Hier, bitte.« Sie schiebt mir ein kleines verziertes Kästchen zu. »Hausgemachte Trüffel. Probier einen, sie sind himmlisch.« Dabei beobachtet sie mich genau.

Ich strecke schon die Hand aus, da fällt mir ein, dass man Psyche damals im Mythos davor gewarnt hatte, hier etwas zu essen oder zu trinken. Wer in der Unterwelt etwas zu sich nimmt, wird sie nie wieder verlassen.

Hastig ziehe ich die Hand zurück. »Nein danke, hört sich gut an, aber im Moment lieber nicht.«

Angespanntes Schweigen. Persephone schaut mich an. Ich erwidere den Blick – wieder sehe ich diese Herausforderung darin.

»Wie du willst.«

»Wirst du mir helfen?«, frage ich. »Wenn du von der Prophezeiung gehört hast, weißt du ja, was auf dem Spiel steht.«

Persephone streckt einen weißen Arm aus und klappt den Deckel einer großen Pralinenschachtel auf. »Nun, das kommt ganz darauf an.« Sie sucht sich ein mit dunkler Schokolade überzogenes Herz aus, dreht es zwischen den Fingern, dann blickt sie mir wieder ins Gesicht.

»Wenn ich dir den Pfeil geben soll, will ich eine Gegenleistung.«

28

Fünfzig Minuten später sitze ich immer noch da.

»Persephone«, stöhne ich, »bitte, ich muss zurück. Ich hab nicht mehr viel Zeit.«

»Nur noch einen!«

Persephone ist bereit, mir den Pfeil zu geben, aber als Gegenleistung hält sie mich seit einer Stunde in ihrem Palast fest und fragt mich über Männer aus. Das war ihre Bedingung: Pfeil gegen Klatsch. Wie sind die Männer heutzutage so? Wie benehmen sie sich? Welche sind die Guten, welche die Schlechten? Ob ich einen habe, und wenn ja, wie ist er so?

»Erzähl mir mehr über Billy«, sagt sie und leckt die Füllung aus einer Kaffee-Sahne-Praline. »Er klingt *so* aufregend.«

»Ich will nicht mehr an ihn denken.«

»Erzähl schon«, befiehlt sie.

Ich seufze. »Oh, na gut. Er war einfach klasse. Er war perfekt. Er war alles, was ich mir von einem Mann je gewünscht hatte, nur hat er mich fast in den Wahnsinn getrieben.«

Ihre Augen weiten sich. »Wieso denn das?«

Ja, wieso? Diese Frage habe ich mir auch schon tausendmal gestellt. Aber ich brauche den Pfeil, deshalb muss ich diesmal wohl versuchen, eine Antwort zu finden. Ich schweige einen Moment. »Ich weiß nicht. Ich glaube … was Billy für mich empfand, war intensiv. Mächtig. Aber ich weiß nicht, ob es Liebe war. Er konnte so zärtlich sein, so aufmerksam; bei ihm fühlte ich mich besser, glücklicher, wichtiger als bei jedem, den ich je kennengelernt hatte. Aber dann wieder wurde er wahnsinnig schnell wütend und stieß mich von sich. Und er konnte so grausam sein.« Ich betrachte die Fasern des schwarzen Plüschteppichs. »Manchmal hatte ich das Gefühl, er hasste mich ebenso sehr wie er mich liebte. Irgendwie gehörte beides untrennbar zusammen.«

Die Göttin nickt wissend. »Und dann hat er dich eingesperrt?«

Ich bekomme große Augen. Ich bin drauf und dran, ihr zu sagen, dass die heutigen Frauen es nicht mehr dulden, eingesperrt zu werden, aber dann denke ich an die verheulten Nächte nach den schlimmen Streitereien, in denen ich ständig auf mein Handy sah, ob er auf meine flehenden Nachrichten geantwortet hatte. An die vergeblichen Anrufe, um ihn zur Versöhnung zu überreden. Das Schlussmachen und Wiederzusammenkommen und Wiederschlussmachen. Jahrelang.

Und wie zwischen den Weinkrämpfen und dem Versöhnungssex allmählich eine Erkenntnis durchschimmerte. Dass Billy gar nicht wollte, dass alles zwischen uns ins Lot kam. Dass dieser Albtraum, dieses dramatische, qualvolle, permanente Stochern in den Wunden nicht dazu führen sollte, dass es besser wurde. Sondern dass es der Normalzustand war. Das war sein Ziel. Das verschaffte ihm Befriedigung, so fühlte er sich *gut*. Und noch eine Erkenntnis: Dass ich, wenn ich bei ihm blieb, wohl auch irgendeine Art von kranker Befriedigung darin fand.

Und trotzdem konnte ich ihn nicht verlassen.

»Ja«, sage ich. »Er hat mich eingesperrt. Aber ich bin entkommen.«

Sie runzelt die Stirn. »Warum siehst du dann nicht glücklich aus?«

Ich zögere. Und dann, weil es auf ewig hier unten bei ihr begraben sein wird, sage ich das Ehrlichste, was ich seit Langem zu jemandem gesagt habe. Das, was ich mir selbst kaum eingestehe. »Weil ich ihn immer noch vermisse.«

Persephone nimmt sich noch eine Praline. Es ist mir ein Rätsel, wieso diese Frau nicht vier Zentner wiegt. »Und seither? Hat es da niemanden mehr in deinem Leben gegeben?«

Meine Gedanken wandern zu Dan. Sofort verbanne ich das Bild. »Nein«, sage ich fest. »Niemanden. Ich muss jetzt wirklich gehen, Persephone.«

Der Blick, mit dem sie mich ansieht, wie ein enttäuschtes Kind, trifft mich ein bisschen.

»Du musst nicht hierbleiben, weißt du«, sage ich. »Du könntest einfach mit mir kommen!«

»Was? Nein!« Persephones blasse Wangen röten sich etwas. »Wer soll sich dann um meine Blumen kümmern? Natürlich werde ich irgendwann hier weggehen. Aber nicht gerade jetzt.«

Mir zerreißt es das Herz, aber ich dränge nicht weiter. Sie muss es von sich aus wollen, so wie ich von selbst zu der Erkenntnis fand. Und ich könnte ihr nicht einmal sagen, ob sie dann glücklicher sein wird. Ich blicke zum

Bettrahmen auf. »Also, habe ich deine Erlaubnis, den Pfeil zu nehmen?«

Sie macht eine anmutige Geste. »Er gehört dir. Ich habe das garstige Ding sowieso nie leiden können.«

Voller Erleichterung klettere ich zum zweiten Mal auf das Bett und greife nach dem Pfeil. Schimmernd und schillernd wie er dort hängt, sieht er so anderweltlich aus, so computeranimiert, dass ich fast überzeugt bin, dass meine Hand durch ihn hindurchgehen wird. Aber als ich ihn berühre, ist er solide. Ich schließe die Hand darum und etwas durchströmt mich – ein Wiedererkennen. Er ist real. Und er gehört mir.

Ich sage zu Persephone: »Vielen Dank. Ich bin so froh –«

Aber sie hört mir nicht zu. Sie hat den Kopf schräg gelegt, und dann wendet sie mir ihre smaragdfarbenen Augen zu. »Er kommt. Hades kommt nach Hause.«

29

Wie erstarrt lausche ich auf das Donnern der Hufe. Ich verfluche mich dafür, dass ich Persephones Gier nach Männergeschichten nachgegeben habe. Sie schaut mich mit leuchtenden Augen an. Genießt sie das hier etwa? Natürlich. Ihr ist langweilig. Und sie gehört ja auch zu den Göttern – die so gern mit Marionetten spielen. Wir Sterblichen sind nur zu ihrem Amüsement da, nicht wahr?

Ich will definitiv nicht von Hades erwischt werden, aber auf gar keinen Fall werde ich diesen Pfeil aufgeben. Mit ein paar hastigen Bewegungen stecke ich ihn in den Rucksack und schnalle mir diesen auf den Rücken. Dann, ohne Persephone noch eines Blickes zu würdigen, husche ich auf den Treppenabsatz hinaus und spähe über das Geländer, ob die Chance besteht, noch durch die Eingangstür zu entwischen, ehe er hereinkommt. Aber ist zu spät. Die Tür öffnet sich. Ich ducke mich und beobachte durch die Stäbe hindurch, wie er eintritt.

Bei seinem Anblick wird mein Mund ganz trocken. Hades. Der Gott der Unterwelt.

Er ist groß, mindestens zwei Meter, und hat langes graues Haar, das unter seinem schwarzen Helm hervorweht. Dann klappt er das Visier hoch, und ich sehe zusammengekniffene Augen, ein hageres, kantiges Gesicht mit spitzem Kinn. Vielleicht kommt es davon, dass ich den Pfeil berührt habe – mir ist, als könnte ich spüren, was er fühlt, und mir wird eiskalt, denn es ist weniger ein Gefühl als die völlige Abwesenheit von Gefühlen. Dieser Mann kennt kein Mitleid. Kein Erbarmen.

Mit wachsendem Grauen wird mir klar, warum er den Pfeil so zur Schau gestellt hat. Die von Anteros' göttlich inszenierte Lust nach Persephone ist die einzige wirkliche Empfindung, die Hades je hatte.

»Nun«, sagt Hades, macht einen Schritt nach vorn und zieht sich die Handschuhe aus, »du möchtest meinen Pfeil haben, kleines Mädchen?« Sehr demonstrativ wendet er sich zur Tür um, schließt sie, dreht den Schlüssel im Schloss und steckt ihn in seinen Mantel. Dann geht er auf die Treppe zu. Daran, wie er sich bewegt, erkenne ich, dass er zwar spürt, dass ich da bin, aber nicht genau weiß, wo. Und auch, dass ihm das überhaupt nichts ausmacht.

Er liebt die Jagd, flüstert der Pfeil mir ins Herz. *Die Toten sind eine so armselige Herausforderung.*

»Nur keine Eile, meine Süße«, sagt er schmeichelnd. Ich kann ihn jetzt besser sehen. Blutrote schmale Lippen im bleichen Gesicht, die Augen eisblau und hypnotisch. Er besitzt Macht über mich; in Wellen brandet sie an mich heran. Er wird die Treppe heraufsteigen, und wenn er oben ankommt, ist es aus und vorbei. Dann werde ich tun, was immer er will. Ich werde auf ewig hier gefangen sein, wie Persephone.

Vielleicht wird es mir irgendwann sogar gefallen.

Dann setze ich mich erschrocken auf den Hintern, weil in meiner Hosentasche etwas knistert. Verwirrt starre ich hinunter, dann begreife ich. Mein Ohrclip. Psyche!

»... ida?«

Das Funkgerät scheint getrocknet zu sein! Mit gigantischer Anstrengung wende ich den Blick von Hades ab und stecke mir den Clip ins Ohr.

»Psyche«, wispere ich. »Bist du da?«

»D ... tern ... Dank«, sagt sie. »Ich war schon überzeugt, dass du den Abgang gemacht hättest. Verstehst du mich einigermaßen?«

»Ja, endlich wieder«, hauche ich.

»Okay. Sag mir, wo du bist, und ich überlege mir, wie du da rauskommst.«

»Palast. Oben vor dem Schlafzimmer. Es eilt«, sage ich durch zusammengebissene Zähne.

Inzwischen ist Hades auf den ersten Treppenstufen. »Du hast doch sicher Hunger, meine Liebe? Und bist müde? Würdest du nicht gern einfach allem den Rücken kehren und dich ausruhen?« Seine Stimme ist wie eine verführerische, heimtückische Schlange, die sich um meine Gedanken schlingt und windet und nach Einlass sucht. »Sie wissen doch alle gar nicht, wie es ist, nicht wahr?«, flüstert er, weich wie ein Leichentuch. »Niemand dort oben versteht dich. Aber hier kannst du sein, wie und wer immer du willst ...«

Seine Hand ist am Geländer. Ich spüre die Atome zwischen uns vibrieren.

»Hör zu, Frida«, sagt Psyche. »Mach dich fluchtbereit.«

Ich erhebe mich.

»Aaah.« Als Hades mich erblickt, glitzern seine Augen in kaltem Entzücken. »Da bist du ja.«

Während er mir langsam entgegenkommt, jeden Schritt auskostend, bannt mich sein Blick wie einen aufgespießten Schmetterling. Ich versuche meine Gedanken zusammenzuhalten und meine Füße zu zwingen, rückwärts zu gehen, aber mein Körper weigert sich zu gehorchen.

»Frida?«, sagt Psyche. »Frida, bist du noch da?«

Ich öffne den Mund, um zu antworten, aber nichts kommt heraus. Da ist nur noch Hades, der immer näher kommt, sein bleiches Gesicht, die roten Lippen, das silberne Haar, die glänzende Rüstung, der wehende Mantel. Er erhebt Anspruch auf mich. Er ist die Finsternis. Er ist die Finsternis, die mich verschlingen will, und ich habe nichts dagegen, ich will es, ich …

»FRIDA!«, brüllt Psyche. Ein kleiner Teil meines Verstands reißt sich los. »Hinter dir links ist ein Gemälde. Dahinter ist ein Tunnel. Verschwinde!« Sie hält inne. Als von mir nichts kommt, sagt sie: »Du bist Nachfahrin eines Gottes, Frida. Er hat keine Macht über dich. Kämpf dagegen an.«

Wie Sand rinnen ihre Worte in mein Gehirn. Hades, der nichts von Psyches Instruktionen ahnt, kommt auf mich zu, streckt mir eine blasse Hand entgegen, wie um mich zu einem Spaziergang im Park aufzufordern. Wie reizend.

Du bist Nachfahrin eines Gottes.

Kämpf dagegen an.

»Ergib dich mir«, sagt er, so nahe jetzt. Nur wenige Schritte entfernt. »Gib auf.«

Gib auf.

An meinem Rücken entsteht plötzlich Wärme, breitet sich in meine Arme und Fingerspitzen und dann in meinen ganzen Körper aus. Mit einem fast hörbaren *Klick* wird eine Verbindung hergestellt, etwas kommt in Gang, irgendwelche uralten Mechanismen, ein Schalter legt sich um, und ich fühle … ich fühle …

… Ich fühle mich *unglaublich*.

Mit erhobenem Kinn blicke ich Hades entgegen. Mein Verstand ist nadelscharf. Herablassend lasse ich den Blick über sein tragisches Grufti-Outfit, die räudige Frisur, überhaupt diesen ganzen Untoten-Quatsch wandern. Und lächle.

»Sorry, Hades«, sage ich. »Die Bad Boys stehen mir echt bis obenhin.«

Und ich ergreife die Flucht.

30

Der Tunnel hinter dem Gemälde ist so niedrig und eng, dass ich mit eingezogenem Kopf rennen muss, aber ich renne. Weiter und weiter. Wieder einmal verliere ich die Verbindung zu Psyche, doch der Pfeil spricht zu mir, in einer Sprache, von der ich nicht wusste, dass ich sie verstehe, einer Sprache der Zellen und Atome und tiefsten Magie. Der Tunnel führt stetig bergauf, steiler und steiler, bis ich keuchend in Schritt fallen muss. Dann endet er plötzlich. Ich leuchte mit der Taschenlampe voraus. Da ist nur noch schwarzer, feucht glitzernder Fels.

Eine Sackgasse.

»Nein«, sage ich. Das kann nicht wahr sein, dass ich nach dieser langen Strecke in der Falle sitze.

Im Funkgerät knistert es, da ist ein gedämpfter Laut.

»Psyche?«

Nichts.

Ich schwenke die Lampe. »Denk nach, Frida«, befehle ich mir. Ich richte den Strahl exakt geradeaus und drehe mich langsam, Winkelsekunde für Winkelsekunde, um mich selbst. Halte Ausschau nach einer Tür, einem Spalt, einem Lichtschimmer, der anzeigt, dass es einen Ausweg gibt. Ich bin fast einmal herum, als mir etwas auffällt. An einer Stelle hat der Fels kurze, irgendwie schwärzere längliche Flecken, einen über dem anderen. Ich betaste sie mit den Fingerspitzen – es sind Nischen. In den Fels gehauene Stufen. Ich richte das Licht nach oben. Nichts verrät, wo sie enden werden – möglicherweise lande ich wieder in Hades' Schlafzimmer, ein Gedanke, bei dem mir ganz schlecht wird. Aber ich habe keine andere Wahl.

Ich schnalle den Rucksack noch einmal ganz fest – den Pfeil nach all der Mühe wieder zu verlieren wäre furchtbar – und ziehe mich an den Vorsprüngen zwischen den Stufen aufwärts. Mein Fuß tastet kurz in der Leere herum, ehe er die erste Stufe findet, aber dann klettere ich höher und höher, Hand über Hand. Erstaunlich, ich habe mehr Kraft als früher. Das muss am Pfeil liegen.

Lange Zeit klettere ich gleichmäßig voran. Ich klettere und klettere, bis meine Glieder sich so ausgeleiert anfühlen wie Gummibänder, aber ich klettere weiter. Auf einmal stößt mein Kopf gegen etwas Hartes. Eine Hand fest in den Fels gekrallt, nehme ich mit der anderen die Taschenlampe und leuchte nach oben. Über meinem Kopf ist ein runder schwarzer Stein in den Schacht eingepasst. Ich nehme die Taschenlampe in den Mund, stemme mich mit den Beinen gegen die Felswand und versuche ihn mit beiden Händen nach oben zu schieben. Der Stein hebt sich einen Zentimeter weit. Ächzend drücke ich stärker, und er lässt sich tatsächlich zur Seite schieben.

Dahinter ist es ebenso finster.

Aber das hier ist eine Türöffnung, oder? Und wenn ja, dann …

»Okay«, sage ich. »No risk, no fun.« Ich suche mir eine ausbalancierte Position, ziehe den Kieselstein aus der Tasche und werfe ihn mit einem tiefen Atemzug und ziemlichem Herzklopfen durch das Loch nach oben.

Ein grelles Licht blitzt auf, ich muss die Augen zukneifen. Dann höre ich …

»Frida! Frida, bist du das?«

Ich öffne die Augen. Über mir ist Himmel, pink und orange. Es muss kurz vor Sonnenaufgang sein. Ich habe noch nie etwas so Schönes gesehen.

Und dann erscheint Psyches Gesicht.

»Psyche!«, rufe ich. »Oh, Gott sei Dank! Hilf mir hier raus.«

Sie streckt mir die Hände entgegen und zieht mich nach oben, bis ich keuchend auf dem harten, kalten Asphalt liege.

»Wo sind wir?«, bringe ich hervor.

»Kanaldeckel. Nur ein paar Meter vom Café entfernt.«

Ich blinzle in das schwache Sonnenlicht. Ich glaube, erst jetzt begreife ich, wie überzeugt ich war, dass ich da unten sterben würde.

»Hast du den Pfeil?«, fragt sie.

Ich nicke und deute auf den Rucksack.

Psyche kniet sich neben mich. »Hier, trink etwas Wasser. Du bist sicher völlig fertig.«

Ich nehme die Flasche und trinke gierig. Das Wasser ist kalt und herrlich. »Ich kann's nicht fassen. Ich hab's geschafft!« Ich fange an zu lachen. »Ich hab's tatsächlich geschafft!«

»Lass mal sehen.« Sie schnallt den Rucksack los – ich kann kaum ein Glied rühren. Als sie den Pfeil herausnimmt, spüre ich die davon ausgehende Macht schwinden. Ich kann es kaum erwarten, ihn wiederzubekommen. Psyche betrachtet ihn mit glänzenden Augen, und ich hebe den Kopf und schaue auch hin. Wie er zu irisieren scheint, wie seine Farbe sich einfach nicht bestimmen lässt. Unbeschreiblich. Mühsam setze ich mich auf und strecke die Hand aus. »Gib ihn mir besser zurück. Bevor ihn noch jemand sieht.«

Psyche wendet sich mir zu und lächelt. Aber sie macht keine Anstalten, mir den Pfeil zurückzugeben. Stattdessen steht sie auf.

»Psyche? Könnte ich bitte den Pfeil haben?«

Sie antwortet nicht. Sie blickt nur mit erschreckend kalter Neugier auf mich herab. Wo habe ich so einen Blick schon mal gesehen? Dann erinnere ich mich. Clive?!

Ich will mich auf die Füße kämpfen, aber es ist, als sei mir jede Kraft entzogen worden. »Was machst du da?«

Sie lächelt leicht. »Ah, endlich fällt der Groschen.«

Ich starre sie an. In meinen Lungen scheint keine Luft mehr zu sein. »Das kann nicht wahr sein, dass du für ihn arbeitest. Das kann nicht wahr sein. Nein! Ich musste dich doch überreden!«

Ein vernichtender Blick. »Du hast *geglaubt*, mich überreden zu müssen. Das ist ein Unterschied.«

Wieder versuche ich aufzustehen, aber mein Körper ist viel zu schwach, alle Kraft, die der Pfeil mir verliehen hat, ist verschwunden und noch viel mehr. Das ist doch aberwitzig. Wie kann sie nach allem, was Anteros getan hat, für ihn arbeiten? Ich denke zurück an den Mythos von Eros und Psyche.

»Hat Anteros damals auf dich geschossen?«, frage ich. »Ist es das? Psyche, wenn ja, dann ist das, was du für ihn empfindest, nicht echt. Schau in dich hinein. Begreif doch, dass das hier falsch ist. Kämpf dagegen an.«

Sie lacht. »Oh Frida, wie unschuldig du bist. Du verstehst überhaupt nichts.« Sie kniet sich neben mich. Der Pfeil ist nur ein paar Zentimeter außer meiner Reichweite. Ich versuche ihn nicht zu beachten. Ich muss den richtigen Moment abwarten.

»Du analysierst gern Leute, hm?«, sagt sie. »Um herauszukriegen, wie sie ticken? Tja, glaub mir, du bist eine blutige Anfängerin. Leb du mal dreitausend Jahre, und dann schau, ob das Wesen des Menschen noch Geheimnisse für dich birgt.«

Was ich in ihren Augen sehe, lässt mich verzweifeln. Sie ist voller Zorn und Überdruss, aber geistig klar. Sie weiß ganz genau, was sie tut.

»Warum?«, frage ich. »Du hast doch Troja miterlebt. Du weißt, was er uns antun will. Wie kannst du damit leben?«

Anmutig lässt sie sich mit gekreuzten Beinen neben mir nieder. »Wie ich damit leben kann? Lass mich dir sagen, wie das mit dem Leben ist, Frida. Ich bin schon so lange hier unten. Zuerst dachte ich, Eros würde uns irgendwann holen, er würde schon einen Weg finden. Dann starb meine Tochter Hedone. Dann meine Enkel. Und ihre Kinder und die Kinder ihrer Kinder. All meine Geliebten, all meine Freunde, immer und immer wieder Krankheit, Tod, Schmerz, Alter. Jahrzehntelang. Jahrhundertelang. Ein Jahrtausend. Bis nur noch ich mit meinen Erinnerungen übrig blieb. Und die ganze Zeit«, sagt sie leise, »war da Anteros, der seinen Einfluss auf die Sterblichen vergrößerte. Zunächst hielt auch ich es für falsch, was er tat. Aber es ist interessant, wie die Zeit deine Perspektive verändern kann.« Sie schüttelt den Kopf. »Wenn du erlebt hättest, was ich erlebt habe, könntest du es nachvollziehen. Wie sie immer wieder auf seine hübschen Lügen hereinfallen. Wie gierig sie sind. Wie brutal. Wie sie, wann immer sie die Chance auf Frieden haben, jedes einzelne Mal stattdessen Schmerz und Not wählen.« Ihr Blick ist bodenlos, unergründlich. »Weißt du, wie es ist, dreitausend Jahre lang zu leben und zu wissen, dass es niemals enden wird? Dass ich immer hier sein werde, bei diesem jämmerlichen Menschenvolk, in dieser unerträglichen Welt?«

»Du willst den Pfeil gegen etwas eintauschen«, sage ich dumpf. »Wogegen?«

»Einen Ausweg. Einen Weg zurück zum Olymp.«

»Den gibt es doch nicht! Das Tor ist verschlossen.«

Sie lacht. »Das hat man dir erzählt. Aber es war Anteros, der es schloss. Wenn er will, kann er es jederzeit wieder öffnen.«

Ich lasse das in mich einsinken. Dann sage ich: »Es war gar kein Unfall.« Natürlich, das ergibt Sinn. »Anteros *wollte* hierbleiben.«

»Ja, sicher. Was sollte er auf dem Olymp, wo er ein Niemand war, ein Nichts, wenn er hier unten alle Macht haben konnte, die er sich immer gewünscht hatte?«

Der Pfeil ist noch immer knapp außerhalb meiner Reichweite. Ich ändere minimal die Position. »Aber Psyche, denk doch nach.« Verzweifelt suche ich nach einem Argument, das sie umstimmen könnte. »Meinst du, nachdem du seinem Bruder geholfen hast, wird Eros dich noch mit offenen Armen empfangen? Bestimmt nicht!«

Ihre Miene verfinstert sich. »Ich habe kein Interesse daran, zu Eros zurückzukehren. Wie gesagt, Frida, du verstehst überhaupt nichts.«

Ich muss es weiter versuchen. Wenn ich nur nicht so verdammt müde wäre. »Hör zu, Psyche. Ja, diese Welt ist schrecklich. Aber wenn du mir hilfst, können wir sie verändern. Zum Besseren.«

»Hast du schon mal von Hybris gehört, Frida? Das ist ein maßloser Stolz, der die Götter erzürnt. Du bist randvoll davon. Du bist so begeistert von deinen eigenen Ideen, deiner Großartigkeit, dass du nicht einen Moment daran denkst, innezuhalten und dich zu fragen, ob du die Welt wirklich so siehst, wie sie ist, oder so, wie du sie gern hättest. Zum Beispiel, als du kamst, um mich um Hilfe zu bitten. Du hast mich angeschaut und gesehen, was du sehen wolltest: eine einsame Frau, die ihre verlorene Liebe betrauert und nur auf eine gerechte Sache wartet, die sie unterstützen kann. Du warst so zufrieden mit deiner Einschätzung der Situation und wie es dir gelang, mich zu überzeugen. Oh, und dein Orakel«, fährt sie fort. »Wie lange habe ich gebraucht, um dir einzureden, dass er ein Betrüger ist? Drei Minuten? Und warum? Weil du so felsenfest an deine eigene Propaganda in Sachen Beziehungen glaubst – dass die Menschen einander nur benutzen, täuschen und anlügen. Dass wir Frauen uns gegen die schrecklichen Männer verbünden müssen. Als wäre irgendetwas jemals so einfach. Und als wäre nicht jedes menschliche Wesen, ob männlich oder weiblich, von Selbstsucht und Gier und Hinterlist verpestet.«

Dan! Mir schnürt es die Luft ab. Was habe ich getan?

Psyche lächelt mir ins entsetzte Gesicht. »Mach dir keine Sorgen um deinen teuren Dan, Frida. Den nehme ich mit. Als kleine Zugabe zu meinem Deal. Anteros wollte schon immer ein eigenes Orakel haben.«

Jetzt reicht's. Das lasse ich nicht zu. Ich darf Dan nicht in Gefahr bringen. Blitzschnell will ich nach Psyches Tasche greifen. Aber mein Arm bewegt sich nicht so, wie er sollte, und Psyche blickt nur spöttisch auf mich herab. »Wirklich, Frida, du bist nicht die Schlauste in der Familie, muss ich leider sagen. Wobei«, überlegt sie, »immerhin hast du dich besser geschlagen als dein Vater.«

Mein Herz hämmert. »Was soll das heißen?«

»Er hatte mich auch um Hilfe gebeten. Dachte, er könnte dir dein Schicksal ersparen, wenn er sich selbst als Auserwählten anbieten würde. Damals habe ich vielleicht sogar noch ein winziges bisschen daran geglaubt, dass die menschliche Spezies eine Chance hätte.« Sie schnaubt. »Er hat es nicht mal an dem Flussgeist vorbeigeschafft.«

Ich bebe am ganzen Körper. Es ist einfach zu viel. »Ich schwöre dir, Psyche, das lasse ich nicht zu.« Ich mache noch einen Versuch, mich aufzurichten, aber ich bin so schwach, mein Kopf ist wie aus Watte. Auch mit meinen Augen stimmt etwas nicht, alles scheint dunkler zu werden.

»Müde?« Psyche tippt gegen die Flasche. »Das war Lethewasser. Hör auf, dich zu wehren, Frida. Du gehörst nicht in die magische Welt. Du warst zu lange menschlich. Wenn du aufwachst, wirst du dich an nichts erinnern können. Weder an mich noch an Anteros, den Pfeil oder dein kostbares Orakel.« Sie beugt sich vor. »Es wird dir erst wieder einfallen, wenn es passiert.«

Mit aller Kraft halte ich die Augen offen. »Wenn … was … passiert?«

Psyche lächelt. »Anteros wird euch allen einen ganz besonderen Valentinsgruß schicken.«

Meine Gedanken zerfasern, Nebel umgibt mich. Ich höre, wie sich Psyches Schritte entfernen, und rufe mir Dans Gesicht vor Augen. Ich darf ihn nicht vergessen. Niemals. Aber das Wasser der Lethe ist zu stark, und aus dem Nebel, der sich immer dichter um mich zusammenzieht, gibt es kein Entrinnen. Noch einen Moment lang denke ich, wie dumm ich doch war, wie heillos, unsäglich dumm. Dann verschluckt mich das Nichts.

31

Ich öffne die Augen und schaue zur Decke auf. Sie ist weiß. Ich blicke mich um. Wände, auch weiß. Und weißes Bettzeug. Mein Kopf tut weh, mein Mund ist pelzig. Eine Weile starre ich an die Decke, blinzle, warte, bis ich richtig zu mir gekommen bin. Dann versuche ich mich aufzusetzen.

»Frida? Oh, Gott sei Dank, du bist aufgewacht!«

Ich wende mich der Stimme zu und blicke in Bryonys besorgtes Gesicht. »Hi«, krächze ich. »Wo bin ich?«

»Im Krankenhaus. Wie fühlst du dich? Hier, trink ein bisschen Wasser.« Sie beugt sich über mich, eine Plastiktasse mit Trinkrohr in der Hand.

Ich nehme einen Schluck. Das Wasser tut meinem ausgetrockneten Mund gut. Jetzt fällt mir das Sprechen leichter. »Was ist passiert? Hatte ich einen Unfall?«

»Das frage ich dich!« Jetzt klingt sie halb besorgt, halb wütend. »Du wurdest mitten auf einer Straße in der Stadt gefunden. Nicht in der besten Gegend. Du warst bewusstlos, und du hattest Drogen im Blut …«

Ich will gerade den Becher noch einmal zum Mund führen und halte inne. »Drogen? Was für Drogen?«

Bryonys Blick klebt an mir. »Weiß man noch nicht. Frida, was ist los?« Sie deutet auf die Maschine, die offenbar meine Körperfunktionen aufzeichnet. »Du warst bewusstlos!« Ihre Stimme zittert leicht.

»Bewusstlos?« Ich reibe mir den Kopf und überlege, was das Letzte ist, woran ich mich erinnern kann. Oona. Es war Donnerstag, und ich hatte ein Gespräch mit Oona Simpson. Danach muss es passiert sein.

»Welchen Tag haben wir heute?«

»Freitag«, sagt sie und setzt hinzu: »Den achten.«

Mein Termin mit Oona war vor über einer Woche. Mein Herz beginnt unangenehm schnell zu schlagen. »Wann haben wir uns zuletzt gesehen?«

»Ich kam letzte Woche am Donnerstag bei dir vorbei, um dir diesen Karton zu geben. Erinnerst du dich?«

Ich suche in meinem Gedächtnis, aber nach Oona ist da nur noch Leere. »Nein.«

Bryony zieht scharf den Atem ein. Ich sehe ihr an, wie verstört sie ist, und das ängstigt wiederum mich. Ich merke, dass Panik in mir zu brodeln beginnt, deshalb lasse ich den Kopf aufs Kissen zurücksinken und versuche durchzuatmen. Eine Aufstellung der Fakten zu machen. Das ist sicher nur eine vorübergehende Gedächtnisstörung. Vielleicht habe ich eine Gehirnerschütterung. Ich taste meinen Kopf ab und zucke zusammen. Ja, da ist eine große, druckempfindliche Beule.

»Was haben wir denn gemacht, als du zu mir gekommen bist?«, frage ich.

»Ich habe dir einen Karton mit alten Kindersachen von dir gebracht, die ich in der Garage meiner Eltern gefunden habe. Und ich hab dich für Sonntag zum Mittagessen eingeladen. Meine Nachricht am Samstag hast du aber nicht beantwortet. Da hab ich dich angerufen, und du hast nicht abgenommen.« Sie ist den Tränen nahe. Sie macht sich Vorwürfe, dass sie nicht hartnäckiger versucht hat, mich zu erreichen. Ich weiß nicht, woher ich das weiß, aber sie strahlt es ganz deutlich aus. »Ich dachte, du hättest viel Arbeit, du weißt ja, wie du manchmal bist, Frida. Dann kam eine Karte von dir, dass du ein paar Tage bei einem Freund wärst.«

»Was für einem Freund?«

»Ich habe absolut keine Ahnung.«

»Als du mich besucht hast, hab ich da was davon gesagt, dass ich zu einem Freund wollte?«

Vergebens versucht Bryony, sich ihre Beunruhigung nicht anmerken zu lassen. »Nein. Nichts.« Sie legt mir die Hand auf den Arm. »Aber mach dir darüber erst mal keine Gedanken. Ruh dich einfach aus«, sagt sie besänftigend. »Ich rede nachher mit dem zuständigen Arzt hier, mal sehen, was der mir sagen kann.«

Ich gebe keine Antwort. All das ist völlig absurd, aber mich beschäftigt etwas anderes. Warum habe ich das Gefühl, dass ich dringend irgendwas erledigen sollte? Ich lege die Handflächen auf die kühlen Laken, versuche meine Gedanken zu ordnen. Das ist alles ein Albtraum. »Also, damit ich das richtig verstehe: Ich wurde bewusstlos auf der Straße gefunden?«

Sie nickt.

»Ist mein Handy da?«

Sie gibt es mir. Langsam tippe ich mich durch meine Nachrichten. Seit letzter Woche habe ich keine mehr bekommen. Ich stütze mich auf einen Ellbogen und gehe auch meine Mails und SMS durch. Die letzten sind von Donnerstag, dem 31. Januar.

Keine Erinnerung. Keine Nachrichten. Die vergangene Woche ist eine komplette Leerstelle. Ich bin doch wohl nicht von Aliens entführt worden?

»Ich versteh's einfach nicht. Das Letzte, was ich noch weiß, ist, dass ich ein Gespräch mit einer Klientin hatte, und dann …«

»Und dann?«

Ich denke nach. Etwas taucht auf: ein dunkelhaariger Mann, glaube ich, aber es ist wie der Hauch eines Traums – je mehr ich versuche, es festzuhalten, desto mehr entzieht es sich.

Ich sehe sie kläglich an. »Nichts.« Dann schlage ich die Decke zurück. »Ich muss hier raus. Ich muss wieder an die Arbeit.« *Und noch etwas*, flüstert eine Stimme. *Du musst ihn aufhalten.*

Aufhalten? Wen?

Bryony versucht mich zurück ins Bett zu drücken. »Frida! Du spinnst wohl! Du warst tagelang vermisst, und nicht mal du selbst weißt, wo du gesteckt hast. Dann wirst du mit dem Kopf in einem Kanalschacht in der schlimmsten Gegend der Stadt gefunden, mit einer unbekannten Substanz zugedröhnt. Du kannst nicht einfach weitermachen, als wäre nichts gewesen! Das ist eine ärztliche Anweisung«, fügt sie fest hinzu.

»Okay, okay.« Ich schlinge die Decke wieder um mich. »Ich bleibe ja schon da. Hör mal, kannst du mir eine Tasse Kaffee besorgen?«

Sie sieht mich argwöhnisch an.

»Bitte, Bryony. Du weißt, dass ich ohne Kaffee nicht zu gebrauchen bin. Vielleicht regt er ja mein Gedächtnis an.«

»Okay«, gibt sie nach. »Ich gehe mal fragen, ob du welchen trinken darfst. Und ich schaue, wann die nächste Visite ist; da wird man dir sicher einige Fragen stellen.«

Kaum ist Bryony weg, werfe ich die Decke wieder von mir. Neben dem Bett steht ein kleiner Schrank. Darin liegen Unterwäsche, ein T-Shirt, eine Cargohose, ein Hoodie und Turnschuhe – alles in Schwarz. Das Zeug würde ich normalerweise nur unter Androhung von Waffengewalt anziehen, aber es sind die einzigen Klamotten hier, und sie haben meine Größe. Beim Anziehen des Hoodie halte ich einen Moment inne. Es riecht schwach nach Parfüm: *Narcisse*. Ich verwende kein *Narcisse*. Ehe ich in die Hose schlüpfe, taste ich die Taschen ab in der Hoffnung, darin etwas Aufschlussreiches zu finden. Nichts; nur ein hübscher, glänzender schwarzer Kieselstein in einer der Seitentaschen.

Ich stecke mein Handy ein, nehme meine Geldbörse und meine Schlüssel – auch dass beides da ist, wundert mich ein bisschen, ohne dass ich wüsste, warum – und verstaue sie in der Tasche des Hoodie. Mit schlechtem Gewissen, aber dieses innere Drängen lässt mir keine Wahl, schleiche ich mich aus dem Krankenhaus. Im Gehen schicke ich Bryony eine Nachricht:

Hab mich selbst entlassen. Entschuldige. Melde mich bald.

Es ist halb elf Uhr vormittags. Ich nehme ein Taxi zu meinem Büro und schaue dort in jede Ecke und jeden Schrank. Alles wirkt normal, nur Penny ist komischerweise nicht da. Ich rufe sie an. In der Leitung ertönt ein zuerst ein seltsamer Ton, dann klingelt es fünfmal – dreimal mehr als es bei Penny normalerweise dauert, bis sie abnimmt.

Als sie schließlich drangeht, klingt sie verblüfft. Was nicht weniger komisch ist. »Frida! Ist alles in Ordnung?«

»Mehr oder weniger.« Lieber nicht ins Detail gehen. »Ich hab mich nur gefragt … wo sind Sie, Penny?«

Schweigen. »In der Karibik. Im Urlaub. Sie wissen doch?«

»Oh.« Hastig denke ich um. »Die – die Verbindung ist so schlecht.« Ich lache kurz auf. »Ich habe nicht gefragt, *wo* Sie sind. Ich fragte: Wie finden Sie's? Wie geht es Ihnen?«

Wieder verwirrtes Schweigen. »Gut, Frida. Es ist wunderschön hier. Das war wirklich ein toller Hauptgewinn.«

»Hauptgewinn?«

»Ja. Ich habe den Urlaub bei einem Preisausschreiben gewonnen. Das habe ich Ihnen doch erzählt.«

»Ja, natürlich. Ja. Ich wollte Ihnen nur eine schöne Zeit wünschen. Ich glaube, dazu bin ich neulich gar nicht mehr gekommen, weil ich so schnell wegmusste, um …« Ich lasse den Satz unbeendet.

»Ja, Sie sind nach Hause gegangen, um sich auf den Termin bei NeoStar am Freitagmorgen vorzubereiten.«

Ich horche auf.

»Ist wirklich alles in Ordnung?«, fragt sie noch einmal. »Und die Aushilfe macht sich gut?«

Ich lasse den Blick durch das leere Büro schweifen. »Sie ist unglaublich tüchtig. Also, viel Spaß noch. Wann sind Sie wieder da? … Noch eine Woche. Ah ja. Schön. Lassen Sie es sich gutgehen.«

Ich lege auf. Interessant – Penny gewinnt einen Urlaub

genau in der Woche, in der ich mein Gedächtnis verliere. Und ich hatte beim größten Konzern der Welt einen Termin, an den ich mich nicht erinnere. Aber vielleicht bin ich dort ja schon gar nicht mehr hingekommen.

Mein Kopf pocht dumpf. Haben diese Tatsachen etwas zu bedeuten? Oder spinne ich mir nur etwas zusammen? Und da ist noch etwas. All das sollte mir seltsam vorkommen, aber so ist es nicht. Die Seltsamkeit fühlt sich irgendwie … vertraut an. Was auch schon wieder höchst seltsam ist.

Ich setze mich an meinen Schreibtisch und überlege, was ich weiß. Als Penny letzten Donnerstag nach Hause ging, hatte ich am nächsten Morgen einen Termin bei NeoStar. Ich schalte meinen Arbeitslaptop ein und schaue in meinen Kalender. Nirgends ist ein Termin bei NeoStar eingetragen, was erstaunlich ist, denn Penny irrt sich nie. Wobei, ich habe sie gerade in der Karibik angerufen, wo es momentan ungefähr sieben Uhr morgens ist, also habe ich sie wahrscheinlich aufgeweckt. Vielleicht ist sie da doch etwas durcheinandergekommen.

Aber wenn ich nicht zu NeoStar wollte, was hatte ich dann vor?

Im Kalender steht ein Gespräch mit Mrs. Bartholomew. Ich rufe sie auf dem Handy an.

»Hallo«, sage ich in gezierter Sprechweise, die vage an Penny erinnert. »Anwaltskanzlei Frida McKenzie. Wir melden uns noch einmal bei Ihnen wegen Ihres Termins am vergangenen Freitag.«

Es folgt ein kurzes Schweigen, dann sagt Mrs. Bartholomew aufgebracht: »Der Termin fand nicht statt! Ich bekam nur eine Nachricht von Ms. McKenzie, dass er wegen eines Notfalls in der Familie verschoben werden müsste.«

Pause. »Ganz genau«, sage ich dann. »Deswegen rufe ich an, wir möchten den Termin natürlich zum nächstmöglichen Zeitpunkt nachholen.«

»Tut mir leid, ich habe mir bereits einen verlässlicheren Anwalt gesucht«, kommt es verschnupft zurück.

»Oh, das freut mich aber!«, sage ich fidel und lege auf. Na super. Eine Klientin verloren. Aber wenigstens weiß ich jetzt, dass ich diesen Termin schon nicht mehr wahrgenommen habe. Ich stehe auf und blicke in den Spiegel. Der Anblick ist ein echter Schock. Ich trage kein Make-up und bin sehr blass. Mein Haar ist zu einem unordentlichen Pferdeschwanz gebunden und sieht aus, als hätte es seit Wochen keine anständige Spülung mehr gesehen. Und diese Klamotten! Als wäre ich zum Militär gegangen.

»Was zum Teufel ist mit dir passiert?«, flüstere ich der Frau im Spiegel zu. Sie antwortet nicht.

Ich schließe das Büro ab und gehe zu meiner Wohnung. Beim Eintreten registriere ich voll Erleichterung, dass alles genau wie immer ist. Ich gehe in die Küche, streiche über die sauberen, aufgeräumten Arbeitsflächen, nehme die Kissen von meinem Sofa und drücke sie innig an mich wie eine durchgedrehte Schauspielerin aus einer Einrichtungswerbung.

Ich setze Kaffee auf, und während er durchläuft, überlege ich krampfhaft an der Leerstelle herum, die statt der letzten Woche in meinem Kopf ist. An der dünnen Staubschicht überall, der trockenen Erde in den Blumentöpfen und der Post, die sich im Briefkasten stapelt, erkenne ich, dass ich definitiv nicht zu Hause war. Ich schalte den

Fernseher ein; gerade läuft das Ende der Wirtschaftsnachrichten.

»... . worauf die ganze Welt wartet. Am Valentinstag um Punkt neunzehn Uhr wird NeoStar den Gewinner des einzigen existierenden Exemplars des Smartphone NeoONE verkünden. Die Kampagne ist die größte, die es je gegeben hat. Nur ein Mensch auf der Welt wird dieses unglaubliche Meisterwerk der Technik gewinnen, und automatisch nimmt jeder daran teil, der je in seinem Leben etwas von NeoStar gekauft hat.« Der Sprecher lächelt mit weißen, ebenmäßigen Zähnen. »Richtig, das sind die meisten von uns. Und wenn dem nicht so ist? Dann kann man sich hier online registrieren lassen.« Er deutet nach unten, wo eine Webadresse eingeblendet wird. »Denn glauben Sie mir, Sie sollten sich die Chance nicht entgehen lassen, am vierzehnten Februar das ONE zu gewinnen! Unter der Hülle aus massivem Gold steckt eine phänomenal neue Technik. Nach den Worten des Unternehmens ist sie revolutionär, und es wird bereits heftig spekuliert, in welcher ...« Begeistert redet der Sprecher weiter, aber ich starre auf den Bildschirm, hypnotisiert vom goldenen Glanz des NeoONE. Dann geht die Sendung zum Dow Jones über. Ich schalte den Fernseher aus und tappe ins Schlafzimmer.

Das ist besser. Alles ist da, alles ist vertraut, und mich durchströmt immense Erleichterung. Da ist die wunderhübsche Tagesdecke, die ich mir für ein Vermögen aus Amerika habe schicken lassen; da ist mein herrlich bequemes Bett mit dem cremefarbenen Rahmen und der Taschenfederkernmatratze. Ich lege mich hin und schlüpfe unter die Decke. Genau das brauche ich jetzt. Einfach nur Ruhe und Sicherheit und Alleinsein.

Innerhalb von Minuten bin ich eingeschlafen, und falls ich von etwas oder jemandem träume, erinnere ich mich beim Aufwachen nicht mehr daran.

32

Ich verbringe das ganze Wochenende bei zugezogenen Vorhängen in meiner Wohnung. Der Samstag geht in den Sonntag über, der Sonntag in die nächste Woche, aber ich gehe nicht zur Arbeit. Während die Tage träge ineinanderfließen, wird mir klar, dass ich mich verstecke. Und das Schlimmste ist, dass ich keine Ahnung habe, wovor.

Am Mittwoch sitze ich auf dem Sofa unter die Bettdecke gekuschelt, die ich aus dem Schlafzimmer mitgenommen habe, und schaue mir eine Reality-Show an, in der ein paar Kandidatinnen versuchen, mittels Pole-Dance den in Aussicht stehenden wohlhabenden Junggesellen zu gewinnen. Ich mache noch eine Packung Kekse auf.

Die Show endet, es kommen Nachrichten. Eine Frau ist verhaftet worden, weil sie mit einem Jagdmesser auf die Verlobte ihres Chefs eingestochen hat. Laut dem Bericht war sie in ihn verliebt, und als er ihre Gefühle nicht erwiderte, griff sie zum Messer. Ich schaue eine Minute lang zu. Was für traurige, verrückte Zeiten. Dann nehme ich die Fernbedienung und zappe zu einem Krimi-Drama aus den Siebzigerjahren.

Das Telefon klingelt. Sicher wieder Bryony. Ich lasse den Anrufbeantworter rangehen. Bryony glaubt, ich hätte eine Depression oder einen Burnout oder wäre drogensüchtig geworden. Ich weiß nur, dass ich unter dieser Bettdecke sitzen und Vanillekekse essen will. Ich habe ein schlechtes Gewissen, dass ich sie auflaufen lasse, aber ich will einfach nichts mehr davon hören, dass ich zum Arzt gehen, Antidepressiva nehmen, es mit Akupunktur probieren oder mir einen Therapeuten suchen soll. Sie kann unmöglich verstehen, wie es mir geht – nicht einmal ich weiß ja, was mit mir passiert ist oder worum ich anscheinend trauere. Ich habe keinen Angehörigen oder Freund verloren. Auch mein Geschäft, mein Zuhause und mein Leben sind noch da.

Ich habe eine Woche meines Lebens verloren. Das ist alles. *Das ist alles.*

Im Fernseher redet ein Mann in einem zerknitterten Regenmantel mit einem anderen Mann. Dessen langer Schnurrbart verrät untrüglich, dass er der Bösewicht ist.

Manchmal ist es schwer, die Guten von den Bösen zu unterscheiden, flüstert etwas in meinem Kopf.

Ich runzle die Stirn. Immer wieder kommen mir seltsame Sätze in den Sinn, wie Echos. Echos wovon?

Egal. Ich brauche einfach nur Ruhe. Ich beschließe immerhin, einen Spaziergang zu machen, frische Luft zu schnappen. Es ist ein knackig kalter Februartag. Ich mag es, wie der Verkehr summt und die Leute eilig und geschäftig vorbeilaufen, dieses Gefühl, dass jeder ein Ziel hat. Sämtliche Schaufenster sind für den Valentinstag dekoriert. Nur noch ein Tag bis zum Fest der Liebenden, da muss man sich ranhalten. Steigern Sie Ihre Ausdauer; fünfzig Prozent Rabatt auf verschiedene Marken in unserer Drogerie. Zeigen Sie Ihrer Liebsten mit diesem Aftershave, dass Sie ein ganzer Mann sind. Legen Sie sich eine neue Frisur zu. Ein neues Outfit. Runderneuern Sie sich selbst. Seien Sie jemand anders, dann verliebt sich sicher jemand in Sie.

Erst als meine Hände taub werden, wird mir bewusst, dass ich schon fünf Minuten lang einen Cupido aus Pappe anstarre. Er schwebt inmitten roter herzförmiger Ballons, ertrinkt schier in ihnen.

Ist den Leuten eigentlich klar, dass Rot auch die Farbe von Blut ist?

Ich schüttle den Kopf. Was ist los mit mir? Ich gehe weiter. Irgendwann fällt mir ein Zeitungsstand ins Auge, auf dem in großem Lettern steht: *Werden Sie das ONE gewinnen? Einen Tag vor dem Valentinstag fiebert die ganze Welt der morgigen NeoStar-Verlosung entgegen!* Es fängt an zu nieseln, ich setze meine Mütze auf. Und endlich wird mir bewusst, dass ich in den Teil der Stadt unterwegs bin, in dem ich laut Bryony gefunden wurde. Wie eine wackere Amateurdetektivin, die sich auf die Suche nach Indizien für ihr eigenes Verschwinden macht. Ich gehe jede Straße in dem Viertel ab, hoffe darauf, dass mir irgendwas bekannt vorkommen wird, dass bei irgendeinem Anblick diese matten Erinnerungsfunken in meinem Kopf zu einem Leuchtfeuer des Begreifens auflodern. Aber da sind nur müllübersäte Bürgersteige und unter Graffitischichten verschwindende geschlossene Geschäfte.

Mir ist leicht schwindelig. Als ich auf mein Handy blicke, sehe ich erstaunt, dass ich schon zwei Stunden lang marschiert bin, und noch viel länger ist es her, dass ich zuletzt etwas gegessen habe. Gerade komme ich an einem nicht sehr vertrauenerweckenden Café namens Tony's vorbei. Ich zögere einen Moment, trete vor ein Fenster und spähe zweifelnd hinein. Drinnen sieht es scheußlich aus. Ich suche mit dem Blick die Straße ab. Weit und breit ist nichts Besseres zu sehen. Dann werde ich mir hier nur einen Kaffee und irgendwas zu essen holen, was einigermaßen hygienisch wirkt.

Im Café stelle ich mich an der kurzen Schlange an. Die Frau hinter dem Tresen hat unübersehbare dunkle Haaransätze und ein verlebtes Gesicht. Sie lächelt mich breit an. »Wie geht's dir? Du siehst gut aus, nur 'n bisschen abgemagert.«

Ich starre sie verdattert an. »Mir geht es gut, danke«, sage ich steif. »Ich hätte gerne einen Cappuccino und einen Blaubeermuffin.«

Mit dem dünnen Pappbecher und dem Muffin setze ich mich in eine der abgenutzten Sitznischen. Während ich etwas von dem verklumpten Zucker in meinen Kaffee rühre, schaue ich aus dem Fenster. Dann nippe ich daran und stoße einen kleinen erfreuten Seufzer aus. So versifft die Bude aussieht, der Kaffee ist gut. Ich zupfe das Papier von dem Muffin und will gerade ein Stück abbrechen, da erscheint die Frau vom Tresen an meinem Tisch.

»Ich hab da was für dich.«

»Bitte? Ich habe nichts mehr bestellt.«

Sie schaut mich eindringlich an. »Du erinnerst dich nicht an mich, oder?«

»Nein, tut mir leid, Sie müssen …« Ich setze mich kerzengerade hin. »Warten Sie mal! War ich vielleicht letzte Woche hier?«

»Genau, meine Liebe. Und er meinte, wenn du je wieder hier reinkommst und dich komisch verhältst, soll ich dir das hier geben. Und du verhältst dich komisch, also bitte schön.« Sie stellt eine Pappschachtel auf den Tisch, dreht sich um und verschwindet wieder hinter dem Tresen.

Ich starre die Schachtel an, dann der Frau hinterher, dann wieder auf die Schachtel. Sie ist etwas kleiner als ein Schuhkarton und mit Kreppband zugeklebt. In schwarzen Blockbuchstaben steht mein Name auf dem Deckel. Ich überlege, ob ich sie mit nach Hause nehmen und dort öffnen soll, aber irgendwas bewegt mich zu bleiben, und da mich schon ein Instinkt hierhergeführt haben muss, beschließe ich dieser inneren Stimme zu gehorchen. Um mich für das Kommende zu rüsten, nehme ich noch einen Schluck Kaffee, dann pule ich das Kreppband auf.

In der Schachtel liegen ein Fläschchen mit Wasser, ein Schlüsselbund und drei kleine Plastikbeutel – einer enthält ein braunes Pulver, der zweite mehrere kleine Kugeln aus grauem, körnigem Material und der dritte ein getrocknetes Kraut. Ich muss an Bryonys Worte denken. Scheiße. Bin ich wirklich in die Drogenszene reingeraten? Da bemerke ich unter den Beuteln noch etwas. Ich hole es heraus. Es ist ein Schraubdöschen aus Kunststoff, in dem etwas schwimmt, was aussieht wie zwei blaue Kontaktlinsen. Darunter klebt ein Klebezettel, auf dessen einer Seite in krakeliger Schrift steht: »Pfeil=200: GOTT« und auf der anderen »122 Laerdroia« neben etwas, was aussieht wie ein rasch hingekritzeltes Kamel.

Ah. Wunderbar. Gut zu wissen. Da sehe ich, dass auch an der Wasserflasche ein Klebezettel klebt. Auf ihm steht: »TRINK MICH«. Haha. Netter Witz. Ich schaue mich um. Erlaubt sich da jemand einen Scherz mit mir? Aber niemand beachtet mich. Die Frau hinter dem Tresen ist dabei, andere Kunden zu bedienen. Ich schraube den Deckel auf. Es ist reinster Irrsinn, etwas zu trinken, nur weil ein Klebezettel einen dazu auffordert. Aber ich bin die unbeantworteten Fragen und das klaffende Loch in meinem Kopf leid. Ich will einfach nur die Wahrheit wissen. Und dieser innere Instinkt drängt mich, es zu tun.

Ich hebe die Flasche an die Nase. Schnuppere daran. Was soll's, denke ich und trinke einen Schluck.

Nichts.

Ich stelle die Flasche wieder ab. Okay, war also doch nur ein dummer Scherz.

Dann schnappe ich heftig nach Luft und kralle mich mit weißen Fingerknöcheln am Tischrand fest. Denn in diesem Moment kommt wie in einer gewaltigen Flutwelle die Erinnerung zurück.

33

Ich schaffe es nur mit Mühe, die Finger vom Tischrand zu lösen. Unter der Flut der Erinnerungen zittere ich am ganzen Leib.

Ich hatte alles vergessen. Psyche hat mir Wasser der Lethe zu trinken gegeben, und ich habe alles vergessen.

O Gott.

Mit bebenden Händen nehme ich die Plastikbeutel aus dem Karton. Die grauen Kugeln sind Ophiotaurosbomben. In dem grünen Kraut erkenne ich den Schutzzauber wieder. Das Pulver aber habe ich noch nie gesehen. Dann kommt mir schlagartig die Erkenntnis: Das muss das Zeug sein, mit dem Dan den Pfeil zerstören wollte. Nur welchen Sinn die Kontaktlinsen haben sollen, kann ich mir nicht vorstellen. Ich suche in der Schachtel nach mehr Erklärungen, aber es gibt keine.

Auf wackeligen Beinen gehe ich an den Tresen. »Cathy, wann hat Dan dir das für mich gegeben?«

Sie kneift die Augen zusammen. »Hmmm, letzte Woche Mittwoch? Gegen Abend, ich hab gerade zugemacht. Seither hab ich ihn nicht mehr gesehen. Alles okay bei ihm?«

»Er ist … weg«, sage ich. »Er besucht Freunde.« Ich weiß, dass Dan Cathy vertraut, aber ich weiß nicht, wie viel sie weiß, und will sie nicht mit hier hineinziehen. Also. Dan hat ihr den Karton am Mittwoch gegeben. Nach seiner Vision, aber bevor wir … Deshalb also war er noch einmal weggefahren – um das Antidot gegen das Lethewasser und das andere Zeug zu besorgen. Und das bedeutet … mein Gehirn setzt fieberhaft die Puzzleteile zusammen … dass er zumindest etwas von dem, was geschehen würde, vorausgesehen haben muss.

Wie vor den Kopf geschlagen stehe ich da. Wusste er, dass ich ihn verraten würde? Oder nur, dass er entführt werden würde? Und warum in aller Welt hat er mir kein Wort davon gesagt?

Ich betrachte wieder die gekritzelte Notiz: »Pfeil=200«. Was soll das bedeuten? Ich überlege, was Anteros und die Zahl 200 verbinden könnte. Aber mir fällt nichts ein. Selbst der gigantische Wolkenkratzer hat nur 199 Stockwerke.

Dann kommt mir ein Gedanke.

Und wenn nicht?

Wenn es nun ein geheimes zweihundertstes Stockwerk gibt?

Plötzlich bin ich mir sicher, dass es das sein muss. Dort muss Anteros Dan und den Pfeil versteckt haben. Aber wie soll ich unbemerkt an einen Ort kommen, den es offiziell gar nicht gibt?

Ich nehme die Schachtel und gehe damit nach oben in die Wohnung, der Schlüssel aus der Schachtel passt. Dan muss mir noch mehr dagelassen haben. Einen Plan. Eine Möglichkeit, ihn zu befreien. Aber die Wohnung sieht genauso aus, wie ich sie zuletzt gesehen habe. Außer Dans Schlafzimmer. Hier ist die Nachttischlampe umgeworfen, und die Bettdecke liegt auf dem Boden. Mir gefriert das Blut in den Adern beim Gedanken daran, wie die bulligen Lakaien den bewusstlosen Dan aus dem Bett gezerrt haben müssen. Wer weiß, was sie ihm angetan haben. Aber er muss noch am Leben sein. Als Orakel hat er für Anteros einen Nutzen, das hat Psyche gesagt. Sie werden ihn nicht töten.

Wobei es natürlich Dinge gibt, die schlimmer sind als der Tod.

In meinem Zimmer finde ich das Handy, das ich dort liegengelassen habe. Noch einmal lese ich Psyches Nachricht, die mich nach draußen gelockt hat. Ihr doppeltes Spiel verursacht mir richtiggehend Übelkeit. Sie hat meinen Vater in den Tod gelockt. Sie hat mir Dan genommen. Sie hat den Pfeil gestohlen. Was sagte sie noch, was Anteros damit anstellen wollte? Mein Gedächtnis ist noch etwas vernebelt, manche der Erinnerungen sind unklar. Ich nehme die Flasche und trinke den Rest des Wassers.

Und das ist zu viel. Ich erinnere mich wieder an Psyches Worte – *Anteros wird euch allen einen ganz besonderen Valentinsgruß schicken* –, zugleich kommen auch all die Erinnerungen an früher zurück. Mein Vater, wie er mir Geschichten vorliest, wie er mir die Halskette schenkt und mir sagt, ich sei etwas Besonderes. Mum und Dad, die sich streiten, zuerst nur gelegentlich, dann ständig, sodass ich mich in meinem Zimmer verkrieche, ein Kissen über den Ohren, einen Kloß schlechten Gewissens im Magen, weil Mum das, was sie an ihm hasst, auch an mir hasst. Der Tag, an dem ich von der Schule nach Hause kam und er nicht mehr da war. Die Fahrt in die Stadt, bei der ich irgendwie ahnte, dass etwas nicht stimmte, dass etwas Falsches, Schlechtes vorging. Wie ich mich wehrte, trat und biss, bis sie mich festschnallten und mir das Wasser mit einem Gummischlauch in die Kehle schütteten.

Danach war ich die gute Frida. Die brave Frida. Die vernünftige Frida.

Ich renne ins Bad und erbreche mich, bis nichts mehr herauskommt, kalten Schweiß auf der Stirn. Dann knie ich am ganzen Leibe zitternd auf dem kalten Fliesenboden und weine um die Frida, die ich einmal war. Um alles, was ich so lange vergessen hatte. Und über das, was ich getan habe. Denn in meinem Kopf dröhnt das, was in den Nachrichten kam, über NeoStars »revolutionäres« Handy, all die Menschen, die darauf fiebern, morgen um neunzehn Uhr diese Mail zu öffnen. Ich kann mir nur zu genau vorstellen, was Anteros vorhat.

Ich weiß nicht, wie lange ich dort sitze, die Augen trüb vor Tränen, mein Atem flach, mein Puls wild und dröhnend. Ich weiß nur, dass sich irgendwann mein Herzschlag verlangsamt, mich eine neue Ruhe überkommt und tief in mir etwas erwacht. Leicht schwankend stehe ich auf, drehe den Wasserhahn auf und klatsche mir kaltes Wasser ins Gesicht, dann trinke ich einige große Schlucke. Ich muss in meine eigene Wohnung. Denn mir ist noch eine lange verschüttete Erinnerung zurückgekommen.

Ich schließe Dans Wohnung ab und eile nach Hause, den Schutzzauber in der Tasche. Anteros darf nicht erfahren, dass ich wieder alles weiß – der einzige Vorteil, den ich habe, ist, dass sie mich momentan nicht als Bedrohung ansehen. Zurück in meiner Wohnung eile ich in die Besenkammer, wohin ich den Karton von Bryony gestellt habe. Ich krame unter dem Slinky, der Barbie im Flecktarnanzug, der Polly-Pocket-Puppe. Nichts.

Der Reihe nach nehme ich alles heraus: Puppen, Comics, Stickersammelalben, Teddybären. Ich weiß, dass sie hier ist. Sie muss hier sein. Bryony hat mir den Karton genau zu dem Zeitpunkt gebracht, als alles begann, das kann kein Zufall sein. Ich will schon aufgeben, da sehe ich etwas im Bodenfalz glitzern. Mit einem Finger pule ich es heraus. Meine goldene Kette. Der herzförmige Anhänger mit dem Pfeil hindurch.

Ich trete vor den Spiegel im Flur. Mit zitternden Händen lege ich mir die Kette um. Sie scheint auf meiner Haut zu glühen, und das Gesicht, das mir über ihr entgegenblickt, ist blass, aber entschlossen. Anteros hält uns Sterbliche für Marionetten. Er glaubt, er könnte uns verbiegen, bis wir alle so sind wie er, bösartig und rachsüchtig und innen pechschwarz. Ich berühre das goldene Herz.

Ich werde ihm beweisen, dass er sich irrt.

Zurück bei Dan stelle ich mich vor die Zeichnung von Anteros. Er blickt so selbstsicher und unbekümmert. Als amüsiere er sich prächtig. Dann betrachte ich Dans andere Zeichnung. Die mich zeigt und doch nicht mich. In diesen Augen ist ein Leuchten, das ich nicht kenne. Eine Macht, die ich nicht besitze. Ich seufze. Das bin nicht ich; es ist die Frida, die Dan zu finden erwartet hat. Er hat mich überschätzt. Und das hat bittere Folgen für ihn gehabt. Mit einem Stich der Scham denke ich daran, dass er irgendwo bei NeoStar gefangen sitzt – weil ich zu schwach war.

Ich schüttle den Kopf. Ich sollte besser einen Plan machen. Am Tisch begutachte ich noch einmal den Inhalt von Dans Schachtel. Wenn es etwas gibt, was ich aus all seinen Büchern gelernt habe, dann, dass zu jedem Helden Requisiten gehören. Ob Herakles oder Iason, Perseus oder Odysseus, man kriegt eine magische Harfe, ein goldenes Vlies oder ein göttliches Schwert. Was habe ich?

Eines nach dem anderen nehme ich die Objekte heraus. Ich habe Ophiotaurosbomben, die ich gegen die Wachen und Anteros einsetzen kann. Ich habe das Pulver, um den Pfeil zu zerstören. Und sonst? Ratlos drehe ich die Kontaktlinsen in den Händen. Sollen sie als Verkleidung dienen oder was? Als ich den Behälter umdrehe, sehe ich, dass unten etwas aufgedruckt ist. »Schützt zu 100% vor schädlicher Strahlung.« »Was für schädliche Strahlung soll es in einem Wolkenkratzer denn geben?«, frage ich mich laut – und verstumme abrupt, denn mir kommt ein sehr, sehr gruseliger Gedanke.

Nein. Das kann nicht sein. Das ist unmöglich. Andererseits ist in meiner neuen Wirklichkeit verdammt viel möglich. »Oh Scheiße.« Mit einem flauen Gefühl in der Magengrube lege ich die Linsen zur Seite.

Dann betrachte ich den einzigen anderen Hinweis, die krakelige Notiz. Dass »Pfeil=200« das zweihundertste Stockwerk bedeuten könnte, ist mir schon klar. Aber GOTT? Das ist ziemlich vage. Und was zum Henker soll »Laerdroia« bedeuten? Ich schalte Dans Laptop ein und suche im Internet nach dem Wort, aber es kommt nichts Sinnvolles heraus. Verwirrt schließe ich den Deckel. Irgendwie habe ich das Gefühl, dass mir dieses Wort schon begegnet ist. Aus einem Impuls heraus sehe ich mir die Bücherstapel an und gehe jedes Buch auf jedem Regal durch, indem ich mit den Fingern die Rücken entlangfahre. Nichts.

Ich schließe die Augen und versuche mich zu erinnern, wo ich das Wort gesehen habe. Da durchzuckt etwas mein Gehirn und ich weiß, warum ich das Buch nicht finde. Es war dasjenige, in dem Dan an dem Abend las, als er entführt wurde.

»Bitte sei da, bitte sei da, bitte sei da«, murmle ich vor mich hin, während ich das Wohnzimmer durchsuche. Ich schaue unter alle Sofakissen, unter den Couchtisch. Nichts. Dann sehe ich unter dem Lehnsessel eine kleine Ecke des blassblauen Einbands hervorschauen.

Ich hebe es auf und setze mich mit gekreuzten Beinen aufs Sofa. Nicht »Laerdroia«, sondern »Caerdroia«! (Ich muss Dan wirklich mal sagen, dass er eine fürchterliche Klaue hat.) Mit zitternden Händen öffne ich das Buch auf Seite 122. Ich kann förmlich hören, wie mir die Kinnlade herunterklappt. Denn da ist das Sicherheitssystem, mit dem kein anderes mithalten kann.

Das kretische Labyrinth.

34

Die nächste Stunde verbringe ich damit, einen Pfad durch eine eingescannte und ausgedruckte Kopie des Labyrinths zu suchen. Das wird meine Karte sein. Dann strecke ich meine schmerzenden Glieder, gehe in die Küche und finde dort eine Packung Nudeln und ein ungeöffnetes Glas Pesto. Während die Nudeln kochen, starre ich ins Leere und denke an Dan. Ich vermisse ihn. Ich weiß, ich kannte ihn kaum. Ich weiß, was ich für ihn empfand, hatte keine echte Basis. Wie auch, bei all der Verwirrung und Furcht und den ständigen Schreckensszenarien? Trotzdem wünsche ich mir mit aller Macht, er wäre hier, wünsche mir, ich hätte auf etwas anderes in mir gehört statt auf meine Angst und Paranoia. Und auf Psyche.

Die Nudeln mit Basilikum, Öl und Parmesan sind Balsam für meine Seele. Ich frage mich, wie ich die Sache angehen soll. Es ist mir bestimmt, den Pfeil zu zerstören. Und Dan hat mir die nötigen Hilfsmittel hinterlassen, was bedeutet, dass er mir zutraute, es zu schaffen. Ich wünschte, ich hätte sein Vertrauen in mich. Bei meinem Trip in die Unterwelt folgte ich einer alten Geschichte und hatte Psyche persönlich als Führerin – und trotzdem hätte ich es beinahe nicht wieder herausgeschafft. Das hier ist etwas anderes. Hierfür gibt es keinen Präzedenzfall.

Und da ist noch ein Problem. Auch wenn ich jetzt ahne, was mich im 200. Stockwerk erwartet, ich weiß immer noch nicht, wie ich dorthin komme. Im Internet gibt es nicht den winzigsten Fetzen Information darüber, wie der Grundriss des NeoStar-Gebäudes aussieht. Ich habe zwar die Architekten gefunden, die es geplant haben, eine riesige, weltweit operierende Firma namens Armstrong – wenn ich an ihre Zeichnungen herankäme, wäre vielleicht etwas Nützliches dabei. Aber natürlich stellen die ihre Baupläne nicht für jeden sichtbar ins Netz.

Ich schiebe mir noch ein paar Nudeln in den Mund. Und frage mich, was Dan dort wohl zu essen bekommt. Ob es ihm gut geht. Der Gedanke, dass das nicht der Fall sein könnte, ist unerträglich. Vielleicht hat er Schmerzen oder Angst. Ich muss in dieses Gebäude hinein. Es ist Mittwochabend. Morgen um 19 Uhr wird diese Mail verschickt werden. Ich habe nur noch vierundzwanzig Stunden. Ich schiebe den Teller weg, schließe die Augen und versuche meiner steigenden Panik Herr zu werden.

Ich denke über mein Leben nach. Wie Psyche mir meinen Vater wegnahm, ehe er mich richtig darauf vorbereiten konnte, wozu ich bestimmt bin. In meinen Ohren hallen ihre höhnischen Worte nach: *Du gehörst nicht in die magische Welt.* Und sie hat recht. Ich gehöre da nicht hin. Meine Welt ist die Welt der Gesetze, der Wirtschaft; die Welt des Geldes, des Rechts, der Macht und der gepflegten Haare.

Ich zucke zusammen und öffne die Augen. Warum soll ich mir nicht genau das zunutze machen? Mein Adressbuch ist voller dankbarer Klienten. Irgendjemand darunter kann mir vielleicht irgendeine nützliche Auskunft über NeoStar geben, die mir dabei helfen wird, hineinzugelangen.

Die Idee elektrisiert mich. Sofort logge ich mich über Dans Laptop in meine beruflichen Kontakte ein und gebe die Namen all meiner Klientinnen und Klienten sowie ihrer Ex- und neuen Partner zusammen mit dem Stichwort NeoStar in die Internet-Suchmaschine ein in der Hoffnung, auf irgendwas Nützliches zu stoßen. Das dauert mehrere Stunden, die ich eigentlich nicht habe, aber als ich mit der Liste durch bin, habe ich drei potenzielle Möglichkeiten.

Meine kürzliche sehr zufriedene Klientin Linda ist gut mit der Besitzerin eines Catering-Unternehmens befreundet, das schon einige Firmenessen bei NeoStar ausgerichtet hat. Roy, dessen Scheidung eines meiner ersten Verfahren war, nachdem ich meine Kanzlei eröffnet hatte, hat eine reizende neue Frau, die bei der Floristikkette arbeitet, die NeoStar offiziell beliefert. Aber es ist der dritte Name, bei dem mich ein aufgeregtes Flattern durchläuft. Der Ehemann dieser Klientin arbeitet für eine Zweigstelle des Architekturbüros, das NeoStar gebaut hat.

Das könnte der Schlüssel sein.

Allerdings gibt es da ein kleines Problem. Sie ist gar nicht mehr meine Klientin. Sie ist dabei, sich mit ihrem Mann zu versöhnen. Und ich muss von ihr verlangen, dass sie ihn hintergeht.

Ich stehe auf und greife nach meiner Jacke. Ich kann nur hoffen, dass Oona Simpson bereit ist, sich der Wahrheit zu stellen.

Sie öffnet mir die Tür, rosig und frisch wie direkt aus dem Wellness-Spa. »Frida!«, sagt sie. »Was machen Sie denn hier?« Sie schaut auf ihre Armbanduhr – Tiffany, wenn ich mich nicht irre – und ihre Augen weiten sich, als sie die Uhrzeit sieht. »Hatten wir eine Verabredung?«

»Nein«, sage ich. »Hören Sie, sind Sie allein?«

»Äh, nein. Robert muss zwar mal wieder länger arbeiten«, kurz verdüstert sich ihr Gesicht, »aber die Kinder sind oben. Warum?«

»Kann ich kurz reinkommen? Ich muss Ihnen dringend etwas sagen.«

Sie beißt sich auf die Unterlippe – Höflichkeit und Unbehagen tragen einen kurzen Kampf aus –, aber dank ihrer guten Manieren behält die Höflichkeit die Oberhand, genau wie ich gehofft hatte. Ich folge Oona in das grandiose Wohnzimmer. In einer Ecke steht ein Flügel. An den Wänden hängen geschmackvolle Landschaftsbilder. Leise erklingt klassische Musik. Alles perfekt, denke ich, wie eine Filmkulisse.

»Möchten Sie gern einen Tee oder Kaffee?«, fragt Oona.

»Kaffee wäre herrlich, danke«, sage ich begeistert.

Oona geht in die Küche und wechselt ein paar Worte mit der Haushaltshilfe. Als sie zurückkehrt, sagt sie höflich, aber wachsam: »Also, Frida, was kann ich für Sie tun?«

Ich schlucke. »Wie läuft es zwischen Ihnen und Robert?«

»Besser. Wir sind dabei, unsere Differenzen beizulegen.«

»Verstehe.« Das dachte ich mir. Sie tischt mir denselben Spruch auf wie wahrscheinlich all ihren Freundinnen und Bekannten. Ich hab's ja geahnt, dass sie noch nicht bereit ist. Sie macht sich immer noch Illusionen. Verdammt.

Aber ich habe keine Zeit, lange um den heißen Brei herumzureden. Ich hole tief Luft. »Oona, ich bin hier, weil sich einige Aspekte am Verhalten Ihres Mannes herauskristallisiert haben, von denen Sie noch nichts wissen. Ich respektiere voll und ganz, dass Sie Ihre Beziehung kitten wollen, aber ich habe mich gefragt, ob Sie nicht vielleicht alle Fakten kennen wollen, ehe Sie sich endgültig entscheiden.«

Oona schaut mich entgeistert an. »Also – nein! Ich meine, er und ich haben uns darauf geeinigt, das Vergangene ruhen zu lassen, was soll es bringen, wenn ich das alles wieder aufwärme?« Aus den Worten klingt deutlich Robert heraus.

Ein langes, unbehagliches Schweigen entsteht. Ich beiße mir auf die Zunge.

»Was für Fakten?«, fragt sie dann.

»Es ist ziemlich heikel«, sage ich. »Vielleicht wird es Sie erschüttern. Ich muss mir sicher sein, dass Sie es wirklich wissen wollen.«

Sie schwankt sichtlich, aber ich weiß, sie zappelt am Haken. Unmöglich, nicht zu fragen, nachdem ich ihr diesen Köder hingeworfen habe. Auf ihrem Gesicht zeichnet sich ihre Qual ab, und ich fühle mich schrecklich, aber ich muss das tun. Ich habe keine Wahl.

»Na gut. Sagen Sie mir, was Sie zu sagen haben.«

Also tue ich es. »Die junge Frau, mit der Ihr Mann bei der Arbeit eine Affäre hatte. Sie war nicht die Erste. Vor ihr hatte er schon mindestens zwei andere.«

Oonas Porzellangesicht wird kreidebleich. Sie blinzelt, befeuchtet sich die Lippen mit der Zunge, ein Zeichen von Nervosität, das mir in der Seele wehtut. Noch einmal sage ich mir, dass das Schicksal der Welt auf dem Spiel steht.

»Wann, sagten Sie, haben Sie sich wieder mit Robert versöhnt?«

»Am Samstag, nachdem ich bei Ihnen war.«

Ich schaue ihr ernst in die Augen. »Ich fürchte, ich muss Ihnen sagen, dass Robert sich am Sonntagabend und Montagmorgen wieder mit der fraglichen Frau traf.«

Oona holt scharf Luft. »Woher wissen Sie das?«

»Ich lasse die Partner meiner Klienten routinemäßig überwachen, um Informationen zu gewinnen, die meiner Partei vor Gericht helfen könnten. Diese beiden Treffen fanden vor unserer zufälligen Begegnung in der Galerie statt, wo Sie mir sagten, dass Sie sich bezüglich der Scheidungsklage umentschieden hätten.«

Das ist nur eine halbe Lüge. Tatsächlich engagiere ich oft einen Privatdetektiv, allerdings nur, wenn meine Klienten sich damit einverstanden erklären. Aber wer braucht einen Detektiv, wenn er sich nur durch die Social-Media-Seiten einer unvorsichtigen jungen Frau klicken muss?

»Am Montagmorgen?« Oonas Stimme ist schwach. Ich weiß, was sie denkt, denn genau das habe ich bezweckt. Nur wenige Stunden, nachdem ihr Mann sich mit diesem jungen Ding vergnügt hat, hat er mit ihr zu Mittag gegessen.

»Sind Sie ganz sicher?«

»Ja. Es tut mir leid, Oona. Ich weiß, wie sehr Sie auf eine Versöhnung hoffen, aber ich hatte das Gefühl, Sie verdienen es, die Wahrheit zu kennen, statt aufgrund eines falschen Eindrucks einfach weiterzumachen.« Ich halte die Luft an. Jetzt pokere ich hoch. Was ich tue, ist ethisch absolut untragbar, und wenn sie jetzt ihre Wut gegen mich richtet und nicht gegen ihren treulosen Sack von Ehemann, ist alles verloren.

»Er sagte mir, er hätte Schluss mit ihr gemacht.« Oonas Stimme ist kaum hörbar.

Ich nicke.

»Warum sollte er mir das sagen, warum sollte er mich wieder täuschen, nachdem ich es doch wusste?«

»Weil er glaubte, er könnte alles zugleich haben.« Ich schaue mich um. »Sie kümmern sich um dieses tolle Haus und um die Kinder, in Ihnen hat er eine feste Stütze, Sie verschaffen ihm Bequemlichkeit und eine komfortable Fassade. Das will er nicht aufgeben, aber er will auch Sex mit anderen Frauen haben. Und weil er weiß, dass Sie das niemals dulden würden, lügt er Sie an.« Ich sehe ihr in die Augen. »Robert denkt nur an sich. Vielleicht sollten Sie das endlich auch tun, Oona.«

Das könnte etwas zu viel gewesen sein. Es ist so wichtig für mich, sie auf meinen Kurs zu bringen, und was ich sage, ist die Wahrheit. Aber manchmal – oft – kommt die Wahrheit zu schnell und zu geballt.

»Warum erzählen Sie mir das?«, fragt sie aufgebracht. »Weil Sie meinen Fall zurückhaben wollen? Das ist höchst unsolide, muss ich Ihnen sagen.« Jetzt ist in ihrer Stimme die Wut, auf die ich gewartet habe.

Ich blicke sie freimütig an. »Ich will Ihren Fall nicht, Oona. Ich will ganz offen sein. Ich erzähle Ihnen das, weil ich Sie mag und es mir leid täte, wenn Sie weitere Lebenszeit an jemanden verschwenden würden, der sich nichts aus Ihnen macht. Aber auch, weil ich Sie um etwas bitten möchte. Etwas, was aussieht wie ein Vertrauensbruch. Und vorher wollte ich, dass Ihnen klar wird, dass Ihr Mann Ihres Vertrauens nicht würdig ist.«

Ein Schweigen entsteht. »Und was genau wollen Sie von mir?«

Ich atme durch. Jetzt ist es so weit. »Ich brauche Roberts Passwort zum Intranet seiner Firma.« Oona starrt mich an. »Ich weiß, das klingt verrückt. Aber es geht um Leben und Tod. Sonst wäre ich nie hierhergekommen und hätte Ihnen diese Dinge gesagt.«

Oona schaut mich sehr lange an. Dann steht sie auf. »Bitte gehen Sie.«

»Oona«, sage ich hastig, »Sie verstehen nicht –«

Ihr Blick ist eisig. Voll Zorn und beherrschter Würde. »Ich verstehe sehr gut. Sie wollen meine Lage missbrauchen, um mich auszunutzen. Das sollte ich ja nun kennen, meinen Sie nicht?«

Düster mache ich mich auf den Heimweg. Das habe ich schön vermasselt. Was für eine Heldin bin ich eigentlich? Was hätte Psyche an meiner Stelle getan? Oona eins übergebraten und das Haus durchsucht? Sie an einen Stuhl gefesselt und verhört? Wahrscheinlich. Vielleicht hätte ich das auch tun sollen. *Sie wollen meine Lage missbrauchen, um mich auszunutzen.* Ich schüttle den Kopf. Ich hätte behutsamer vorgehen, ihr nicht gleich die Wahrheit über ihren Mann an den Kopf werfen sollen. Eigentlich weiß ich doch, dass man die Dinge so nicht erzwingen kann. Was ist nur über mich gekommen? Ich ziehe die Jacke fester um mich und frage mich, was in aller Welt ich jetzt machen soll. Da legt sich eine Hand auf meine Schulter.

»Frida.«

Ich fahre herum – es ist Oona.

»Gut, dass ich Sie noch erwische«, sagt sie schwer atmend. Sie streckt die Hand aus. Darin liegt ein roter USB-Stick.

»Hier ist alles von Roberts Festplatte. Ich hatte es vorletzte Woche kopiert, als … nun, Sie wissen schon. Da ist auch eine Liste mit Passwörtern, vielleicht ist das richtige dabei. Die Liste selbst ist auch durch ein Passwort geschützt, aber das habe ich geknackt. Es ist sein eigener Vorname, mit einer 0 statt dem o und einer 3 statt dem e.«

»Natürlich.« Ich will ein Auflachen unterdrücken – erfolglos. Oona erwidert es mit einem matten, resignierten Lächeln.

»Vielen, vielen Dank.« Ich nehme den Stick. »Sie ahnen nicht, wie sehr Sie mir geholfen haben.«

Sie zuckt mit den Schultern. »Mir war klar, dass er lügt, wissen Sie. Aber ich war bereit, mitzuspielen. Sie haben mir diese Möglichkeit genommen.«

»Es tut mir wirklich leid –«

Sie wehrt mit beiden Händen ab. »Nein. Ich bin seit Jahren nicht mehr glücklich in dieser Ehe. Ich liebe unser Haus, die finanzielle Sicherheit, das Prestige. Aber Robert liebe ich nicht wirklich. Ich weiß nicht einmal, ob ich ihn sonderlich mag. Ich wollte es mir nicht eingestehen, aber nach dem, was Sie gerade gesagt haben«, sie schüttelt den Kopf, lacht leise auf, »kommt es mir vor, als wäre ich aufgewacht.«

Mich durchläuft ein Schauder. Die Macht des Pfeils ist

noch in mir, schwach, aber definitiv vorhanden. Sie ist in der Lage, die Gefühle eines Menschen zu verändern.

»Ich danke Ihnen.«

Sie nickt. Sie sieht traurig aus, aber in dieser Traurigkeit wirkt sie gelöster als ich sie bisher gesehen habe. »Ich muss zurück.« Sie wendet sich ab, hält dann inne, wendet sich mir noch einmal zu. »Die Frage ist vielleicht seltsam, aber hat das etwas mit dem Mann zu tun, der bei Ihnen war?«

»Dem Mann?«

»Ja. Dem dunkelhaarigen Mann, mit dem Sie in der Galerie waren. Da sahen Sie so anders aus, Frida. So … glücklich. Wahrhaft glücklich. Dass es so etwas gibt, glaubt man erst, wenn man es mit eigenen Augen sieht.«

Meine Kehle wird eng. Jetzt bloß nicht weinen. »Ja«, bringe ich mit Mühe heraus. »Es hat in gewisser Weise mit ihm zu tun.«

»Nun, dann hoffe ich, Sie finden, wonach Sie suchen, Frida.«

»Ich auch.« Jetzt will ich mich abwenden, aber dann fällt mir etwas ein. »Oona, darf ich Sie um noch etwas bitten? Öffnen Sie keine Mail, die Sie morgen um neunzehn Uhr oder danach bekommen. Bleiben Sie offline, und sorgen Sie dafür, dass Ihre Kinder auch offline sind. Ja?«

Sie schaut mich prüfend an. Schließlich hebt sie die Hände und sagt leise: »Okay.«

Auf dem Weg zu Dans Wohnung schicke ich eilig Bryony eine Nachricht, dass ein schlimmer Virus im Umlauf ist und sie in den nächsten vierundzwanzig Stunden keine Mails öffnen soll. Bei Dan zu Hause schiebe ich den Stick in seinen Laptop. Die Passwortliste ist schnell aufgerufen, und im Nu bin ich in Roberts Firmennetz. Als »Robert Simpson« habe ich – juhu! – mit den nötigen Kennwörtern Zugang zum Archiv der Mutterfirma. Und da sind die Pläne. Die Entwürfe. Die Bauzeichnungen. Aber mich interessiert nur ein ganz bestimmter Bereich. Ich suche verzweifelt und werde immer nervöser. Werde ich ihn hier überhaupt finden? Würden die es denn dulden, dass das Wissen um das zweihundertste Stockwerk auch Sterblichen zugänglich ist? Vielleicht, solange sie glauben, sie könnten sie im Zweifelsfall einfach einer Gehirnwäsche unterziehen.

Ich muss weitersuchen; die Antwort muss hier irgendwo versteckt sein. Zahllose Tassen Kaffee später wühle ich mich immer noch durch die Dokumente, aber nichts scheint auf das zu passen, wonach ich suche. Ich bin nahe daran, aufzugeben, da fällt mir etwas ins Auge. Nur eine kleine Textzeile. Die alles Mögliche bedeuten könnte, aber …

Noch einmal lese ich sie durch, nur um sicherzugehen, und dann denke ich an Dans Notiz. »GOTT.« Das ist es. Das muss es sein. Ich lächle. Denn jetzt weiß ich, wie ich ins zweihundertste Stockwerk komme.

35

Es ist fast zwei Wochen her, dass ich das letzte Mal auf die gigantische Drehtür von NeoStar zugegangen bin. Während ich mich ihr jetzt nähere und mich für das Kommende zu wappnen versuche, muss ich an die damalige Frida denken. Wie ehrgeizig sie war, wie entschlossen, einen guten Eindruck auf die NeoStar-Bonzen zu machen.

Wie heillos naiv.

Damals war ich total im Hier-ist-Frida-und-wird-es-euch-allen-zeigen-Modus. Oder was ich dafür hielt. Diesmal würde meine eigene Mutter mich nicht wiedererkennen. Als ich durch die Tür trete, sehe ich Mandy an der Rezeption, und wieder steigt das Grauen in mir auf. Ich schlucke mühsam und kleistere mir ein Lächeln ins Gesicht. Ich muss die Nerven behalten.

»Hi«, zwitschere ich mit hoher Mädchenstimme, ganz anders als meine eigene. »Ich habe eine Lieferung.« In der großen Stofftasche, die ich über der Schulter trage, stecken vier lange, schmale Kartons. Schwungvoll ziehe ich einen heraus. »Rosen«, sage ich konspirativ. »Was auch sonst, am heutigen Tag.«

»Auf welches Stockwerk?«, fragt sie, ausdruckslos wie immer.

»Also, eigentlich mehrere.« Unbeirrt lächle ich gegen ihre eisige Miene an. »Sind Sie Mandy?«

Jetzt zeigt sie etwas mehr Interesse. »Ja, warum?«

Ich schenke ihr mein strahlendstes Lächeln. »Weil ich hier ein Dutzend pinke Rosen für eine Mandy Moran an der Rezeption habe.«

Beim Öffnen des Kartons schmilzt ihre eisige Fassade ein wenig. »Die sind aber hübsch«, sagt sie vorsichtig und berührt mit dem Finger eines der weichen korallenroten Blütenblätter.

»Nicht wahr?«, quietsche ich förmlich. »Auf der Karte steht, von wem sie sind.« Geduldig warte ich, bis sie die gedruckte Grußkarte findet, auf der »Megan« steht, der Name ihrer – verheirateten – Geliebten, mit dem kleinen Zusatz: »Ich rufe dich später an.« Über ihre Züge huscht Triumph, und im Stillen danke ich Linda für diese kleine Information, die sie von einer Catering-Angestellten aufgeschnappt hat.

»Die übrigen Lieferungen gehen an Irene Kowalski auf der 55, Teddy Smith auf der 90 und Clare O'Hara auf der 105.« Nichts auf zu hohen Etagen. Ich will keinen Verdacht erregen.

Geistesabwesend tippt Mandy etwas in ihren Computer. Ihre Augen wandern immer wieder zu den Blumen.

»Ihr Name, bitte?«

»Sasha Jones. Von Secret Garden Floristik.« Ich deute auf das Firmenlogo auf meiner Bluse. Gott segne Roy für seine prompte Reaktion (ohne irgendwelche Fragen) auf meine aus dem Blauen heraus geäußerte Bitte. Rasch sucht sie online nach dem Namen, sieht anhand des Fotos, dass ich bin, wer ich bin, tippt etwas ein und druckt einen Pass aus. Sie brennt so sehr darauf, sich wieder ihren Rosen zuzuwenden, dass sie nicht bemerkt, dass die echte Sasha Jones ein volleres Gesicht und etwas hellblondere Haare hat als die Frau, die vor ihr steht.

Dann reicht sie mir den Pass. »Damit haben Sie von der Treppe oder vom Lift aus Zugang zu den nötigen Stockwerken. Bitte geben Sie ihn nachher wieder bei mir ab, wenn Sie gehen.«

In der Schlange vor der Sicherheitsschleuse sehe ich zu meinem Unbehagen, dass derselbe Wachmann Dienst hat wie an dem Tag, als ich in den Konferenzraum eingeschlossen wurde. Als meine Tasche durchleuchtet wird, halte ich den Atem an und bete, dass der Schutzzauber alles Erforderliche verbergen wird. Beim Durchgehen strahle ich den Wachmann breit an und nehme die Tasche wieder an mich. Ein Valentinstag in der Firma wie jeder andere.

Ohne den beiden Männern, die mit mir den Lift betreten, ins Gesicht zu sehen, drücke ich 5, 5, dann den Stern. Die beiden steigen auf der 14 aus. Während ich darauf warte, dass die 55 erreicht ist, betrachte ich im Spiegel mein Spiegelbild. Blonde Perücke. Roter Lippenstift. Blaue Kontaktlinsen. Berufskleidung von Secret Garden Floristik. Ein perfektes Der-Kunde-hat-immer-recht-Lächeln. Und an einem Band um meinen Hals der Pass von Neo-Star. So weit, so gut.

Im 55. Stock steige ich aus dem Lift, halte den Pass an den Scanner, gehe zu Akquisen und gebe den Karton der ersten Person, die ich sehe, mit der Bitte, ihn Ms. Kowalski zu überreichen. Die Blumen kommen scheinbar von ihrer Fernbeziehung, die einige Zeitzonen entfernt lebt und erst heute Abend erreichbar sein wird – wenn ich den Pfeil entweder zerstört habe oder sowieso alles egal ist.

Nein. So darf ich nicht denken.

In möglichst geschäftigem, aber nicht zu eiligem Schritt kehre ich zum Lift zurück und fahre zur 90. Etage. Dort händige ich den dritten Karton (»von einer Person, die dich ganz arg mag!«) der nächstbesten Rezeptionistin aus, die ihn dem glücklichen Teddy überreichen soll, und gehe wieder zum Lift. Da er ziemlich voll bei mir ankommt, lasse ich ihn weiterfahren und nehme den nächsten. Mit klopfendem Herzen drücke ich die 199 und halte den Stern drei Sekunden gedrückt. Nach meinen Recherchen sollte mich das ohne weiteren Halt in die gewünschte Etage bringen. Während die Kabine mit großer Geschwindigkeit nach oben saust, schaue ich zu, wie die Zahlen auf der Anzeige immer höher werden. Mein Herz fühlt sich an wie kurz vor dem Zerspringen. Als der Lift mit einem Ruck auf der 199 zum Stehen kommt, will ich auf den Knopf drücken, der die Tür geschlossen hält. Aber da geht die Tür schon auf.

Ich richte meinen Blick auf den Boden. Aus den Augenwinkeln schiele ich zur Türöffnung – und Entsetzen überkommt mich. Das kann nicht wahr sein. Das ist der schlimmste aller Zufälle. Nur dass es natürlich keine Zufälle gibt.

Es ist Clive, ins Gespräch mit einer Frau mit grauem Haarknoten vertieft. Die beiden würdigen mich keines Blickes. Ich versuche sie nicht zu beachten, aber ohne dass ich etwas dagegen tun kann, wird mein Blick zu ihren Spiegelbildern gezogen. Jetzt sehe ich es klar, selbst in seiner sterblichen Verkleidung: dieses schreckliche Etwas unter Clives Lächeln. Etwas zutiefst Verderbtes. Auch die Frau sieht nicht menschlich aus. Ihre Augen sind wie die eines Hais, und wenn sie spricht, sieht man, dass sie messerscharfe Zähne hat.

Ich lasse die Augen am Boden kleben und muss mich immer wieder ermahnen, zu atmen. Komm schon, Frida, denke ich. Gib ihnen bloß keinen Grund, dich zu bemerken. Der Lift ist schon fast wieder im 190. Stockwerk, da …

»Ich glaube, Sie haben einen Fehler gemacht.«

Langsam schaue ich auf. »Verzeihung«, sage ich mit meiner verstellten hohen Stimme. »Wie bitte?«

Clive grinst kalt wie immer und nickt in Richtung meiner Tasche, in der noch immer ein Karton steckt. »Hier oben braucht niemand so was.«

Ich schürze die Lippen und greife in die Tasche. Mein Arm streift den Karton, in dem sich nicht Rosen, sondern Ophiotaurosbomben befinden. Ich ziehe ein Stück Papier heraus und betrachte es prüfend. Dann klatsche ich mir die Hand vor die Stirn und kichere mädchenhaft. »Ach du je! Na klar, Sie haben recht«, quietsche ich. »Ich hab's falsch gelesen! Die sind für Lisa May auf der 99. Etage. Oh Mann, wie blöd bin ich. Der Valentinstag macht mich so kribbelig, das ist so ein aufregender Tag, nicht?«

Clive und Grauer Knoten wechseln einen boshaft amüsierten Blick. »Dieses Jahr auf jeden Fall«, sagt Grauer Knoten. Da begreife ich, wie sehr all das für diese Typen wirklich nur ein Spiel ist, und in mir regt sich Wut. Schade, dass ich mir die Ophiotaurosbomben für den absoluten Notfall aufheben will – ich würde Clive liebend gern mit einer davon Feuer unter seinem komisch geformten Hintern machen.

Ganz ruhig, Frida, ermahne ich mich. Ich behalte mein zuckersüßes, dümmliches Lächeln im Gesicht, bis der Lift mit einem sanften Ruck auf der 190 hält. Grauer Knoten steigt aus. Clive nicht. Ich lächle ihn an und drücke mit einem weiteren dämlichen Kichern demonstrativ die 99. Clive wirft mir noch einen Blick zu, schüttelt den Kopf und steigt endlich auch aus. Die Tür schließt sich. Ich lasse lang und zitternd den Atem entweichen.

Ich bin wieder allein.

Ich fahre dreißig Stockwerke hinunter, dann drücke ich wieder die 199 und behalte den Finger auf dem Stern-Knopf. Der Lift saust in die Höhe, und als ich diesmal auf »Tür schließen« drücke, bleibt die Tür geschlossen.

»Okay«, murmle ich. »Jetzt schnell.« Ich rufe mir das, was ich gelesen habe, ins Gedächtnis. *Zugang nur nach Eingabe eines siebenstelligen Codes.* Ein winziger Fetzen Information, von dem ich nur hoffen kann, dass er das bedeutet, was ich glaube. Ich betrachte das Tastenfeld. Ein siebenstelliger Code. Wie viele verschiedene Kombinationen gibt es da? Ich beiße mir auf die Lippe. Darüber nachzudenken hat keinen Sinn. Entweder meine Vermutung stimmt, oder … es ist vorbei.

Erstaunt, dass meine Hand nicht zittert, tippe ich die Zahlen ein: 7152020.

7–15–20–20.

G – O – T – T.

Aber es passiert nichts. Ich glaube, mein Herz bleibt komplett stehen. Wenn dieser Code nicht stimmt, ist die Sache gelaufen, bevor sie anfangen kann. Dann dämmert mir: Ich habe nicht auf den Sternknopf gedrückt. Ich strecke die Hand aus – jetzt zittert sie wie verrückt – und drücke ihn vorsichtig, fast ehrfürchtig. Sofort beginnt der Lift mit einem Summen zu steigen. Mein Magen bleibt auf der 199 zurück. Ich schlucke schwer. Das ist es also. Jetzt gibt es kein Zurück mehr.

Die Lifttüren öffnen sich auf einen weißen Flur. An seinem Ende befindet sich eine weiße Tür. Ich kann es nicht glauben. Es hat geklappt. Ich hab's geschafft! Irgendwo hinter dieser Tür ist Dan. Und der Pfeil. Und Anteros.

Ich raffe allen Mut zusammen und verlasse den Lift.

36

Der Raum hinter der Tür ist vollkommen leer bis auf eine riesige, prachtvolle Steinstatue, die über dem einzigen Ausgang aufragt. Beeindruckt sehe ich daran hoch. Es ist ein monumentales antikes Kunstwerk mit dem Kopf einer Frau, den Flügeln eines großen Vogels und dem Körper eines Löwen, hinter dem sich die Tür befindet. Ich gehe darauf zu.

»Stehenbleiben!«, donnert die Statue. »Kein Mensch kommt an der Sphinx vorbei!«

Ich zucke zusammen, springe zurück und sehe mit offenem Mund zu ihr auf. Ach du liebe Güte. Das ist gar keine Statue, sondern eine echte, lebendige Sphinx. Himmel! Wie konnte Dan vergessen, mich davor zu warnen?

Dann sehe ich blitzartig das gekritzelte Kamel vor mir. Oh.

Das Wesen mustert mich. »Der Eintritt ist dir verwehrt«, sagt es mit einer Stimme, die trocken und brüchig ist wie alter Stein. Ich merke, dass ich zittere, und schelte mich dafür. Keine Panik, Frida. Du hast es schon mit einem dreiköpfigen Höllenhund aufgenommen, da schreckt dich doch so was nicht.

»Also, leider muss ich da rein«, sage ich möglichst

leichthin und deute auf die Tür. »Ich hab ein Meeting mit Anteros. Wenn ich vielleicht einfach …«

»DU KOMMST HIER NICHT VORBEI!«, brüllt das Ding. »Außer …«

»Außer?«

»Außßßßßer … du löst ein Rätsel.«

»Ganz ehrlich, von einem Rätsel hat mir niemand was gesagt.«

»Willigst du ein?«, fragt die Sphinx unerbittlich.

Ich schaue mich um. Abgesehen von dieser Tür gibt es keinen Ausgang.

»Was passiert, wenn ich falsch rate?«

Zur Antwort reißt das Ungeheuer den Mund auf, wobei zwei Reihen spitzer Zähne sichtbar werden, und lässt ihn kraftvoll zuschnappen.

Hm. Na dann. »Gut. Ich willige ein.«

Die Sphinx lächelt, als wäre gerade das Mittagessen serviert worden.

Nach einer dramatischen Pause sagt sie: »Hier ist das Rätsel. Was hat vier Räume, aber kein Dach? Zwei Wege hinein, aber viele ins Aus? Kann brechen, sich öffnen und verschließen? Was kann voll sein, doch ist es je leer, so ist es nicht mehr als ein Grab?«

Eine weitere lange Pause.

Mir wird klar: Das war alles. Ich beiße mir auf die Lippe. »Wie lange habe ich Zeit?« Hätte ich vielleicht mal vorher fragen sollen.

Die Sphinx starrt mich nur an. Ihr macht das einen Riesenspaß, das sehe ich.

»Okay, okay«, sage ich, »schon gut.« Ich zähle mir halblaut die Fakten auf. »Vier Räume und kein Dach. Hm, was hat Räume? Ein Zelt vielleicht? Das hat ja kein Dach, oder? Und, hm … man kann es öffnen und verschließen?«

Die Sphinx leckt sich die Lippen. Jeder ihrer Zähne ist ein scharfer Dolch, und die Augen in dem schon lange nicht mehr abgestaubten Gesicht sind wie schwarze Kieselsteine. Ich frage mich, wann sie zuletzt etwas gegessen hat.

»Nein, nein, kein Zelt«, sage ich eilig. »Das war nicht meine Antwort. Hm, ein Bungalow? Nein, der hat ein Dach.« Ich versuche meinen Herzschlag unter Kontrolle zu bringen und gehe noch einmal die Informationen durch, die ich habe. »Vier Räume. Zwei Wege hinein, aber viele ins Aus. Ausgänge? Aber was für welche?« Ich komme auf nichts, mein Verstand ist wie leergefegt. Mir fällt etwas ein, was ich über das Rätsel gelesen habe, das Oidipos gestellt wurde. Die Sache mit diesen Rätseln ist die, sie bedeuten nicht unbedingt das, was man annehmen würde. Also haben diese Räume vielleicht gar nichts mit normalen Zimmern zu tun. Aber was kann ein Raum sonst sein? Was hat Ein- und Ausgänge?

Ich habe keine Ahnung.

Ich gehe zum nächsten Teil über. »Was kann brechen? Was kann sich öffnen und verschließen?« Ich schüttle den Kopf. »Eine Flasche Wein? Eine Jalousie? Ein …« Mir läuft die Zeit davon. Mein Herz pocht so laut, dass ich befürchte, das Ungeheuer kann es hören. Ich sehe ihm an: Es weiß schon, dass ich das Rätsel nicht knacken werde. Vage ist mir bewusst, dass ich mechanisch den herzförmigen Anhänger meiner Kette zwischen Daumen und Zeigefinger reibe.

Und da kommt es mir schlagartig.

Noch einmal überprüfe ich das Rätsel. *Vier Räume, aber kein Dach?* Das Herz hat vier Kammern. *Zwei Wege hinein, aber viele ins Aus?* Vielleicht sind die beiden Vorhöfe gemeint und die vielen Möglichkeiten zu sterben. *Kann brechen, sich öffnen und verschließen.* Gebrochenes Herz, offenes Herz, verschlossenes Herz, ja, das passt. *Kann voll sein, doch ist es je leer, so ist es nicht mehr als ein Grab.* Durch ein leeres Herz fließt kein Blut mehr, was bedeutet, dass es stehenbleibt. Und auch ein liebloses Herz ist ein leeres Herz – wie ein Grab. Praktisch *und* poetisch. Wie hübsch.

Ich schaue zu der Sphinx auf.

»Hast du eine Antwort?« So gierig wie sie meine Schenkel mustert, ist sie offenbar sicher, dass ich keine habe.

»Ja.«

Das Viech blinzelt mit den staubigen Augen. Dann grinst es, ein unbarmherziges Grinsen der Gier, der Grausamkeit und des Hungers. »Und, wie lautet sie?«

»Ein Herz«, sage ich. Und wiederhole etwas lauter: »Die Antwort auf das Rätsel ist das Herz.«

Fauchend schießt die Sphinx auf mich zu, und ich taumle zurück. O Gott, zu früh gefreut. Es war die falsche Antwort. Jetzt ist es vorbei.

37

Als ich die Augen wieder öffne, steht das Ungeheuer da wie zu Beginn, und die Tür ist offen. Ich renne hindurch, ehe es seine Meinung ändern und mich doch noch fressen kann.

Im nächsten Raum muss ich einen Moment stehenbleiben und warten, bis meine Augen sich an das Dämmerlicht gewöhnt haben. Wenige Lampen werfen ihren schwachen Schein über tiefrote Wände. Irgendwoher erklingt psychedelischer Jazz. Als ich mehr erkennen kann, sehe ich, dass entlang einer Wand ein Tresen steht, über dem eine Reihe optischer Instrumente und Brillen hängt. Auf einem Barhocker sitzt mit dem Rücken zu mir eine Frau. Und in der Rückwand, von weißem Licht umrahmt, ist eine Tür. Die Tür, durch die ich muss.

»Hallo?«

Die Frau auf dem Hocker dreht sich mir zu und mustert mich amüsiert. Ich erkenne sie sofort. Unten im Konferenzraum hängt ein Gemälde von ihrem abgetrennten Kopf. Ich hatte schon den Verdacht, dass ich sie hier treffen würde, hätte mich aber liebend gern geirrt. Tja, Pech gehabt.

Langsam gehe ich auf sie zu, wobei ich darauf achte, ihr nicht in die Augen zu sehen. Medusa hält in der einen

Hand ein Spießchen mit einer Kirsche und in der anderen ein Cocktailglas. Aus den Augenwinkeln sehe ich die Schlangen um ihren Kopf wogen, rhythmisch, bedrohlich. Sie lacht und rührt ihren Drink mit der Kirsche um, dann steckt sie diese langsam und demonstrativ in den Mund und zerbeißt sie.

»Gesellschaft!«, ruft sie. »Wie nett. Komm, setz dich zu mir und trink was.«

Ich seufze. Was für ein Problem haben diese mythischen Gestalten eigentlich, dass sie immer mit einem abhängen wollen? »Ehrlich gesagt habe ich's ein bisschen eilig.«

Medusa lächelt. Ohne Blickkontakt ist es schwer zu sagen, aber ich glaube nicht, dass es ein freundliches Lächeln ist. Die Schlangen beginnen einstimmig zu zischen; die Gorgo tätschelt sie, wie eine Debütantin sich kokett die Frisur richten würde, und die Schlangen beruhigen sich und hängen wieder herunter wie gewelltes Haar.

»Trink etwas mit mir«, sagt sie. »Ich bestehe darauf. Und bitte, meine Liebe, warum starrst du denn so zu Boden?« Aus den Augenwinkeln sehe ich, wie sie auf ihre Brille zeigt und mit dem Fingernagel an das klare Glas tippt. »Eine Schutzbrille. Vollkommen sicher. Solange ich die hier trage, wird dir nichts passieren.«

Ich gebe nach – ich werde nie an ihr vorbeikommen, wenn ich sie nicht freundlich stimme –, gehe zur Bar und setze mich ihr gegenüber, wobei ich mit festem Griff meine Tasche umklammere. Während sie mir einen Cocktail mixt, betrachte ich sie genauer. Der Anblick raubt einem den Atem. Erstens sind da natürlich die Schlangen. Es sind etwa zwei Dutzend, verschieden dick, jedes ihrer Augenpaare auf mich gerichtet. So war Medusa allerdings nicht von Geburt an – ich habe ihren Mythos gelesen. Einst war sie wunderschön. Die Schlangen waren die Strafe einer Göttin für Unzucht – und wie ich sehe, wurde sie nicht nur mit der Unfrisur schlechthin gestraft, sondern auch mit schuppiger Haut. Also, mit Schlangenschuppen. Ihre Augen sind gelbe Murmeln wie bei einer Python, die Pupillen schwarze Schlitze. Sie trägt einen engen Catsuit in Schlangenoptik, dessen Reißverschluss weit offensteht und Einblick in einen Grand Canyon von Dekolleté gibt, dazu sündig hohe Stilettostiefel aus Schlangenleder. Klar, denke ich, am besten macht man's gleich zu seinem Markenzeichen.

»Ich dachte, du wärst tot?«, frage ich.

»Und ich dachte, du hättest das Gedächtnis verloren?«, gibt sie zurück. Ein Schlangenmaul schnappt im Rhythmus ihrer Worte mit. Dann zuckt sie mit den Schultern, lächelt und reicht mir den routiniert gemixten Cocktail. »Du hast gelesen, dass Perseus mich enthauptet hat, hm? Pah! Die Sterblichen glauben so gern, am Ende würden immer sie gewinnen. Ständig reden sie sich ein, dass sie die Ungeheuer besiegen können, dass das Gute über das Böse triumphieren wird.« Sie greift nach einem Päckchen Zigaretten, zündet sich mit einem glänzenden silbernen Feuerzeug eine an und zieht sich den Rauch in die Lunge. »Alles nur Geschichten.«

»Du warst doch selbst einmal sterblich, Medusa. Hast du da nicht auch gewollt, dass das Gute das Böse besiegt?«

Sie kneift die Augen zusammen und pustet mir Rauch ins Gesicht. »Das ist sehr lange her.«

Ich nicke in Richtung des leuchtenden Türrahmens. »Ich muss durch diese Tür. Ich muss Anteros aufhalten.«

Medusa hebt eine Augenbraue. »Dir ist doch klar, dass ich das nicht zulassen werde.« Sie kippt sich Gin pur in ihr Glas und gießt auch in meines noch einen Spritzer.

»Warum hilfst du ihm? Waren es nicht die Götter, die dir das hier angetan haben?«

Sie lacht. Die abgehackten Laute machen die Schlangen ganz wild. »Meine Liebe, genau deswegen helfe ich ihm ja. Anteros steht nicht auf der Seite der Götter. Er hat sich eine eigene Gefolgschaft aufgebaut. Und sobald er mit diesem Pfeil die Sterblichen ausgelöscht hat«, sie lächelt bitter, »kommen als Nächstes die Götter dran.«

Ihre Augen sind mal grün, mal gelb, mal orange, dann schwarz. Ihr Blick ist pures Feuer.

»Du kannst ihm nicht vertrauen«, sage ich eindringlich.

»Das verstehst du nicht«, erwidert sie. »Du bist tapfer, aber leider auch dumm. Verschwinde lieber, solange du noch kannst.«

»Kann ich nicht.«

Sie zuckt mit den Schultern, greift nach ihrer Brille und sagt betrübt: »Dann musst du sterben.«

»Nein!« Ich packe ihre Hand.

Und als meine Haut in Kontakt mit ihrer kommt – der Pfeil ist nahe, seine Macht erreicht mich –, strömen ihre Emotionen voll auf mich ein. Ich verstehe alles. Wie schrecklich es wirklich war, was an jenem Tag vor so langer Zeit mit ihr geschah.

Sie diente als Priesterin der Athene und hatte ewige Keuschheit geschworen. Aber Poseidon kam zu ihr in den

Tempel, wurde von Lust übermannt und vergewaltigte sie. Und Athene? Die bestrafte Medusa dafür, dass sie befleckt worden war. Verfluchte sie, auf dass jeder, der ihr fortan in die Augen sähe, zu Stein erstarren würde. Was sie auf ewig zur Einsamkeit verdammte. Die schreckliche Angst, die Medusa hatte. Wie elend sie sich fühlte, wie überzeugt sie war, sie hätte es verdient. Und jetzt will sie nur noch Rache. Brennt dafür. Würde Millionen dafür sterben lassen …

Hastig ziehe ich die Hand zurück. Medusa starrt mich schockiert an. Ich starre ebenso entgeistert zurück.

»Was haben sie dir nur angetan?«, flüstere ich.

Medusas Gesicht verrät keine Regung. Sie zuckt mit den Schultern. »So sind sie nun mal. Wir sind für sie nichts als Tiere.«

»Medusa«, sage ich, »wer, glaubst du, hat Poseidon dazu verleitet, dich zu vergewaltigen?«

Sie runzelt die Stirn.

»Denk doch daran, wie Anteros Apollon dazu brachte, sich in Daphne zu verlieben, nur weil Apollon ihn im Bogenschießen kritisiert hatte.«

»Arme Daphne«, murmelt Medusa. »Hat aber einen hübschen Baum abgegeben.«

»Und wie er Aktaion ins Herz schoss, sodass dieser Artemis beim Baden nachspionierte, und sie ihn in einen Hirsch verwandelte und er von seinen eigenen Hunden zerrissen wurde?«

»Ja, und?«

»Immer war das Anteros. Immer, wenn aus Leidenschaft irgendeine schreckliche Tat begangen wird, steckt er dahinter!«

»Nein«, sagt sie.

»Doch.« Die Macht des Pfeils ist ganz nahe. Ich treibe den Gedanken weiter; ich spüre nicht nur ihre Gefühle, sondern auch, dass in mir die schwache, aber definitiv vorhandene Fähigkeit schlummert, sie die Wahrheit erkennen zu lassen. »Hast du vergessen, dass er auch ein Gott ist? Dass diese Gewalttätigkeit auch seine Natur ist? Er ist ein Manipulationsgenie. Wir alle sind nur seine Marionetten.«

Ihre Gefühle sind in Aufruhr. Irgendwo ahnt sie, dass ich recht habe, aber sie klammert sich an ihre Rachegelüste wie an einen Rettungsanker.

»Medusa, hör mir zu. Ich weiß, ich bin nur eine dumme Sterbliche. Und ich habe so gut wie keine Ahnung von dieser Welt hier. Ich kann dir nur sagen, was ich gerade gespürt habe. Athene mag dich verflucht haben, aber was dich in diesem Zustand hält, sind dein Hass, deine Angst, dein Zorn und dein Durst nach Rache. Und Anteros schlägt daraus Kapital, wie er aus jedermanns Unglück Kapital schlägt.«

Sie schüttelt den Kopf, die Schlangen wogen durcheinander, der Blick vieler kleiner Augen bohrt sich in meinen Schädel. »Ich werde nicht ruhen, bis Athene so leidet, wie ich leiden musste!«

Ich lege meine Hand auf ihre und gebe alles. »Du vergiftest dich selbst, Medusa. An jedem Tag, an dem du dein Leid aufs Neue durchlebst, tust du dir selbst wieder Gewalt an. Bitte – versuch loszulassen.« Und ich spüre etwas. Eine Veränderung, wie die Umpolung einer Energie. Medusas Hand zittert leicht, und zu meinem Erstaunen ändert sich die Farbe ihrer Augen – von Schwarzgelb zu warmem Haselbraun. Es klappt! Ich kann sie heilen!

Da bäumen sich die Schlangen auf, stoßen zu und schlagen ihr die kleinen brutalen Zähne ins Gesicht. Medusa blinzelt – und schon lodert in ihren Augen wieder das Feuer, ihr Gesicht ist starr vor Zorn. Sie schüttelt meine Hand ab. »Hast du gedacht, deine kleinen Salontricks würden bei mir wirken?«, zischt sie. »Du weißt nicht, mit wem du es zu tun hast.«

Sie schiebt ihre Brille hoch, und mich trifft die volle Macht ihres versteinernden Blicks.

38

Und –

Nichts.

Wütend starrt Medusa mich an. Die Schlangen hängen ihr trübe um den Kopf. »Warum wirst du nicht zu Stein?«, fragt sie empört.

Ich segne Dan für seine Weitsicht. »Kontaktlinsen mit UV-Schutz. Anscheinend wirken sie auch gegen deine Technik, was immer das auch ist.«

Die Gorgo sinkt auf ihren Barhocker zurück und nimmt ihren Drink vom Tresen. »Ich sollte dir die Augen auskratzen«, sagt sie, aber ziemlich lustlos.

»Tut mir leid, nimm's nicht persönlich. Ich will nur nicht in eine Statue verwandelt werden. Erst recht nicht in diesen Klamotten. Das wäre todpeinlich.«

Sie lächelt nicht mal. Matt nickt sie in Richtung Tür. »Er ist da drin. Dein Lover. Er liegt gefesselt im Labyrinth. Deshalb bist du doch in Wahrheit da, oder? Nicht wegen des Pfeils. Ihr dämlichen Menschen, folgt eurem Herzen immer wieder in den Tod wegen irgendwas, was ihr für Liebe haltet.«

Doch ich bin schon an der Tür. Dort drehe ich mich noch einmal um. Medusa schenkt sich resigniert den nächsten Drink ein.

»Danke«, sage ich.

Sie schaut auf. Ihr Blick ist hart. »Spar dir den Dank. Wenn du herausfindest, was Anteros mit dir vorhat, wirst du dir wünschen, ich *hätte* dich in Stein verwandelt.«

Und sie wendet sich ab. Ich öffne die Tür und trete aus der schummrigen Bar ins Licht.

Schon mein erster Eindruck (der sich mit der Zeit immer mehr verfestigt) ist, dass dieses Labyrinth schlicht und einfach Folter sein soll. Tausende greller Neonröhren tauchen unzählige kalte, weiße Korridore in steriles Licht. Ich wusste ja, was mich erwarten würde, trotzdem bin ich eingeschüchtert. Dieses völlige Fehlen von Farbe und die unentwegten Korridore strahlen absolute Trostlosigkeit aus. Ich öffne den letzten Blumenkarton in meiner Tasche und hole unter dem Schutzzauber ein Knäuel rotes Garn hervor. Das ausgefranste äußere Ende binde ich am Türknauf fest. Ich muss den Weg markieren, damit Dan und ich wieder herausfinden.

Falls du hier je wieder rauskommst, stichelt eine kleine Stimme, aber ich blende sie aus. Aus dem Karton nehme ich außerdem den Labyrinthplan und einen Stift und markiere meinen Standort mit einem X. Ich darf mich auf gar keinen Fall verlaufen. Hier gibt es keinerlei Anhaltspunkte, keine Landmarken. Nur weiße Wände, die optisch miteinander verschmelzen.

Dann gehe ich los, wobei ich das Knäuel hinter mir abwickle. »Geradeaus, dann rechts«, murmle ich vor mich hin. »Dann wieder links, dann geradeaus, dann wieder rechts.« Alles, woran ich denken kann, ist, die nächste Abzweigung nicht zu verfehlen. Ich zähle sie an den Fingern ab, vergleiche jedes Mal, dass ich genau da bin, wo ich glaube zu sein. Wäre ich ohne Karte hierhergekommen, ich wäre wahnsinnig geworden, lange bevor ich verhungert wäre.

An jeder Abzweigung erwartet mich genau der gleiche Anblick. Kahle weiße Wände, die sich in die Unendlichkeit erstrecken. Allmählich wirkt sich das auf meine geistige Verfassung aus. Ich spüre, wie ich in Panik gerate. Nicht nachdenken, Frida, sage ich mir. Einfach weitergehen. Einen Fuß vor den anderen. Ganz locker.

Irgendwann falle ich in eine Art hypnotischen Rhythmus, wie beim Wellenreiten. Das liegt an dem Pfeil, erkenne ich. Der Pfeil sendet Signale an mich aus. Ich schließe die Augen und versuche sie zu erspüren, Kraft aus ihm zu schöpfen. Ich möchte ihn unbedingt noch einmal berühren können.

Während ich der Mitte näherkomme, wächst eine Ahnung in mir. Keine allzu gute Ahnung. Ein Gefühl, dass ich nicht das einzige Wesen in diesem Labyrinth bin. Manchmal glaube ich in der Ferne ein Schnauben und eine Art Schnüffeln zu hören, das ich nicht deuten kann. Ich war so damit beschäftigt, die Karte zu zeichnen, dass ich ganz vergessen habe, den Mythos noch einmal zu lesen. Was lauerte doch gleich im kretischen Labyrinth?

Ich schüttle den Kopf. Nein, das ist jetzt nicht hilfreich. Ich gehe weiter.

Der Irrgarten ist so riesig und komplex, dass ich in den Intervallen zwischen den Abzweigungen mehr als genug Zeit habe, mir zu überlegen, was ich zu Dan sagen werde, wenn ich ihn gefunden habe. Wie leid es mir tut. Wie dumm ich war. Und mich innerlich auf meine Mission vorzubereiten: Den Pfeil finden. Den Pfeil zerstören. Und wenn uns Anteros oder sonst wer entdeckt, werde ich die Ophiotaurosbomben einsetzen. Die werden uns hoffentlich die nötige Zeit erkaufen.

Zeit. Es ist, als gäbe es hier ein Loch, durch das sie ausläuft. Ich blicke auf mein Handy. Um zwei bin ich bei Neo-Star angekommen. Jetzt ist es fast vier. Wie ist das möglich? Mir bleiben nur noch drei Stunden, bis Anteros seine Nachricht verschickt.

Fast da. Egal was ich vorhin glaubte zu hören, jetzt ist hier nichts und niemand außer meiner leise vor sich hinmurmelnden Person, vielleicht werde ich ja schon leicht irre. *Jetzt rechts, dann links, wieder links und einmal geradeaus, dann rechts.* Ich bin schon so lange in diesem Labyrinth unterwegs, dass ich regelrecht erschrecke, als ich um eine Ecke biege und mich auf einem weiten quadratischen Platz wiederfinde.

Und da ist er. Dan, an eine Art Pfahl auf einem Sockel gebunden.

»Dan!«, rufe ich. Meine Stimme hallt in der Weite wider. Ich eile zu ihm. Im Näherkommen sehe ich, dass er dunkle Ringe unter den Augen und mehrere Tage alte Bartstoppeln hat. Er sieht furchtbar aus. Aber mein Herz schlägt höher. Er lebt! »Dan!«, rufe ich wieder.

Beim Klang meiner Stimme hebt er ruckartig den Kopf. Er lächelt, und das ist so wunderschön. Es ist alles wert, was ich bis jetzt durchgemacht habe. Doch während ich auf ihn zurenne, gleitet sein Blick über meine Schulter hinweg, und auf seinem Gesicht zeichnet sich etwas anderes ab.

Entsetzen.

»Frida«, ruft er mir entgegen, »du musst dich verstecken. Er kommt!«

Ich werfe flüchtig einen Blick über die Schulter. »Was? Wer kommt?«

Jetzt ist das Geräusch deutlich zu hören. Und es nähert sich.

»Der Minotauros!«

Ich starre Dan an. »Stimmt. Oh, Scheiße. Der Minotauros.«

Dan lacht. Ich glaube, ein bisschen hysterisch. Ich muss schnell handeln. Mit bebenden Händen stopfe ich die Karte in die Tasche. Springe auf den Sockel. Hinter mir höre ich wildes Schnauben und das Donnern von Hufen. Die Bestie kommt näher, und voller Grauen wird mir klar, dass meine Wegmarkierung sie vielleicht geradewegs zu uns geführt hat. Mit Schwung schleudere ich den Rest des Wollknäuels so weit weg wie möglich.

»Frida, was machst du, um Himmels willen?«, schreit Dan. »Lauf weg! Los!«

»Nein«, sage ich knapp und unnachgiebig. Ich sondiere die Lage. Dan ist mit einer Eisenkette an einen metallenen Pfahl gebunden. Zum Glück bin ich vorbereitet. Ich ziehe den Bolzenschneider aus der Tasche und schneide damit die Fesseln um seine Arme und Beine durch. Dan schüttelt die Ketten ab und klettert von dem Sockel; indessen ziehe ich wieder die Karte heraus und studiere sie. »Hier lang!«, rufe ich. Wir hasten davon und schlagen Haken durch die Korridore. Aber egal wie schnell wir rennen, dieses wilde, bedrohliche Schnauben scheint stets nur Sekunden hinter uns zu sein.

»Hier!«, rufe ich, und wir werfen uns in den nächsten grellweißen kahlen Korridor. Ich vergleiche mit der Karte, mache mich bereit, nach rechts abzubiegen – aber da ist nichts als blanke Wand.

Eine Sackgasse.

Wild schaue ich mich um. »Mist!«

Dan schaut mich von der Seite an. »Danke übrigens für die Rettung«, sagt er trocken. »Ich dachte schon, ich würde nie die Chance kriegen, lebendig von einem Stiermenschen aufgespießt zu werden.«

»Jetzt warte doch mal. Lass mich nachdenken«, fauche ich zurück. Kaum zwei Minuten gerettet, und schon fängt er wieder mit dem Sarkasmus an. »Wirken die Bomben gegen das Ding?«

Er schüttelt den Kopf.

Ich seufze. »Natürlich nicht. Wäre ja auch zu einfach.« Ich schließe die Augen. Es muss einen Ausweg geben. So kann es nicht enden.

Wir hören es beide gleichzeitig und sehen uns an. Ein schreckliches, heißes Schnauben, das in Kürze um die letzte Ecke biegen wird. Wir haben noch maximal dreißig Sekunden.

Dan packt meine Hand und zieht mich an sich. »Frida, hör zu, ich …«

Noch ehe er anfängt, weiß ich, was er sagen wird. Ich hebe die Hand. »Keinen dramatischen Sterbemonolog jetzt, ja? Ich hab eine geniale Idee, nur leider müssen wir dafür zurück, auf das Vieh zu. Okay?«

Dan nickt. »Okay.«

Ich lächle. »Na, dann los.«

Und so gehen wir, allen Instinkten und allem gesunden

Menschenverstand zum Trotz, Hand in Hand auf den Minotauros zu.

Als er auftaucht, bleibt mir die Luft weg. Ich kann es nicht verhindern. Er ist faszinierend. Aufrecht wie ein Mensch, aber etwa anderthalbmal so groß. Die Beine haben Hufe. Sein Fell ist rötlich-braun, sein Kopf ist der eines Stiers. Als er uns sieht, scheinen seine schwarzen Augen aufzuglühen.

Ich deute auf den nächsten Durchgang in der Wand und sage leise: »Wir müssen uns genau davor stellen.«

»Gehen wir ganz langsam hin«, flüstert Dan. »Schnelle Bewegungen machen ihn aggressiv, aber wenn man nicht groß herumzappelt, sieht er einen nicht gut.«

Mit winzigen Schritten schieben wir uns vor die Öffnung.

»Okay«, sage ich. »Jetzt mach Lärm.«

Er schaut mich an. »Wirklich?«

»Ja.«

Er hebt die Schultern. »He du!«, brüllt er und wirft mir noch einen Blick zu, der aus Angst und Vertrauen gleichermaßen besteht. »Komm doch und hol uns! Buh!«

Indessen taste ich in meiner Tasche. Meine Finger schließen sich um etwas Kleines, Glattes. Der Minotauros scharrt mit dem Huf. Fast scheint ihm Dampf aus den Nüstern zu steigen. Als er losstürmt, drehe ich mich zu dem Durchgang um, von dem ich hoffe, dass er als Türöffnung zählt – und werfe den schwarzen Kieselstein, den ich in Persephones Garten eingesteckt habe, auf den Boden.

Dann drehe ich mich wieder um. »Jetzt Position halten. Erst zur Seite springen, wenn ich es sage.« Gleichzeitig packen wir die Hand des anderen, während die Stiermenschenbestie mit Schaum vor dem Maul auf uns zuprescht. In wenigen Sekunden wird sie uns auf diese grässlichen Hörner spießen. Dan umklammert meine Hand fester, und ich spüre, was er spürt. Jedes Atom in ihm will einfach nur hier weg.

»Nicht bewegen«, sage ich durch zusammengebissene Zähne. »Warte.«

Gleich ist der Minotauros über uns, er will nur eines: uns zerreißen, unser weiches Fleisch unter seiner Kraft aufplatzen lassen. So stark ist sein Drang nach Zerstörung, dass ich ihn spüre wie eine zutiefst übelkeiterregende Bugwelle. Ich muss den Blick von seinem geradezu hypnotischen Hass abwenden. Ich muss die Nerven behalten. Ich warte, bis sein Stieratem fast schon unsere Gesichter streift, dann –

»Jetzt!«

Wir hechten auseinander. Der Minotauros, von seinem gewaltigen Schwung getrieben, donnert in die Lücke in der Wand, die sich in ein Tor zur Unterwelt verwandelt hat. Wir sehen ihn in dem steil abwärts führenden Gang stolpern und zu Boden gehen, wütend und verwirrt über die unerwartete Änderung der Umgebung. Er kommt wieder hoch, dreht sich um, um uns erneut anzugreifen, und wir können nur hoffen … Ja, die Luftmoleküle ordnen sich neu. Ein Wirbel bildet sich, und vor unseren Augen schließt sich das Tor und wird wieder zu einem Teil des Labyrinths.

Dan starrt mich an, dann den Durchgang, als könnte der Stier mit den Hörnern die Wirklichkeit zerreißen und plötzlich wieder darin auftauchen.

»Wow«, sagt er.

Auf seinem Gesicht ist ein seltsamer Ausdruck.

»Was denn?«, frage ich lachend, grenzenlos erleichtert, dass meine Idee geklappt hat.

Er sieht mir einen langen Moment in die Augen. »Hübsche Verkleidung«, sagt er schließlich und zupft an meiner Perücke.

Ich lächle. Ich kann kaum sprechen, ich muss mich für so vieles entschuldigen, die Worte stauen sich in meiner Kehle. »Dan, hör zu, es tut mir so leid, ich …«

Jetzt ist er es, der abwehrend die Hand hebt. »Frida, dir ist hiermit vergeben.« Dann zieht er mich fest in die Arme, und ich spüre seine Gefühle, und fast fange ich an zu weinen, denn es sind genau die gleichen wie meine. So bleiben wir geschlagene zwei kostbare Minuten lang stehen, bis ich mich zwinge, mich loszumachen.

»Wir haben nicht viel Zeit«, sage ich. »Ich muss den Pfeil kriegen. Willst du … ich meine – wenn du willst … kannst du gehen. Ich hab einen Pass; damit kommst du aus dem Gebäude raus.«

Er schüttelt den Kopf. »Was, und verpasse den ganzen Spaß? Ich gehe nirgendwohin. Wir machen das zusammen, Frida. Sag mir einfach, was ich tun soll.«

Ich nicke. »Das Pulver für den Pfeil habe ich hier drin. Um den kümmere ich mich.« Aus der Tasche nehme ich die Ophiotaurosbomben und reiche sie ihm. »Setz sie ein, wenn jemand kommt. Wir müssen uns beeilen. Die Mail wird um sieben verschickt.«

»Mail?«

»Anteros' revolutionäres Goldphone«, sage ich. »Du weißt doch, dieses goldene Smartphone-Einzelstück, das ständig in der Werbung ist? Jeder wird die Mail öffnen in der Hoffnung, der Gewinner zu sein ... und sagen wir mal, ich bin mir sicher, dass er darin noch eine Zusatz-Überraschung verpackt hat.«

Dan wird noch blasser. »Du glaubst, er will sie alle mit der Macht des Pfeils infizieren?«

»Darauf möchte ich wetten«, sage ich grimmig.

Während wir uns zum anderen Ausgang des Labyrinths durchschlagen, erzähle ich Dan, was geschah, nachdem Psyche mich aus der Wohnung gelockt hatte, und er erzählt mir, was er weiß: Er erwachte gefesselt im Labyrinth, und ihm war nur zu bewusst, dass ich ohne Erinnerungen irgendwo da draußen sein musste. Das Einzige, was er tun konnte, war immer wieder zu versuchen, mir geistig einzugeben, in das Café zu gehen und seine Schachtel zu finden – ohne jede Möglichkeit, zu erfahren, ob ich es tun würde.

»Was, das hast du gar nicht vorausgesehen?«, frage ich entsetzt. Wenn ich an jenem Tag nun gar nicht spazieren gegangen wäre? Oder wenn Cathy, als ich dort war, gerade Pause gehabt hätte?

Dan zuckt mit den Schultern. »Was geschehen soll, geschieht.«

»Ganz schön philosophisch für jemanden, der gerade noch angekettet einem Minotauros zum Fraß vorgeworfen war.«

Er lächelt mich nur an. »Aber du bist ja hier, oder?«

Da durchströmt mich ein warmes Glühen, das nichts mit der Nähe des Pfeils zu tun hat. »Wenn wir hier rauskommen«, sage ich, »setzen wir uns ins Café, trinken einen Kaffee und unterhalten uns über ganz normale Sachen.«

»Gern! Normale Sachen wie …?«

»Das Wetter! Oder das Fernsehen. Oder Gartenhäuschen!«

Er grinst. »Gartenhäuschen?«

»Gartenhäuschen!«

Er bleibt stehen und schaut mich intensiv an. »Frida, ich möchte nichts auf dieser Welt lieber tun als mich mit dir über Gartenhäuschen zu unterhalten.«

Aus irgendeinem Grund scheint mir das das Romantischste zu sein, was jemals jemand zu mir gesagt hat.

»Gut, abgemacht!«, sage ich. Und wir gehen weiter.

Wir brauchen ewig, um ans andere Ende des Labyrinths zu kommen, auch weil Dan geschwächt ist von der langen Zeit in Ketten und Angst. Als wir endlich die letzte Tür erreichen, ist es schon nach sechs. In weniger als einer Stunde wird die Mail verschickt werden.

Ich spüre den Pfeil sehr deutlich. Er ist dort, auf der anderen Seite der Tür. Er ruft mich.

»Bereit?«, frage ich Dan.

Zur Antwort hält er die Bomben hoch.

»Dann los.«

Und wir treten gemeinsam durch die Tür.

39

Der letzte Raum ist noch beeindruckender als alle anderen. Die Decke über uns ist aus Glas. Die geschwungene Wand vor uns auch. Und mitten im Raum steht eine herrliche, mindestens drei Meter hohe Statue aus schwarzem Marmor. Kein Zweifel, wen sie darstellt. Das lange Haar, die Schmetterlingsflügel, die klaren Augen, die selbst in Stein gemeißelt vor Energie zu sprühen scheinen. Anteros, im Begriff, einen Pfeil abzuschießen. Ich schüttle den Kopf. Ein Hausaltar für sich selbst. Das sagt nun wirklich alles über ihn aus. Außer wo er den Pfeil versteckt hat.

Dan schaut sich um. »Wenn du mit der Mail recht hast, müssen wir einen Computer suchen. Irgendwie muss er den Pfeil damit verbunden haben, um dessen Macht nutzen zu können.«

Ich nicke, bleibe aber stehen. »Warte.« Mit geschlossenen Augen stelle ich mich auf den Pfeil ein, verbanne alles aus meinem Herzen außer seinem Ruf. Und wie ein Magnet zieht mich seine Magie an.

Ich öffne die Augen. »Da drüben.«

Wir eilen auf die gegenüberliegende Seite des Raums – und ja, Gott sei Dank, da ist der Pfeil. Nicht an einen Computer angeschlossen, sondern an einem riesigen goldenen Thron befestigt, der über die Stadt blickt. Dort, tief unten, geht ahnungslos der Großstadtalltag weiter. Ich kann mir gut vorstellen, wie Anteros hier sitzt und mit uns spielt, wie auf seinem eigenen kleinen Olymp.

Dan tritt vor den Thron und blickt zu dem Pfeil auf. »Er ist …«

»Ja«, sage ich vage, weil auch ich, kaum dass mein Blick darauf gefallen ist, nur noch Augen für den Pfeil habe und mir Dans Anwesenheit nur noch am Rande bewusst ist. Der Pfeil singt für mich, betört meine Sinne, bekräftigt unsere Nähe zueinander. Ich strecke die Hand aus und streichle den Schaft, und wie zuvor durchströmt mich seine Macht. Ich stelle mich auf die Zehenspitzen, nehme ihn langsam und ehrfürchtig herunter und berge ihn in den Armen.

»Jetzt schnell, Frida«, sagt Dan. »Um ihm die Macht zu nehmen, muss das Pulver darübergestreut werden, vom gefiederten Ende bis zur Spitze.«

Ich höre ihn zwar, aber wie aus weiter Ferne. Seine Worte sind so klein. Mein Körper will oder kann sie nicht befolgen. Stattdessen streichle ich weiter den Pfeil, spüre, wie seine Macht mich durchpulst.

Dan packt mich am Ärmel. »Frida! Das Pulver!«

Ich schrecke auf. »A-ach ja. Das Pulver«, murmle ich und werde rot. Ich habe keine Ahnung, was gerade passiert ist. Konzentrier dich, Frida, ermahne ich mich. Konzentrier dich!

»Vielleicht solltest du ihn dabei nicht berühren?«, schlägt Dan vor.

»Gute Idee.« Ich lege den Pfeil auf den Marmorboden. Nehme das Pulver heraus. Bohre ein Loch in den Plastikbeutel und halte ihn über die Waffe. Da scheint sich die Farbe des Pfeils zu ändern, als ob er spürt, was ich tun will, und darüber gekränkt, ja entrüstet ist. Ich halte in der Bewegung inne.

»Kannst du es?«, fragt Dan.

Ich schaue auf den Pfeil hinab. Ich will nichts lieber, als ihn an die Brust zu drücken, wieder die Glückseligkeit seiner Magie zu spüren.

»Frida!«

Ich blinzle. »Ja, ich kann es«, sage ich.

Ich knie mich hin und lasse das Pulver aus dem Beutel rieseln. Schon treffen die ersten Körnchen auf dem goldenen Schaft auf. Da ertönt eine amüsierte Stimme: »Weißt du, ich hatte dich mir größer vorgestellt.«

Ich zucke zusammen, der Beutel beschreibt einen Bogen, und das Pulver rinnt nutzlos auf den Marmorboden. Dan und ich können noch einen entsetzten Blick wechseln, dann wenden wir uns wie auf Kommando dem mächtigen Gott der Gegenliebe zu.

Über die Jahre habe ich Hunderte von Darstellungen des berühmteren Gottes der Liebe gesehen; von seinem Bruder nur eine. Aber als ich Anteros nun erblicke, erkenne ich ihn sofort, als wäre er mir irgendwie eng vertraut. So dunkel wie sein Bruder goldhaarig. Stark und muskulös im Gegensatz zu Eros' Schlankheit. Finster statt strahlend. Mit schwarzbraunen Augen und einer langen, raffiniert auf wild getrimmten Haarmähne von derselben Farbe. Er trägt einen hervorragend sitzenden, sehr teuren Anzug, und ich sollte wohl nicht unterschlagen, dass er außerordentlich gut aussieht.

Ich schlucke schwer und versuche meine Gedanken zu ordnen. Während Clives Ausstrahlung einfach nur abstoßend war, ist die von Anteros so verführerisch wie die seines Pfeils. Gefährlich. Darauf war ich nicht vorbereitet.

»Frida«, sagt er wie zu einer alten Freundin, die er überraschend wiedertrifft, »du hast es also geschafft!« Sein Tonfall ist so weich und warm wie Sirup. Erst in diesem Moment bemerke ich ein kleines Stück hinter ihm Psyche. Und an der Tür stehen vier Sicherheitsleute, einer größer und kräftiger als der andere. Wir sitzen in der Falle. Aber kein Problem, wir haben einen Plan.

Ich werfe einen flüchtigen Blick nach rechts. »Jetzt, Dan!«

Dan schleudert die Bomben auf sie. Während die Staubwolke den Raum erfüllt, beuge ich mich eilig vor und beginne das verschüttete Pulver zusammenzustreichen. Aber dann wird es um mich chaotisch. Durch den Dunst erahne ich vage, dass die Wachen noch bei Bewusstsein sind und sich auf uns zubewegen. Sehen kann ich nicht viel, nur Rauch und Silhouetten. Ich wische weiter am Boden herum, höre Gebrüll und dann das Geräusch von Fäusten, die auf Körper treffen.

Gerade will ich das Pulver, das ich in der geschlossenen Hand gesammelt habe, über den Pfeil streuen, da werde ich um die Taille gepackt. Ich trete um mich und erwische den Wachmann mit Schwung am Kiefer, aber sofort kommt ihm ein zweiter zu Hilfe, dann noch einer und noch einer. Meine Finger werden auseinandergezwungen, das Pulver verteilt sich in der Luft. Ich wehre mich mit aller Kraft. Aber ich habe keine Chance. Es sind zu viele.

Als sich der Rauch legt, halten je zwei Wachen Dan und mich fest, und den Pfeil hat Anteros in der Hand. Mit aufgerissenen Augen schaue ich Dan an.

Anteros schnippt mit den Fingern. Die Wachen stoßen uns grob vor ihm auf die Knie. »Tut mir leid, dass ich euch enttäuschen muss«, sagt er freundschaftlich. »Als ich hörte, ihr hättet etwas von der alten Magie auftreiben können, habe ich nur für den Fall der Fälle für ein Gegenmittel gesorgt.«

Wieder sehe ich Dan an. Er schüttelt den Kopf, eine kaum merkliche Bewegung. *Tu nichts Unüberlegtes.*

Anteros macht einen Schritt auf mich zu, beugt sich vor und hebt mein Kinn mit dem Finger an. Seine Berührung verbrennt mich. »Ich freue mich, dass du gekommen bist, Frida. Die meisten Sterblichen sind so schwach. Ihr zerbrecht so leicht. Aber du nicht. Du bist anders.«

Demonstrativ wende ich den Blick von ihm ab und Psyche zu. Mit bebender Stimme frage ich sie: »Und du glaubst, du kannst ihm vertrauen? Dass er dir geben wird, was du willst? Dass er es riskieren wird, das Tor zum Olymp zu öffnen, wo auf der anderen Seite Eros und Zeus nur auf ihn warten? Du bist immer noch genauso leichtgläubig wie in deinem Mythos.«

Psyches Miene ist eisig und verschlossen. Sie schaut mich nicht einmal an. »Anteros«, sagt sie, »wir haben keine Zeit, mit den Sterblichen zu spielen. Sperr sie einfach weg.«

Aber Anteros löst den Blick nicht von mir. »*Ich* bestimme, was mit ihr passiert«, sagt er leise und bedrohlich.

Psyche scheint sein Ton nicht aufzufallen. »Momentan

ist sie eine Gefahr! Sie alle beide. Sperr sie endlich weg. Wenn die Mail draußen ist, kannst du –«

Träge gibt Anteros einer Wache einen Wink, und diese packt Psyche.

»Was soll das? Hände weg! Anteros, sag ihm, er soll seine dreckigen Pfoten von mir lassen!« Sie gibt dem Wachmann mit dem Ellbogen einen Stoß in den Magen. Er lässt sie los. Sofort wird sie von einem anderen gepackt – und mit einer fließenden Drehung wirft sie ihn mit Leichtigkeit über sich hinweg auf den Boden. Aber ein Dutzend weitere stehen bereit. Meisterliche Kampfkünste hin und her, gegen alle kommt sie nicht an.

Anteros würdigt sie immer noch keines Blickes. Er hat nur Augen für mich. »So, Frida. Du hast mein Labyrinth seines Wächters beraubt. Wenn ich meinen Minotauros aus der Unterwelt befreit habe, wird er etwas Neues zu jagen brauchen. Wen soll ich ihm geben? Dein Orakel oder Psyche?«

Ich werfe einen Blick auf Psyche. Sie sieht stinkwütend aus, aber jetzt schleicht sich noch etwas anderes in ihren Blick. Etwas, was ich dort noch nie gesehen habe. Sie hat Angst.

»Das kannst du nicht machen, Anteros! Wir hatten eine Abmachung!«, stößt sie hervor.

»Psyche ist unsterblich«, sagt Anteros sinnend zu mir. »Der Minotauros könnte sie zerfleischen, so oft er will, und sie würde trotzdem am Leben bleiben. Das könnte doch ganz unterhaltsam sein. Oder vielleicht hättest du lieber dein Orakel wieder da drin? Wobei, wenn der tot ist, ist er tot. Das ist das Traurige an der Sterblichkeit.«

Ich schaue Dan an.

»Frida«, sagt er. »Du –«

Anteros schnippt mit den Fingern. Eine Wache stopft Dan einen Knebel in den Mund. »Keine Absprachen, bitte«, sagt der Gott lässig. »Also, wie ist es, Frida?«

»Diese Wahl treffe ich nicht.«

Anteros zuckt mit den Schultern. »Dann schicke ich eben beide rein.« Er nickt. Die Wachen beginnen Dan und Psyche aus dem Raum zu schleifen.

»Nein! Warten Sie!«, rufe ich. Ich kann Dan ansehen, was er denkt, aber das werde ich nicht tun. Ich werde ihn nicht opfern. Nicht noch einmal werde ich Psyche wählen. Ich denke an meinen Vater – wie er ihr vertraut hat, wie sie ihn dort unten hat sterben lassen – und verhärte mein Herz.

»Nehmen Sie Psyche«, sage ich.

»Nein!«, schreit Psyche in blankem Entsetzen, ohne jede Spur der früheren Großspurigkeit. »Nein! Nein! Anteros, tu das nicht. Ich habe dir den Pfeil beschafft. Frida, bitte, du hast doch gehört, was das für mich bedeutet, ewige Folter und Qual! Bitte, bitte tu mir das nicht an!«

Ich sehe ihr in die Augen. Nach allem, was sie durchgemacht und erlebt hat, jagt ihr das hier tatsächlich Angst ein. Und ich spüre, was sie fühlt: den Gram über ihre vereitelte Flucht von dieser Welt, die Erkenntnis, dass es Schlimmeres gibt als eine einsame Existenz auf der Erde. Viel, viel Schlimmeres. Sie tut mir leid, o ja, und sie ist verwandt mit mir. Ich kann ihr das nicht antun.

Sie sieht etwas von all dem in meinem Gesicht und stürzt sich auf die Chance. »Frida! Das bist doch nicht du. Du gehörst zu den Guten!«

Schlechte Wortwahl.

»Manchmal ist es schwer, die Guten von den Bösen zu unterscheiden«, sage ich.

Dan sieht mich nicht an, als Psyche weggeschleppt wird. Sie kreischt so laut, dass es Tote wecken würde.

»Nicht schlecht, Frida«, sagt Anteros bewundernd. Zu den restlichen Wachen sagt er: »Fesselt ihn. Und sie bindet ihn an den Thron.«

Drei Wachen schleifen Dan in eine Ecke. Als er sich wehrt, versetzt ihm einer einen solchen Hieb, dass sein Blick glasig wird.

»Dan! Alles in Ordnung?«, rufe ich, aber ich werde von ihm weggezerrt, zum goldenen Thron, und dort an Hand- und Fußgelenken festgebunden, während Dan benommen an der Wand zusammensackt.

Sehr zufrieden betrachtet Anteros Dan und mich. »Ihr könnt gehen«, sagt er zu den Lakaien, und sie verziehen sich.

Stille breitet sich aus. Unter mir erstreckt sich die Stadt, ihre Lichter funkeln in der Dunkelheit. Anteros kommt auf mich zu, der Pfeil in seiner Hand gibt ein Summen von sich, das ich bis in die Knochen spüre.

Anteros betrachtet die Waffe und hält sie mir hin. »Hübsch, nicht? Spürst du seine Macht? Begreifst du jetzt, wozu er in der Lage ist?«

Ich reiße verzweifelt an meinen Handfesseln.

Anteros lächelt. »Bald.« Er beugt sich dicht über mich, sodass er mich streift, und legt den Pfeil wieder auf den Thron. Dann streicht er mir über die Haare.

Ich kneife die Augen zu.

»Interessante Wahl: blond und blauäugig. Wolltest du damit jemanden imitieren?« Er zieht mir die Perücke vom

Kopf. »Öffne die Augen«, sagt er sanft. Ich schüttle den Kopf. »Frida«, sagt er, sein Ton süßes Gift, »ich möchte dich ungern zwingen.«

Ich öffne die Augen. Mit entsetzlicher Sorgfalt nimmt er mir erst die eine, dann die andere Kontaktlinse heraus.

»Na also. Viel besser. Es ist doch ohnehin sinnlos, dich als jemand anderes auszugeben.« Dann fällt ihm meine Kette auf. »Was ist denn das?« Und er nimmt meinen Herzanhänger in die Hand. Als seine Finger meine nackte Haut streifen, erzittere ich. Seine Stirn kraust sich. Mir wird klar, dass er den Anhänger nicht kennt. Er hat ihn noch nie gesehen. Aus irgendeinem Grund weckt das einen Funken Hoffnung in mir. Vielleicht weiß er doch nicht alles. Vielleicht gibt es noch eine Chance.

Dann zieht er einmal kräftig an dem Herz, und die Kette reißt und fällt vor dem Thron auf den Boden. »Dachtest du etwa, das könnte dich beschützen? Dieser billige Kitsch?« Er lacht. »Ich bin kein Vampir und das ist kein Kreuz. Glaub mir, es wird kein Happy End geben. Alles ist längst vorbereitet. Selbst wenn du den Pfeil zerstört hättest, du hättest es nicht aufhalten können. Das ist dir jetzt doch hoffentlich klar?«

»Was passiert, wenn die Menschen die Mail öffnen?«, frage ich matt.

Anteros' Blick geht über die Stadt hinweg, unfokussiert, als sähe er nicht das, was dort ist, sondern das, was kommen wird. »Die Macht des Pfeils wird sie für das Erste, was sie danach erblicken, in abgöttischer Liebe entbrennen lassen. Von Leidenschaft verzehrt werden sie sich gegeneinander wenden. Sie werden in einem Karneval von Gewalt und Schmerz und Blut, gegen den der Trojanische

Krieg gar nichts war, aufeinander losgehen, einander quälen und vernichten. Und alles im Namen der Liebe.« Mit leuchtenden Augen sieht er mich an. »Es wird ein Fest sein.«

Ich ersticke beinahe vor Grauen. Ich wusste es. Ich wusste, was er geplant hatte, aber zu hören, wie er es so ungerührt und locker erzählt, während die Welt der Sterblichen dort unten vor uns liegt, das hält mein armes Herz nicht aus.

»Sie sind krank«, sage ich.

»Nicht ich, Frida. Das begreifst du doch sicher. Was weißt du über deinen legendären Urahn Eros? Ah, nicht viel, vermute ich, wahrscheinlich kennst du nur diese kreuzdämlichen Abbilder von ihm dort unten. Nun, dann erzähle ich dir ein bisschen von ihm. Eros war ein Narr. Ein Phantast, insbesondere was die Sterblichen anging.«

Ich schaue auf meine Stadt hinab, dunkel mit leuchtenden Herden von Aktivität, wo Menschen zu zweit oder allein den Valentinsabend verbringen. All diese Unschuldigen mit ihren Handys und Tablets, nach denen sie nur die Hand auszustrecken brauchen. In zehn Minuten wird Anteros' Geschenk alles verändern. Ich hätte sie warnen sollen. Ich hätte mir niemals einbilden sollen, ich könnte all das aufhalten. *Hast du schon mal von Hybris gehört, Frida?* Ich denke an Bryony und bete, dass sie meine Nachricht gelesen hat. Was wird nur aus ihr und den Kindern werden?

Was wird aus uns allen werden?

»Stell dir alles, was ich getan habe, als dreitausend Jahre langes Experiment vor«, sagt Anteros neben mir. »Wäre es den Menschen bestimmt gewesen, rein und selbstlos zu lieben, wie Eros es sich ausmalte, hätte das, was ich ihnen verkauft habe, niemanden interessiert. Und doch stehe ich hier als erfolgreichster Geschäftsmann in der Geschichte der Menschheit.«

Anteros' schönes Gesicht ist voller Leidenschaft. Er glaubt an das, was er sagt. Er ist ein Fanatiker in eigener Sache.

»Sei wütend auf mich, wenn du willst, aber ich war fair. Ich habe den Sterblichen ihre Chance gegeben. Alles, was ich ihnen angeboten habe – all die Laster, die Eifersucht, jede Affäre, jeden Seitensprung, jedes Quäntchen Selbsthass –, hätten sie auch ablehnen können. Ich habe sie geprüft. Und sie haben mir und der ganzen Welt tausendfach gezeigt, wie sie wirklich sind. Sie werden sich überschlagen, diese Mail zu öffnen, weil sie um jeden Preis der oder die Auserwählte sein wollen, etwas Besonderes.« In seinen Augen funkelt Wahnsinn. »Ja, sie sollen ihre Besonderheit haben.«

»Nein. Bitte. Das dürfen Sie nicht tun!«

»Spar dir deinen Atem, Frida. Das Experiment ist vorbei. Die Liebe hat verloren. Es wird Zeit, dass ich aus dem Verborgenen heraustrete. Irgendwann bekommt man eben den Liebesgott, den man verdient hat.«

In mir regt sich etwas. Ich erkenne es dumpf als die gleiche kalte Wut, die mich nach der Trennung von Billy erfüllte – nicht sofort, erst nach Monaten, als all meine vorsichtigen Bitten, all das behutsame, aber innige Flehen nichts gebracht hatten und mir endlich klar wurde, dass er seine Meinung nicht ändern würde, dass es nichts mehr gab, weswegen ich hätte vorsichtig sein müssen. Dass ich nichts mehr zu verlieren hatte.

»Hübsche kleine Geschichte«, sage ich. »Aber das mit der edlen Wahrheitssuche ist doch Bullshit. Was Sie da vorhaben, ist schlicht und einfach Rache.«

Das trifft ins Schwarze. Anteros kneift die Augen zusammen.

»Weil wir Sie nie anerkannt haben«, fahre ich fort. »Weil wir Sie nicht verehren. Selbst nach drei Jahrtausenden gibt es immer noch nur eine Handvoll Leute, die wissen, dass Sie existieren. Sie wollen endlich beachtet werden.« Ich lache auf. »Wenn Sie uns bestraft haben, was haben Sie dann vor? Das Tor wieder zu öffnen und sich an Ihrem Bruder und Zeus zu rächen, und das nur, weil Ihnen nie jemand die Verehrung hat zuteilwerden lassen, die Sie Ihrer Meinung nach verdienen? Wie absolut jämmerlich.«

Anteros beugt sich vor und streicht mir mit dem Finger über die Wange. »Schön, dass du so temperamentvoll bist, Frida. Ich beobachte deine Entwicklung schon lange. Ich habe gesehen, wie du arbeitest. Du glaubst, du weißt es am besten. Du zapfst die Herzen deiner Klientinnen an und bringst sie dazu, dir ihre Geheimnisse anzuvertrauen. Ich gebe zu, ich hatte angenommen, jener sogenannte Held aus der Prophezeiung würde ein Mann sein, aber hey«, er zwinkert mir zu, »ich gehe immer gern mit der Zeit.«

Ich funkle ihn hasserfüllt an. »Leck mich.«

Er lacht entzückt. »Ich hätte es viel früher erkennen müssen. Frida McKenzie, Scheidungsanwältin, Richterin über die Schwachen, Rächerin der von der Liebe Enttäuschten. Wie du diese arme unglückliche Frau dazu gebracht hast, dir die Geheimnisse ihres Mannes zuzuspielen! Wie gut du das Spiel beherrschst.« Er beugt sich weiter vor, zu nahe. Seine schwarzen Augen fangen meinen Blick ein. »Und es macht dir Spaß, nicht wahr?«, flüstert er. »Du bist genau wie ich.«

»Ich bin kein bisschen wie du«, sage ich durch zusammengepresste Zähne.

»Wehr dich doch nicht so, Frida«, sagt Anteros sanft, seine Stimme eine tödliche Liebkosung. »Hat dein zahmes Orakel denn gar nicht erwähnt, dass es für die Prophezeiung eine zweite Deutung gibt?«

Ein Stich der Angst durchfährt mich.

Ich erzähle dir das, was du wissen musst.

Ich werfe einen Blick auf Dan. In seinen Augen ist ein Ausdruck, den ich nicht recht deuten kann.

»Ich weiß genau, was die Prophezeiung bedeutet«, sage ich zu Anteros, aber in meiner Brust flattert es unangenehm.

Anteros lächelt. »Ich glaube nicht. Dann kläre ich dich eben auf. Wörtlich aus dem Altgriechischen übersetzt lautet die Prophezeiung des damaligen Orakels: *Es wird aber ein Kindeskind der Liebe selbst kommen, das jenem, der verborgen über die Welt herrscht, zum Schicksal werden wird.*«

»Mit anderen Worten, es ist jemand, der Sie besiegen kann«, sage ich, aber meine Stimme kiekst. Ich bin unsicher. Und da ist wieder dieses Gefühl, als ob der Boden unter meinen Füßen bebt. Anteros beugt sich noch weiter vor, so nahe, dass sein Atem meine Wange streift, und ich spüre die Macht, die von ihm ausgeht, dunkel und schrecklich und, ja, verführerisch.

»Oder«, sagt er, »jemand, der würdig ist, an meine Seite zu treten.«

Ich schaue wieder zu Dan, und was ich nun in seinen Augen lese, zieht mir vollends den Boden unter den Füßen weg. Denn das stimmt tatsächlich. Und er wusste es schon immer. Das war das Geheimnis, das er mir vorenthielt. Dass ich dazu bestimmt bin, gemeinsam mit Anteros zu herrschen.

Ich beginne vor Angst zu zittern. »Nein! Das ist nicht wahr. So bin ich nicht mehr. Ich habe mich verändert. Ich passe nicht an Ihre Seite.«

Anteros betrachtet mich zärtlich. »Falsch, Frida. Denk doch nur daran, wie leichthin du dein eigen Fleisch und Blut zu einer Ewigkeit der Qual verdammt hast. Hattest du da Erbarmen? Nein. Du bist genau wie ich. Du musst nur wieder an dein wahres Ich erinnert werden.« Jetzt sehe ich, dass er einen Bogen in der Hand hält, einen Bogen aus dunklem Gold. Er muss uns erwartet haben. All das war eine einzige Falle.

Er streckt die Hand aus. Der Pfeil auf dem Thron fliegt von selbst hinein. Er besteht aus Anteros' Magie, er ist nur zu begierig darauf, diesem zu Willen zu sein. Anteros grinst. »Endlich«, sagt er, »kann ich eurer armseligen kleinen Welt zeigen, wer ich bin.«

Erstarrt schaue ich zu, wie er den Pfeil auf die Sehne legt. Dessen Farbe ändert sich, von honiggolden zu etwas viel Dunklerem.

»Bist du ein wenig wütend, dass dein Orakel dir nicht die ganze Wahrheit gesagt hat?«, fragt er. »Natürlich. Nun, keine Sorge. Ich werde dafür sorgen, dass er der Erste ist, den du tötest.« Er bemerkt meine entsetzte Miene. »Ah, habe ich das noch nicht erwähnt? Nach Zeus' und Eros' Regeln darf ich keinen Sterblichen töten. Du aber darfst das. Und sobald du von der Macht des Pfeils gekostet hast, wird es dir nicht mehr schwerfallen.«

Er stellt sich mir gegenüber und spannt den Bogen. Ich schließe die Augen. Er irrt sich, ich mache Dan keinen Vorwurf. Ich kann seine Beweggründe verstehen. Er hatte darauf gesetzt, dass das Gute in mir gewinnen würde. Dan. Der wunderbare, witzige, nervtötende Dan. Der Mann, den ich hätte lieben können, hätten wir die Zeit dazu gehabt; der Mann, den ich vermutlich bald töten werde.

»Frida«, sagt Anteros, »sieh mich an.«

Ich sehe ihn an. Seine Augen sind tief, schwarz und lodernd, erfüllt vom Wahnsinn der Verlorenen. Dann verwandelt er sich. Es ist atemberaubend. Seine riesigen Flügel entfalten sich grau und schwarz und violett mit tiefdunklem Rand, und er steht da in all seiner göttlichen Herrlichkeit: ein finsterer Engel, ein Dämon, ein geflügelter Krieger der zerstörerischen Liebe.

Wie leicht es mir fallen wird, ihn anzubeten.

Werde ich dann noch wissen, wer ich bin? Oder wird mein Ich tief in Anteros' Killerin gefangen sein, machtlos mit den Fäusten gegen die Gefängniswände meines Geistes trommeln und darum flehen, befreit zu werden? Anteros hält die Sehne straff gespannt, voll Grauen starre ich auf die Pfeilspitze.

Mir wird klar, dass ich bei alledem immer, immer darauf gehofft habe, dass jemand kommt und mich rettet. Dan oder Eros. Mein armer Dad oder sogar Psyche. Irgendjemand wird mich doch sicher retten? So kann es doch unmöglich enden?

Aber als ich aufschaue, blickt Anteros mir in die Augen,

und in mir breitet sich Finsternis aus. Niemand wird kommen. Die Liebe wird nicht siegen.

»Frida«, sagt Anteros, sein Gesicht ein Bild der Selbstzufriedenheit, »du wirst –«

»Bitte nicht noch mehr Gelaber«, schneide ich ihm das Wort ab, »erschieß mich lieber gleich.«

Seine pechschwarzen Augen funkeln. »Ich dachte schon, du würdest niemals darum bitten.«

Und er schießt mir den Pfeil genau ins Herz.

40

Als der Pfeil mich trifft, schnappe ich nach Luft und kneife die Augen zu. Der Schmerz explodiert wie eine Bombe in meiner Brust und breitet sich in Schockwellen durch meinen ganzen Körper aus. Denn diese Verletzung ist nicht rein magisch oder metaphorisch – sie ist physisch und qualvoll: das Metall ist mir durch Fett, Muskeln und Knochen mitten ins Herz gedrungen. Zuerst ist da nur gleißender, marternder Schmerz, der alles andere ausblendet und mich in Schwärze stürzt. Dann, als die pochende Qual sich in mir ausbreitet, scheint sie mit mir zu verschmelzen, oder ich mit ihr, und es existiert nur noch dieser Schmerz.

Ich stöhne leise, als aus der tintenschwarzen Agonie allmählich etwas auftaucht.

Bilder. Bilder von mir. Wie ich als Zweijährige hinfalle, mir das Knie aufschürfe und weine und meine Mutter nicht kommt. Wie mein Dad mir etwas vorsingt, als ich drei bin. Wie mich mit fünf ein Junge aus der Schule, den ich mag, an den Haaren zieht und mir das Lineal wegnimmt; wie ich mit zwölf Richard Douglas küsse, den ich heiß und innig liebe und für den Mann meines Lebens halte. Wie ich mit sechzehn zum ersten Mal Sex habe und nicht besonders viel fühle, das tue ich erst fünf Tage später, als er immer noch nicht angerufen hat, da gehe ich zu ihm nach Haus und zerkratze sein Auto.

Wie ich mich an der Uni in einen Typen aus einem meiner Kurse verliebe und, als er wieder mit seiner Exfreundin zusammenkommt, seinem Professor erzähle, dass er in der Klausur geschummelt hat, und mich dann betrinke und auch noch mit dem Prof schlafe. Wie ich danach immer wieder betrunken Sex mit Typen habe, die ich kaum kenne; wie ich mich für stark halte, wo ich doch in Wahrheit Angst habe, und glaube, frei zu sein, wo ich doch in immer denselben Verhaltensmustern gefangen bin. Von dem Pfeil aufgespießt, lodernd vor Schmerz, kann ich nicht anders, als hilflos dieser Dokumentation meines Inneren zuzusehen.

Dann ist da Billy; mit ihm ist es anders, er verlässt mich nicht, er sieht mich, wie mich noch nie jemand gesehen hat, er schaut direkt in meine Seele, und ich brauche ihn und bin süchtig nach ihm und verberge meine Ängste und glätte meine Ecken und Kanten und schleiche auf Zehenspitzen um ihn herum, weil es fantastisch ist, wenn alles gut ist, und wenn es nicht gut ist, bin ich schuld, und ich verstecke mich in einer besseren Version von mir, aber meine Sehnsucht kann ich nicht unterdrücken, sie entweicht wie ein giftiges Gas, und er wird kalt mir gegenüber, wir streiten uns, ich schicke ihm Nachrichten, die er nicht beantwortet, spreche ihm Dinge auf den AB, aus denen heftige Wortwechsel entstehen, und dann sind wir endlich wieder versöhnt, nie wieder werden wir etwas zwischen uns kommen lassen, bis es das nächste Mal passiert, und ich liege nachts wach und frage mich, wo er ist und was ich falsch gemacht habe und was ich tun kann, um es wieder in Ordnung zu bringen, ich tue alles, was ich nur kann, um liebenswert zu sein, und trotzdem verlässt er mich schließlich, und als mir das Herz bricht, geht das mit einer Art verzweifelter Erleichterung einher, weil ich immer wusste, dass es geschehen würde, und jetzt ist es wenigstens geschehen.

Die Vision erweitert sich. Ich bin nicht mehr Frida McKenzie, ich verändere mich, löse mich auf, verschmelze mit der Luft. Da ist Dans Frau, die ihn beobachtet, wohl wissend, dass in seinem Kopf eine andere Frau ist und sich einen Weg in sein Herz bahnt. Die Nächte, wenn sie wachliegt und ihn im Schlaf meinen Namen sagen hört. Der Ehering, den sie abnimmt und auf den Küchentisch legt. Der Zettel, den sie ihm schreibt, als sie geht, weil sie es nicht ertragen könnte, die Erleichterung auf seinem Gesicht zu sehen.

Die Bilder kommen schneller, ein Trommelfeuer von Fremden: die Frau, die ihren kranken Mann mit seinem Bruder betrügt, das Mädchen, das immer wieder zu dem Typen zurückkehrt, der sie schlägt, und eine, die um des Geldes willen heiratet und eine, die es wegen der Sicherheit tut, und eine, die nie heiratet und alle hasst, die es tun, und wie sehr es schmerzt, und wie verloren sie alle sind, Kinder von Verlorenen, und sie geben ihr Elend weiter, genau wie es in dem Gedicht von Larkin heißt, so voller Hass und Gift, und warum begreifen sie nicht, dass sie zum Scheitern verdammt sind? Dass die Liebe etwas Gnadenloses, Grausames ist? Dass sie Täuschung ist? Warum geben sie nicht einfach auf?

Ich öffne die Augen. Die Visionen haben sich gelegt. Jetzt sehe ich nur noch Anteros. Seine Flügel sind ausgebreitet, er bietet einen überwältigenden Anblick. Er ist die Antwort. Er ist, wonach ich schon immer gesucht habe, ohne es zu wissen. Es ist so offensichtlich, so klar! Ich muss aufhören, mich an eine Absurdität zu klammern, ich werde nicht mehr an etwas glauben, was sich dieses Glaubens nicht ein einziges Mal als würdig erwiesen hat.

In mir keimt eine süße Übelkeit. Der Pfeil vergiftet mein Blut, er wird mir alles schenken, wonach ich mich je gesehnt habe: Sicherheit, Gewissheit, Wahrheit; eine auf ewig festgelegte Position, zu der ich stets zurückkehren kann. Welch kostbares Glück liegt darin, mich der Macht des Pfeils zu öffnen und seinem Wunsch nachzugeben: Lass dich fallen. Hör auf, dich aufzureiben, ergib dich der Finsternis und *ihm*.

Wie *gut* es sich anfühlt.

Nur etwas stört mich noch, wie eine winzige Mücke, die knapp außerhalb meines Gesichtsfeldes herumsummt. Vage ist mir bewusst, dass es sich um die Kette mit dem Herzanhänger handelt. Sie glitzert dort drüben am Boden. Na und? Sie ist nicht magisch. Sie kann mir nicht helfen. Sie ist nur wertloser Kitsch. Weich singt der dunkle Zauber in meinem Blut. *Vergiss die Kette. Überlass mir dein Herz. Alles ist so einfach. Niemand wird dir je wieder wehtun. Ergib dich mir*, flüstert die Finsternis, *nimm mich in dein Herz auf, dann ist es für immer gut …*

Das Licht ist jetzt fast erloschen; nur noch ein Stecknadelkopf in der Finsternis. Wie ein letzter dünner Strahl, der durch den Türspalt zu meinem Herzen fällt, das dabei ist, sich zu schließen. In wenigen Augenblicken wird es vollendet sein, ich werde ihm gehören. Dann wird alles besser werden. Anteros hat recht. Ich bin keine Heldin.

Ich kann nichts gegen das ausrichten, was geschehen wird. Er ist zu stark. Er besteht aus derselben Materie wie die Energie des Pfeils: eine unbarmherzige, unaufhaltsame Macht.

Der Herzanhänger glitzert. Der Lichtpunkt wird kleiner. Fast geschafft. Du kannst ihnen nicht helfen. Sie sind schwach und lustgesteuert und verderbt. Gib auf. Ergib dich.

Außer …

Außer was?

Außer … etwas. Irgendetwas, aber was?

Es gaukelt vor mir herum, wie etwas, das die Brandung an Land spült, mal näher, mal weiter entfernt, dann wieder näher. Und dann liegt es vor mir. Ein vollkommenes, unleugbares Wissen.

Anteros hat mich mit Macht erfüllt.

Mit genau der Macht, die ich brauche, um ihn aufzuhalten.

Auf einen Schlag bin ich hellwach, aber zugleich ganz ruhig, als geschähe alles in Zeitlupe. Ohne jede Eile lasse ich das Wissen in mir wirken. Was es mir sagt, ist: Die Macht, die mich durchströmt, hat keine Agenda. Sie will schlicht und einfach *sein*.

Was ich daraus mache, liegt an mir.

Man hat immer die Wahl, Frida.

Jetzt versuche ich nicht mehr, mich gegen die Finsternis zu wehren. So wird das nichts. Stattdessen öffne ich mein Herz weit und konzentriere mich auf den kleinen Stecknadelkopf aus Licht, der von meiner kindlichen Kette ausgeht, jenes Licht, das schon fast erloschen ist. Vor meinen Augen scheint es einen Tick größer zu werden. Ja. Ja.

Und während das Licht aufblüht, spüre ich langsam, unendlich langsam eine andere Art Energie in meine Glieder strömen. Sie wird zu einem goldenen Leuchten, zu etwas Freudigem, das mich durchpulst und das Finstere wegspült.

Welle um Welle überströmt mein Herz, eine Flut aus goldenen Strahlen.

Ich öffne die Augen und sehe in der dunklen Glaswand mein Spiegelbild. Ich bin nicht mehr ich. Dort spiegelt sich eine golden leuchtende Göttin. Ich erkenne sie. Es ist die Frida, die Dan gezeichnet hat.

Ich blicke auf die Stadt hinab. Eine Minute noch, dann wird die Magie des Pfeils über die Welt der Sterblichen kommen.

Ich breite die Arme aus, und meine Ketten zerreißen, als bestünden sie aus Papier.

Ruhig und kühl schaue ich Anteros an.

Er runzelt die Stirn. »Was ist das?«

»Das?« Ich lächle. »Das ist, was ich wirklich bin.«

Dreißig Sekunden.

Gleichmütig betrachte ich den goldenen Pfeil, der aus meiner Brust ragt. Ziehe ihn heraus und mustere ihn.

Anteros starrt mich an. »Aufhören, Frida. Ich befehle es dir.«

Ich lache auf und strecke die Hand aus. Anteros' Bogen schwebt ihm vom Arm und legt sich in meine Hand. Ich bin mächtig, mächtiger selbst als er. Und ich denke: Das ist es, was Eros gesehen hat. Und wovor Anteros sich fürchtet. Diese immense Macht. Ihr Samenkorn steckt in jedem Sterblichen.

Zwanzig Sekunden.

Ich lege den Pfeil auf die Sehne. Ich blicke Anteros an und durchschaue ihn. Seine beeindruckende Macht und seine schreckliche Einsamkeit. Das schwarze Loch in ihm. Das unermessliche Potenzial in den Sterblichen, das er erkennt und fürchtet und das er sich nie, niemals zu eigen machen kann.

Zehn Sekunden.

»Du kannst es nicht aufhalten«, sagt er gewollt lässig. »Erschieß mich, wenn du willst, aber es wird trotzdem geschehen. Deine Leute werden von Wahnsinn erfasst werden und sich in einem grauenhaften Blutbad vernichten, und das geschieht ihnen nur recht.«

Ich blicke ihn an und *sehe* ihn mit der Gabe, die der Pfeil mir verliehen hat. Ich sehe Zorn. Wahnsinn. Grausamkeit. Und noch etwas. Etwas, was allem zugrunde liegt, was er je getan hat.

Fünf.

Eitelkeit. Kontrollsucht. Machtstreben.

Vier.

Das hier ist sein Olymp. Von hier geht alles aus.

Und dann begreife ich. Ich richte den Blick auf das Ehrenmal, das er sich selbst errichtet hat, den Altar seines Ruhms, den die Sterblichen ihm stets verweigert haben. Diese Augen dort, ja, etwas ist in ihnen, aber nicht Leben. Sondern Macht.

Von dort geht alles aus.

Drei.

Die göttliche Energie in mir wallt auf, und ich konzentriere sie auf einen Punkt und lasse sie in den Pfeil strömen.

Zwei.

Ich wende mich ab und ziele mit dem Pfeil auf die Statue.

Eins.

Anteros' Miene wandelt sich von Triumph zu Wut.

Feuer.

Der Pfeil bohrt sich ins Auge der Statue. Einen Moment lang herrscht vollkommene Stille, dann wird das gesamte Gebäude von einem Pulsschlag unglaublicher Kraft erschüttert, und die Statue zerbirst in einem Regen aus Funken und Glut.

Dann wieder Stille.

Ich schicke mein göttliches Bewusstsein auf die Reise zu den Menschen tief unten, eine Art inneres Lauschen, das die vorige Frida, die sterbliche Frida nicht im Entferntesten begreifen würde.

Ist es geschafft?

Und zurück kommt die Antwort: *Es ist geschafft.*

Anteros steht am Fenster, so reglos wie seine vernichtete Statue, herrlich in seinem Zorn. Er streckt die Hand nach dem zertrümmerten Götzenbild aus, um seinen Pfeil zu rufen. Ohne nachzudenken hebe auch ich den Arm. Beide schauen wir zu, wie der Pfeil in der brennenden Augenhöhle zittert, sich nach Freiheit sehnt, um sich mit einer Liebesgottheit zu vereinen.

Dann saust er heraus und landet in meiner Handfläche. Blitzschnell schließe ich die Finger darum, ziehe ihn auf die Sehne und ziele. Wir blicken uns an, zwei machtvolle, alterslose Wesen, gefangen in einem unendlichen Augenblick. *Beende es*, flüstert die göttliche Frida. *Erschieß ihn. Mach ihn zu deinem Sklaven.*

Aber die menschliche Frida zögert. Und das genügt

Anteros, um das riesige Fenster zu öffnen, durch das sofort eisige Nachtluft hereinweht. Noch einmal sieht er mich an – mit einem Blick, der mich noch lange in meinen Träumen verfolgen wird –, dann ist er weg.

»Frida!«

Wie in Trance drehe ich mich um. Dort ist Dan und zerrt an den Ketten, die durch ein Schloss gesichert sind. Ach, dieser Sterbliche. Seine Träume, seine Ängste, seine unermessliche Liebe zu der armen, makelbehafteten sterblichen Frida. Ich richte den Pfeil auf ihn, seine Augen weiten sich in Liebe und Ehrfurcht und Angst. Dann bohrt sich der Pfeil in das Schloss, und er ist frei.

Und die Welt füllt sich mit Dunkelheit.

»Frida«, ruft Dan. »Frida!« Aber seine Stimme ist weit weg und kaum hörbar, während die göttliche Macht aus mir herausströmt und ich zu Boden sinke.

41

Drei Monate später

Mit dem Schlüsselbund in der Hand stehe ich in der Tür meines Büros.

Die Sache ist die, wenn so eine Göttin der Liebe aus deinem tiefsten Innern hervorbricht, verträgt sich das nicht allzu gut mit einem Job als Scheidungsanwältin. Vor allem ist da eine Art Nachhall, eine ganz schwache, unleugbare Fähigkeit, die Gefühle von Menschen aufzufangen, wie ein Radio, das plötzlich auf eine neue, unerwartete Frequenz eingestellt wurde. Ich weiß nicht, wie lange das anhalten wird, aber während diese Macht noch in mir ist, wäre es wohl nicht besonders klug, ständig emotional aufgeriebene Paare um mich herum zu haben.

Besser, man schließt da seine Kanzlei eine Weile und überlegt sich, wie es weitergehen soll. Außerdem habe ich noch anderes zu tun. Während ich bewusstlos war, streute Dan endlich das Pulver über den Pfeil und vernichtete Anteros' Magie endgültig. (Hätte ich selbst den Pfeil zerstören können, wenn es darauf angekommen wäre? Besser, ich stelle mir diese Frage nicht.) Aber viele Pflichten sind übrig geblieben: zum Beispiel, mit Hilfe von Dans gut vernetzter Familie die magischen Überbleibsel von Anteros' Herrschaft aus dem Weg zu räumen. Dafür zu sorgen, dass Anteros' Verbündete sich nicht zu einer eigenen Bedrohung entwickeln. Wobei, ohne ihren Anführer waren Clive und seine Kumpels nur zu gern bereit, Frieden zu schließen.

Man muss der Bestie nur den Kopf abschlagen, heißt es nicht so?

Ich sehe mich noch einmal in meinem Büro um, dann schließe ich die Tür ab und mache mich auf den Weg in die Stadt. Der Sommer ist im Anmarsch, es riecht nach gemähtem Gras und sonnenwarmen Bürgersteigen, und nirgends ist der Sommer so wie in dieser meiner Stadt mit ihrer Energie und ihrem Enthusiasmus und ihrer steten Hoffnung auf bessere Tage. Und bilde ich es mir nur ein, oder ist die Atmosphäre hier seit den Ereignissen am vierzehnten Februar friedlicher geworden?

Ich gehe an der Bibliothek mit den Löwen vor dem Eingang vorbei. An der Kathedrale. Dem Kino. Dem Gericht, wo ich einst dachte, ich hätte so viel Ahnung von allem. Überall wimmelt es von Menschen, die den Sonnenschein genießen, am Brunnen sitzen oder sich in Straßencafés mit ihren Freunden und Liebsten treffen.

Ich setze mich auf den Rathausplatz und bemerke einen riesigen Schatten vor der Sonne. NeoStar. Nur heißt es nicht mehr NeoStar. Anteros' Botschaft hat die Sterblichen tatsächlich erreicht, allerdings nicht in der gewünschten Weise. Als Millionen Menschen die Mail mit dem Betreff BIST DU AUSERWÄHLT? öffneten, infizierten sich ihre Geräte mit einem Virus, der ihre Festplatten löschte, während auf dem Bildschirm – nettes Detail – ein Muster aus Herzchen mit Pfeilen hindurch erschien. Und natürlich war da das kleine Problem mit dem nicht existierenden goldenen Smartphone-Einzelstück. Die NeoStar-Aktien rauschten in den Keller. Vertrauenskrise, hieß es in den Nachrichten. Versagen der Unternehmensführung im Umgang mit den Folgen. Dann der unvermeidliche Konkurs.

Mir tun alle leid, die hierdurch ihre Arbeit verloren haben. Die göttliche Frida würde keinen Gedanken an so triviale Dinge wie berufliche und finanzielle Sicherheit verschwenden. Die sterbliche Frida schon. Sehr sogar. Aber wenn dies das Erbe ist, das mir die göttliche Frida hinterlassen hat, wenn die Schuldgefühle und die feine Verbindung zu den Gefühlen der Menschen der Preis sind, den ich dafür zahlen musste, Anteros aufzuhalten, dann werde ich diese Bürde tragen.

Ich spüre jemanden neben mir und drehe mich um.

»Hi«, sagt Dan. Er drückt mir einen Kaffee in die Hand, und eine Weile sitzen wir beide schweigend da und schauen zu dem Wolkenkratzer auf. Ich ziehe die Postkarte aus der Tasche und zeige sie ihm. Dan betrachtet das Foto, einen Strand auf Sizilien. Er dreht sie um. Kein Gruß, nur meine Adresse.

»Muss nicht unbedingt von ihr sein.«

»Doch«, sage ich. »Damit will sie mir sagen, dass sie es nicht vergessen hat. Ich hab das deutliche Gefühl, dass es nicht so schlau war, mir Psyche zur Feindin zu machen.«

Dan zuckt mit den Schultern. »Sie hat sich selbst zu ihrer Feindin gemacht. Sie hat ihre Wahl getroffen.«

Ich nicke, nehme einen Schluck Kaffee und betrachte wieder das Gebäude, ob sich dort etwas bewegt.

»Ist es so weit?«, frage ich.

»Ja.«

So ist es. Wortlos schauen wir zu, wie das NeoStar-Logo abmontiert wird, Buchstabe für Buchstabe. Bald ist nur noch der nach oben schnellende Pfeil zu sehen, nun das Symbol eines nicht erfüllten Versprechens. Dann verschwindet auch es.

»Glaubst du, er kommt zurück?«, frage ich.

Dan legt den Arm um mich. »Keine Ahnung, Frida. Jetzt sind es schon drei Monate, dass ich keine Vision mehr hatte. Vielleicht war's das mit ihm. Und wenn nicht? Die Götter wissen, wo sie uns finden.« Er lächelt mich an. Ich lächle zurück. Wir sind nicht wirklich ein Paar. Noch nicht. Ich brauche Zeit, um mir über eine Menge klar zu werden, vor allem über mich selbst. Da ist immer noch das kleine Detail, dass Dan mir nicht gesagt hatte, dass Anteros versuchen würde, mich auf seine Seite zu ziehen. Verschwiegen ist verschwiegen, selbst wenn es in guter Absicht geschah.

Aber ich bin glücklich, wenn Dan bei mir ist, auf eine andere, leichtere Art als bei allem Glück, das ich bisher kannte. Ich habe genug gelernt, um zu wissen, dass ich diesem Gefühl Beachtung schenken sollte.

»Aber bis dahin können wir doch an andere Dinge denken, hm?«, sagt er. »Lass uns heute einfach zwei ganz normale Leute sein, die miteinander zu Mittag essen.«

»Ganz normale Leute«, sage ich. »Mittagessen. Über Gartenhäuschen reden. Und so.«

»Genau.«

Ich taste nach dem Anhänger um meinen Hals.

Wir gehen die sonnenfleckige Straße entlang. Fast haben wir Tony's Café erreicht, da bemerke ich eine Gestalt, dunkel, mit leuchtenden Augen, die einen goldenen Bogen in der Hand hält, und Schrecken durchzuckt mich – es ist Anteros auf der Suche nach Rache.

Aber es ist nur ein Straßenmusikant, der eine Harfe aufstellt, und er fängt an, unglaublich schön zu spielen, und als wir an ihm vorbeischlendern, lächelt er uns so hoffnungsvoll an, dass ich stehen bleibe und ihm etwas Kleingeld in den Hut werfe, und dann folge ich Dan in unser heruntergekommenes Lieblingscafé, um ein bisschen auf ganz normale Art glücklich zu sein.

Nachwort

Ich erinnere mich ganz genau, wann mir die Idee zu *The Gods of Love* kam. Ich hatte gerade *Dienstanweisung für einen Unterteufel* von C. S. Lewis gelesen, worin ein Oberteufel seinem unerfahrenen Neffen Anweisungen gibt, wie man die Menschen davon abbringt, dem »Feind« (alias Gott) zu huldigen und sich stattdessen »Unserem Vater in der Tiefe« (schon klar) zuzuwenden. Ich fand diese Metapher einfach toll. Und was mich am meisten beeindruckte, war, durch was für banale, alltägliche Dinge die Dämonen ihre »Patienten« vom Weg abbrachten. Zitat Oberteufel: »Der sicherste Weg zur Hölle ist der allmähliche.«

Als ich das Buch schloss, stand mir sehr klar ein Gedanke vor Augen: Etwas in der Art will ich auch schreiben, aber über die Liebe. Ich brauchte nur auf meine eigenen Irrungen und Wirrungen zurückzuschauen, um zu erkennen, wie leicht wir Menschen uns von dem abbringen lassen, was uns guttut, und auf deutlich höllischeres Terrain geraten.

In meinem Roman, beschloss ich, würde der griechische Gott Eros das verborgene Gute verkörpern. Aber wer sollte für das Pech-in-der-Liebe-Prinzip stehen? Einen offensichtlichen göttlichen Gegenpart besitzt Eros ja nicht.

Also recherchierte ich ein bisschen und machte eine

spannende Entdeckung: Eros hatte einen Bruder namens Anteros, von dem ich noch nie gehört hatte. Im Mythos war er der durchaus wohlwollende Gott der erwiderten Liebe. Andererseits war er aber auch der Sohn von Aphrodite – der Liebe – mit dem Kriegsgott Ares.

Liebe und Krieg. Interessant. Da hatte ich also nun einen jüngeren Bruder von Eros, einen ebenso mächtigen Liebesgott wie er, von dem aber kaum jemand je gehört hatte. Ich fragte mich: Was täte so ein Unsterblicher, dessen Daseinszweck es ja ist, verehrt zu werden, wenn er dreitausend Jahre lang missachtet wird? Wozu wäre wohl ein Gott fähig, der sich perfekt mit der Liebe auskennt, aber die Menschen zu hassen gelernt hat?

Was, dachte ich, immer mehr angetan von dem Gedanken, wenn nun dieser Gott all die Zeit mitten unter uns gelebt und die Liebe auf unterschiedlichste, unmerkliche Art korrumpiert hätte (der sicherste Weg zur Hölle ist schließlich der allmähliche)? Und wenn ihm das nicht gereicht hätte? Wenn Anteros als Krönung nun ein episches Blutbad vorgehabt hätte, damit die Menschen seinen Namen niemals wieder vergäßen?

Und damit hatte ich meinen Gegenspieler.

Zeit für ein Geständnis: Ursprünglich sollte Fridas Rolle ein Mann spielen. Warum das? War ich gehirngewaschen von all den Abenteuergeschichten mit männlichen Helden? Nein, das war es nicht, oder zumindest nicht nur. Ich glaube, es lag daran, dass ich über Liebe und Beziehungen schreiben wollte und selbst gerade ein totales Liebestrauma hinter mir hatte, dessen Wunden sich noch nicht geschlossen hatten. Ja, ich wollte über diese Sachen schreiben, aber lieber aus sicherer Distanz heraus.

Aber nein. Stephen King, einer meiner Lieblingsautoren, schreibt in *Das Leben und das Schreiben*, am besten könne er schreiben, wenn ihm seine Geschichte intim vertraut sei. Da kann ich nur zustimmen. Mein erster Versuch war nicht intim genug, deshalb verwarf ich ihn schließlich.

Es gab in diesem ersten Entwurf allerdings eine Figur, die mich immer noch ansprach. Frida hatte Mumm, eine nette sarkastische Ader, und ich mochte sie sehr. Während ich wieder meinem täglichen Leben nachging (das vielleicht nicht ganz zufällig zum Teil auch daraus bestand, meine eigenen Dämonen der Trennung zu überwinden und meinen jetzigen Partner kennenzulernen), kämpfte sie sich von der potenziellen Liebschaft des Helden zur eigentlichen Heldin der Geschichte empor.

Und damit einher ging etwas Wundersames: die Geschichte hatte plötzlich alles, was sie brauchte, und wusste genau, wohin sie wollte.

Alles, was ich tun musste, war, es ihr zu ermöglichen.

Danksagung

Genau wie die Götter existieren veröffentlichte Romane nur deshalb, weil es Menschen gibt, die an sie glauben. Insofern gilt mein ewiger Dank folgenden Personen:

Meiner Agentin Susan Armstrong, die von Anfang an an dieses Buch geglaubt hat, meiner wunderbaren Lektorin Anna Boatman, außerdem Hannah Wood und dem grandiosen Team von Piatkus, dessen Begeisterung für die Geschichte das absolut Beste daraus hervorgeholt hat.

Meinen Weggefährtinnen: Maria Roberts, Sarah Tierney und Emma Unsworth – ohne unsere jährliche Wallfahrt des Schreibens wäre mein Leben so viel ärmer (nur meine Leber wäre vielleicht glücklicher).

Adrian Hemstalk, David Lloyd, Rhian McKay und Rachel Galbraith-Marten für ihr Feedback und ihre Unterstützung, beides von unschätzbarem Wert für mich.

Kellie Barratt, Paul Connery, Teresa Wilson, Steffy Cooke und Elaine Swords dafür, dass sie mich davor bewahrt haben, durchzudrehen.

Meinen Eltern Jennifer und Alfred und meiner Schwester Amanda, deren unerschütterlicher Glaube an mich schon an sich etwas Magisches ist.

Und Nick Brown; als ich dich traf, meinten es die Götter wirklich gut mit mir.